CHAT BLANC

HOLLY BLACK

CHAT BLANC

Les Faucheurs, tome 1

Traduit de l'américain
par Jean-Pierre Pugi

TERRITOIRES

Titre original :
White Cat « The Curse Workers », tome I

Collection « Territoires » dirigée
par Bénédicte Lombardo

Published in argreement with Margaret K. McElderry Books,
an imprint of Simon & Schuster Children's Publishing Division.

ISBN : 978-2-265-09113-6

CHAPITRE UN

Je me réveille pieds nus, debout sur l'ardoise froide d'un toit et pris de vertige dès que je baisse les yeux. L'air que j'inhale est glacial.

J'ai au-dessus de moi des étoiles et, au-dessous, l'effigie en bronze du colonel Wallingford m'apprend que je surplombe la cour de mon école du haut de Smythe Hall, le bâtiment qui abrite ma chambre.

Je ne me souviens pas d'être monté jusqu'ici. Je ne pourrais même pas dire par où il faut passer pour atteindre le toit, ce qui me pose problème étant donné que je dois redescendre, de préférence sans me rompre le cou.

Je titube et me concentre pour me stabiliser, garder une respiration superficielle, trouver une assise pour mes orteils sur les plaques de schiste sombre.

La nuit est paisible, une ambiance nocturne de bruissements feutrés qui pare d'un écho les moindres bruits de pas et les halètements. Les frémissements des arbres dont les contours me dominent me font sursauter. Mon pied glisse sur une surface instable… de la mousse.

J'essaie de recouvrer mon équilibre, mais mes jambes me trahissent.

Je cherche désespérément une prise, quand ma poitrine nue percute l'ardoise. Mes paumes sont éraflées par du cuivre tranchant, mais ma souffrance est fugace. Je détends mes jambes et trouve un garde-neige, sur lequel mon pied se cale. Le soulagement m'arrache un rire, même si je tremble bien trop pour envisager de me déplacer.

Le froid engourdit les extrémités de mes membres. L'adrénaline fait chanter mon cerveau.

— Au secours…

Des mots murmurés et étouffés par un gloussement qui naît au fond de ma gorge. Je le contiens en me mordant la joue.

Je ne peux pas réclamer de l'aide, appeler qui que ce soit. Ce serait fatal à l'image d'élève effacé que je m'efforce d'entretenir. Le somnambulisme est un truc de gosse d'autant plus gênant qu'il attire l'attention.

La faible clarté ambiante me permet d'étudier la toiture et de déterminer la disposition des garde-neige, ces petits triangles de plastique transparent prévus pour retenir des blocs de glace mais pas un garçon de mon âge. Peut-être pourrai-je redescendre si je parviens à me rapprocher suffisamment d'une fenêtre.

Je déplace mon pied avec prudence et rampe vers le point d'appui le plus proche. Les plaques d'ardoise, pour certaines ébréchées et irrégulières, m'éraflent le ventre. Je place mon pied sur le premier garde-neige, avant de m'abaisser vers le suivant. Arrivé au bord du toit, la respiration désormais hachée, je découvre que je suis toujours bien trop haut par rapport au dernier étage. Faute de trouver une autre solution, je choisis la honte plutôt que le trépas.

Je prends trois inspirations d'air glacé.

— Ohé ! Au secours !

La nuit absorbe ma voix. J'entends le va-et-vient des véhicules qui circulent au-delà du campus, mais aucun son ne s'élève juste au-dessous de moi.

— Ohé !

Il s'agit cette fois d'un cri lancé à pleins poumons, si guttural qu'il irrite ma gorge.

— *Au secours* !

Une lumière papillote dans une des chambres et des paumes se collent à une vitre. Peu après, le battant s'ouvre.

— Oui ? répond une voix féminine rendue pâteuse par le sommeil.

Un court instant, son timbre me rappelle celui d'une autre fille. Une fille qui n'est plus de ce monde.

J'incline la tête et souris, comme s'il n'y avait pas de quoi paniquer.

— Ici, sur le toit !

— Oh, mon Dieu ! murmure Justine Moore.

— Je vais avertir le responsable, déclare Willow Davis qui est venue la rejoindre.

Je laisse ma joue reposer sur l'ardoise froide et tente de me convaincre que je n'ai aucune raison de céder à la panique, que je ne suis pas victime d'un sortilège et qu'il me suffira de ne pas lâcher prise pour que tout finisse par s'arranger.

Tous sortent des dortoirs, et je vois une foule se rassembler en contrebas.

— Allez, saute ! crie un petit malin. Qu'est-ce que t'attends ?

— Monsieur Sharpe ? me lance M. Wharton. Redescendez immédiatement, monsieur Sharpe !

Les cheveux argentés du doyen sont hérissés comme si la foudre venait de s'abattre sur sa tête, et il a enfilé à l'envers une robe de chambre dont il a noué la ceinture n'importe comment. Tous les pensionnaires peuvent constater qu'il porte un slip kangourou.

Je prends soudain conscience d'être le seul en caleçon. Si le doyen est ridicule, je le suis bien plus encore.

— Cassel ! hurle Mlle Noyes. Cassel, ne sautez pas !

Elle reste figée, à court de mots. Sans doute se demande-t-elle ce qui a pu me pousser à de telles extrémités. J'ai des notes honorables. Mes rapports avec mes camarades sont normaux.

Je baisse les yeux. Les flashes des portables m'éblouissent. Des élèves de première année se penchent aux fenêtres de Strong House, le bâtiment voisin. Juniors et seniors se tiennent çà et là sur la pelouse, en pyjama ou chemise de nuit, malgré les enseignants qui tentent en vain de les inciter à regagner leur chambre.

J'arbore mon plus beau sourire en murmurant : *cheese.*

— Descendez, monsieur Sharpe ! m'ordonne le doyen. Je vous avertis !

Mais c'est à Mlle Noyes que je décide de répondre :

— Je n'ai aucune envie de me suicider, mademoiselle. J'ignore ce que je fais sur ce toit. J'ai dû venir jusqu'ici en dormant.

Je me rappelle mon rêve. Il y avait une chatte blanche. Elle s'est penchée vers moi et a inspiré profondément, comme pour aspirer tout l'air de mes poumons, avant de happer ma langue. Sur l'instant je n'ai ressenti aucune douleur, seulement une sensation oppressante de panique. Dans ce songe ma langue était une chose rouge, humide et frétillante dans la gueule du félin qui me l'avait subtilisée. J'ai bondi de mon lit pour tenter de la récupérer. Mais la chatte était trop souple et rapide. Je l'ai pourchassée... pour finir par rouvrir les yeux en équilibre précaire sur ce toit.

Une sirène gémit dans le lointain. Elle se rapproche. J'accentue mon sourire, au point que mes zygomatiques en deviennent douloureux.

Finalement, un pompier grimpe vers moi sur une échelle. Une couverture est jetée sur mes épaules, mais je claque bien trop des dents pour répondre aux questions. Comme si j'avais vraiment donné ma langue au chat.

Lors de mon précédent séjour dans ce bureau, mon grand-père s'y trouvait également. Il était venu m'inscrire dans cette école. Je me souviens l'avoir vu vider dans sa poche toutes les pastilles de menthe que contenait une coupe en cristal pendant que le doyen Wharton parlait du jeune homme bien élevé qu'il comptait faire de moi. La coupe en cristal avait disparu dans l'autre poche.

Enveloppé de la couverture, c'est dans le même fauteuil en cuir vert que je tripote ma main bandée. Un jeune homme bien élevé, vraiment.

— Somnambulisme ? fait le doyen.

Il a enfilé un complet en tweed marron, mais ses cheveux sont toujours en bataille. Il se dresse à côté d'une étagère où s'alignent les volumes d'une encyclopédie totalement dépassée dont il tapote les dos en cuir craquelé avec son index ganté.

Je remarque sur le bureau d'autres pastilles de menthe, cette fois dans une soucoupe en verre bon marché. Les élancements qui agressent mes tempes me font regretter qu'elle ne contienne pas des cachets d'aspirine.

— J'ai eu des crises, autrefois. Mais ça remonte à très loin.

Le somnambulisme n'a rien de rare chez les enfants, surtout chez les garçons. J'avais vérifié sur Internet après m'être réveillé dans le jardin à treize ans, les lèvres bleuies par le froid, incapable de me débarrasser de la troublante impression de revenir d'un lieu dont je ne gardais aucun souvenir.

Au-delà du verre cathédrale des fenêtres, le soleil levant souligne les arbres d'un liseré doré. La directrice, Mme Northcutt, a un visage bouffi et des yeux injectés de sang. Elle boit du café et serre si fort le mug blasonné du logo de Wallingford que ses jointures en sont livides.

— On m'a rapporté que vous avez eu des problèmes avec votre petite amie, déclare-t-elle.

— Certainement pas !

Exaspérée par mes sautes d'humeur, Audrey a rompu à la fin des vacances d'hiver. Comment une personne qui est sortie de mon existence pourrait-elle me pourrir la vie au point de me pousser à de telles extrémités ?

Mme Northcutt se racle la gorge.

— On raconte également que vous organisez des paris clandestins. Cela ne vous a-t-il pas attiré des ennuis ? Auriez-vous des dettes ?

Je baisse les yeux et tente de ne pas sourire de cette évocation de mon minuscule empire criminel. De simples activités de bookmaker. Pas la moindre arnaque. Je n'ai même pas suivi les conseils de Philip, mon frère, qui souhaitait que je fournisse de l'alcool aux élèves n'ayant pas l'âge requis pour s'en procurer. J'ai la quasi-certitude que la directrice se fiche de mes activités, mais je me félicite qu'elle ignore la nature des paris les plus prisés, c'est-à-dire quels profs sortent avec quels autres. Qu'elle fricote avec Wharton serait hautement improbable, mais cela n'a pas empêché quelques insensés de miser une petite somme sur eux. Je secoue la tête.

— Êtes-vous d'humeur changeante, ces derniers temps ? demande Wharton.

— Non.

— Avez-vous remarqué de brusques variations de votre appétit ou de vos cycles de sommeil ?

À l'entendre, on pourrait croire qu'il lit une liste de causes probables.

— Il y aurait bien le sommeil…

— Qu'entendez-vous par là ? veut savoir Northcutt dont l'intérêt s'est brusquement réveillé.

— Rien de particulier. Je n'ai jamais eu la moindre idée suicidaire, mais j'ai déjà fait des crises de somnambulisme. Je souhaite préciser que, si je voulais mettre fin à mes jours, j'hésiterais à me jeter du haut d'un toit. Et que, si j'optais malgré tout pour cette solution, j'enfilerais d'abord un pantalon.

La directrice sirote son café. Elle semble s'être détendue.

— Notre conseiller juridique estime que nous ne pouvons pas vous garder tant qu'un médecin n'aura pas attesté que cet incident ne risque pas de se reproduire. Pour des questions d'assurance, voyez-vous.

J'ai pensé qu'ils me feraient un sermon, pas que les choses iraient si loin. La surprise me prive d'arguments.

— Je n'ai rien fait de mal !

Protester est stupide. Les gens ne méritent pas nécessairement les ennuis qui leur arrivent. En outre, j'ai de nombreuses choses à me reprocher.

— Votre frère Philip passera vous prendre, déclare Wharton.

Le doyen et la directrice échangent un regard, et Wharton lève la main par réflexe vers l'amulette suspendue à son cou, visible sous sa chemise blanche.

Je comprends qu'ils se demandent si je n'ai pas été touché, fauché… ensorcelé, si vous préférez. Que mon grand-père ait été faucheur de vie pour les Zacharov n'est un secret pour personne. Les moignons noircis de ses doigts en témoignent. Et il suffit de lire les journaux pour tout savoir sur ma mère. Wharton et Northcutt n'ont pas à déployer des trésors d'imagination pour attribuer à des sortilèges les anomalies qui me caractérisent.

Je décide néanmoins d'insister :

— Vous ne pouvez pas me renvoyer pour somnambulisme. Ce serait contraire à la loi. Une forme de discrimination...

Je m'interromps en sentant l'onde glacée de la peur se répandre dans mon ventre, car il n'est pas inconcevable qu'on m'ait envoûté. Pourrais-je affirmer que personne ne m'a effleuré ? Pour autant que je m'en souvienne, tous ceux qui m'ont approché portaient des gants.

— Nous n'avons pris aucune décision concernant votre avenir au sein de notre établissement.

La directrice feuillette des documents posés sur son bureau. Le doyen se sert un café.

— Ne pourrais-je pas continuer à suivre les cours en tant qu'externe ?

L'idée de dormir dans une maison déserte ou chez un de mes frères ne m'emballe guère, mais je le ferai sans hésitation. Je ne reculerai devant rien pour protéger ma vie actuelle.

— Allez préparer quelques affaires et considérez-vous en convalescence.

— Le temps de me faire délivrer une attestation médicale.

C'est en vain que j'attends un commentaire à ce rappel de mon statut, et je finis par me diriger vers la porte.

Ne vous apitoyez pas sur mon sort. Pas sans savoir certaines choses qui me concernent. Par exemple que j'ai assassiné une fille, quand j'avais quatorze ans. Elle s'appelait Lila et était ma meilleure amie. Je l'aimais, mais cela ne m'a pas empêché de la tuer. Ce qui s'est passé s'est effacé de mon esprit, mais mes frères m'ont trouvé debout à côté du cadavre, les mains couvertes de sang et la bouche déformée par un rictus de tueur psychopathe. Ce dont je me souviens, en revanche, c'est de l'horrible sensation éprouvée en regardant Lila… la joie étourdissante que procure le fait d'être toujours en vie.

Nul ne sait que je suis un meurtrier, sauf les membres de ma famille. Et moi-même, bien entendu.

Comme je refuse d'assumer ce rôle, je passe le plus clair de mon temps dans mon école où jouer la comédie est facile. Feindre d'être ce qu'on n'est pas réclame de l'application. Je ne pense pas à la musique que j'aime, mais à la musique que je devrais aimer. Quand j'ai eu une petite amie, j'ai tenté de la convaincre que j'étais en tout point conforme à ses souhaits. Lorsque je me retrouve au milieu d'inconnus, j'essaie de passer inaperçu tant que je n'ai pas trouvé un moyen de me rendre sympathique à leurs yeux. Par chance, s'il existe un domaine où j'excelle, c'est celui des faux-semblants et du mensonge.

Je vous l'ai dit, je ne suis pas un individu fréquentable.

Je traverse la cour, pieds nus et avec la couverture rêche du pompier jetée sur mes épaules, en direction du bâtiment où se trouve ma chambre. Sam Yu, qui la partage avec moi, est occupé à faire le nœud d'une fine cravate autour du col froissé de sa chemise quand je franchis le seuil. Il lève les yeux, comme surpris de me voir.

— Je vais bien, lui dis-je avec lassitude. Au cas où ça pourrait t'intéresser.

Sam, un accro aux films d'horreur et un dingue de science, a couvert tous les murs de masques d'extraterrestres aux yeux globuleux et de posters encore plus gore que gore. Ses parents voudraient qu'il entre au MIT [1] puis décroche un job très lucratif dans un labo pharmaceutique. Lui aimerait devenir spécialiste des effets spéciaux à Hollywood. En dépit de sa carrure de grizzly et de la fascination qu'exerce sur lui l'hémoglobine de synthèse, il a pour l'instant si timidement avoué ses véritables aspirations que son père et sa mère le croient toujours ravi de suivre la voie qu'ils lui ont tracée.

Il est ce qui se rapproche le plus d'un ami.

On ne fréquente pas grand monde, ce qui facilite nos rapports.

---

1. Massachusetts Institute of Technology : l'une des plus célèbres universités au monde spécialisée entre autres en science et technologie.

— Je ne… Je n'ai pas tenté… ce que tu imagines, lui dis-je. Je n'ai pas envie de me faire sauter le caisson, ou quoi que ce soit du même genre.

Il sourit et enfile les gants qui complètent l'uniforme de Wallingford.

— J'allais seulement déclarer que l'incident aurait été bien plus gênant si tu dormais à poil.

Je renifle et m'affale sur mon lit. Le sommier proteste. Je vois sur l'oreiller une nouvelle enveloppe. Le code qui y est inscrit m'informe qu'un élève de première année mise cinquante dollars sur la victoire de Victoria Quaroni au concours des jeunes talents. La cote est astronomique, ce qui me rappelle que quelqu'un devra tenir les comptes et régler les gains des parieurs pendant mon absence.

Sam donne un léger coup de pied à mon lit.

— Tu es sûr que ça va aller ?

Je hoche la tête. L'informer que je suis sur le point de rentrer chez moi et qu'il est désormais un de ces petits veinards qui ont une chambre pour eux tout seuls serait la moindre des choses, mais je répugne à chambouler une normalité au demeurant très fragile.

— Je me sens lessivé.

Sam prend son sac à dos.

— On se revoit en cours, cinglé.

Je lève ma main bandée pour le saluer, quand j'interromps soudain ce geste.

— Eh, attends une seconde !

Il se tourne, les doigts sur le bouton de porte.

— J'ai pensé à un truc… Si je dois m'absenter, tu crois que tu pourrais tenir la caisse pour les paris ?

Cela m'ennuie de lui demander de me rendre ce service, car je n'ai pas envie de devenir son débiteur ni d'officialiser mes magouilles ; mais je ne peux pas non plus renoncer à ma petite entreprise.

Il hésite.

— Laisse tomber, lui dis-je. Oublie tout ça...

Il m'interrompt.

— Ça me rapportera quelque chose ?

— Vingt-cinq. Vingt-cinq pour cent. Mais, pour ça, il ne faudra pas te contenter d'encaisser la monnaie.

— Alors, c'est OK.

Il hoche lentement la tête et je souris.

— De tous les types que je connais, tu es celui qui m'inspire le plus confiance.

— La flatterie permet d'atteindre les sommets mais pas d'en redescendre.

Je me lève péniblement et vais chercher un pantalon noir d'uniforme dans un tiroir de la commode.

— Pourquoi tu parles de t'absenter ? Ils ne t'ont tout de même pas mis à la porte ?

J'enfile le pantalon sans le regarder, mais je ne peux pas cacher ma gêne.

— Non. Je ne sais pas. Tu n'auras qu'à suivre mes instructions.

— Je suis tout ouïe.

— Je te laisserai le cahier sur lequel je note les écarts, les scores et le reste. Tu inscriras les mises au fur et à mesure que tu les encaisseras.

Je me lève, tire la chaise de bureau vers le placard et y grimpe.

— Là !

Mes doigts se referment sur le cahier que j'ai scotché au-dessus de la porte. Je le détache. Il y en a un autre, là-haut, car quand les affaires se sont développées, je n'ai plus pu me fier uniquement à ma mémoire.

Sam sourit presque. Le fait qu'il n'ait jamais découvert ma cachette le sidère.

— Ça devrait être dans mes cordes.

Sur les pages qu'il feuillette sont notés tous les paris pris depuis le début de notre première année à Wallingford ainsi que les cotes qui s'y rapportent. Des paris sur le trépas de la souris qui squatte Stanton Hall : sera-t-elle victime de Kevin Brown et de son maillet, du Dr Milton et de ses tapettes au bacon, ou encore de Chaiyawat Terweil et de son piège à la laitue bien moins cruel (le maillet étant grand favori). D'autres ont préféré miser sur Amanda, Sharon ou Courtney pour le rôle principal de la comédie musicale *Pippin*, pariant aussi sur les chances qu'il soit ou non repris par sa doublure (Courtney a décroché le rôle et participe toujours aux répétitions). Certains tentent leur chance sur le nombre de fois où des « brownies aux noisettes sans noisettes » seront servis à la cafétéria pendant la semaine en cours.

Les vrais books prélèvent un pourcentage, en tablant sur des comptes équilibrés pour réaliser des profits. Par exemple, quand cinq billets ont été misés sur un combat, les gagnants en empochent quatre et le book garde la différence. Les résultats importent peu, étant donné qu'il utilise l'argent perdu par les uns pour régler les autres. Mais je ne suis pas un vrai book. Les mômes de Wallingford font des paris idiots, des trucs si stupides que nul ne sera sans doute jamais fixé sur le résultat. Ils ont du fric à gaspiller. Il m'arrive de calculer les cotes comme il se doit – à la façon des professionnels – ou encore en me fiant à mon instinct et en espérant tout empocher au lieu de débourser des sommes que je ne pourrais pas me permettre de sortir. Si vous disiez que je suis moi aussi un joueur, vous n'auriez pas tout à fait tort.

— Garde toujours une chose à l'esprit, lui dis-je. Uniquement des espèces. Jamais de cartes de crédit, ni de montres.

Il lève les yeux au ciel.

— Serais-tu en train de me dire que des gens s'imaginent que tu as un fer à repasser dans ta piaule ?

— Ils te proposeront d'utiliser leur carte pour acheter de quoi couvrir le montant du pari. N'accepte pas, car tu ne pourras jamais prouver que tu ne l'as pas piquée. Et c'est ce qu'ils raconteront à leurs vieux, s'ils doivent leur rendre des comptes.

— Ouais, admet Sam après quelques hésitations.

— Bon. Il y a une enveloppe sur le bureau. N'oublie pas de tout noter.

Je sais que je me répète, mais je ne peux pas lui avouer que j'ai besoin de cet argent. Fréquenter l'école de Wallingford lorsqu'on n'est pas fortuné pose quelques problèmes. Je suis par exemple le seul élève de dix-sept ans à ne pas avoir de voiture.

Je lui fais signe de me passer le cahier que je scotche une fois de plus dans les hauteurs du placard.

Quelqu'un frappe à la porte avec une telle énergie que je manque basculer à la renverse. Je n'ai pas le temps de faire un commentaire que le battant s'ouvre sur le concierge du bâtiment... qui s'intéresse aussitôt à mes mains, comme s'il s'attendait à voir un nœud coulant.

Je saute au bas de la chaise.

— Je voulais juste...

— Merci de m'avoir descendu mon sac, intervient Sam.

— Samuel Yu, fait M. Valerio. Je suis prêt à parier que vos camarades ont terminé leur petit déjeuner et que vos cours ont débuté.

— Pari tenu, lui répond Sam en m'adressant un sourire de connivence.

Exploiter Sam serait facile. Je n'aurais qu'à lui promettre d'énormes profits pour le ponctionner d'une partie du fric que lui allouent ses parents. Mais je ne le veux pas.

Je suis sincère.

La porte se referme et Valerio se tourne vers moi.

— Votre frère ne passera vous prendre que demain matin. Entre-temps, vous suivrez les cours avec les autres... même si nous ne savons pas encore où vous dormirez.

— Menottez-moi aux montants de mon lit, pendant que vous y êtes.

Mais il ne semble pas trouver ma repartie amusante.

Ma mère m'a expliqué qu'elle a appris à embobiner les gens à peu près en même temps qu'à nouer des sortilèges. Elle utilisait la magie pour obtenir ce qu'elle voulait, puis se tirait d'affaire grâce à de belles paroles. Contrairement à elle, je suis incapable de me faire aimer. Et je ne peux pas non plus agresser physiquement les gens, à l'instar de Philip, ou modifier leur capital chance comme mon autre frère, Barron. Cependant, il n'est pas nécessaire d'être un faucheur pour pratiquer l'arnaque.

La magie facilite le travail, c'est certain, mais rien ne surpasse le bagou et les faux-semblants.

C'est ma mère qui m'a appris que pour entuber un pigeon – à l'aide de ses pouvoirs et son intelligence, ou, dans mon cas, uniquement de mon intelligence –, il suffit de mieux connaître sa proie qu'elle ne se connaît elle-même.

Il faut en premier lieu gagner la confiance du gogo. Le charmer. Le convaincre qu'il est le plus malin des deux. Puis le persuader – ou, dans l'idéal, d'en charger un complice – qu'il a tout intérêt à accepter ce que vous lui proposez.

Pour cela, il est indispensable qu'il obtienne un résultat dès la première fois. Les hommes d'affaires appellent cela l'élément persuasif. C'est seulement lorsqu'il a empoché ses premiers gains et qu'il se sait libre de retirer ses billes qu'il baisse enfin la garde.

Tout débute véritablement lorsque l'enjeu devient plus important. Le gros coup. À ce stade, ma mère n'a jamais eu à s'inquiéter. En tant que faucheuse de sentiments, elle bénéficie systématiquement de la confiance du plus méfiant des hommes. Mais il lui faut malgré tout respecter les étapes précédentes pour que ses victimes ne se doutent de rien lors de la reconstitution des faits.

Après quoi, il ne lui reste plus qu'à disparaître dans la nature.

Pour rouler les gens, il faut se croire plus malin qu'eux et se dire qu'on a pensé à tout. Qu'on s'en tirera quoi qu'il advienne. Qu'on est capable de mettre n'importe qui dans sa poche.

J'aimerais pouvoir déclarer que je n'ai pas de telles pensées quand j'entame des négociations avec quelqu'un, mais, entre ma mère et moi, la principale différence c'est que j'évite de me bercer d'illusions.

CHAPITRE DEUX

J'ai tout juste le temps d'enfiler mon uniforme et de me précipiter vers la salle de cours de français, car le petit déjeuner appartient déjà au passé. Le circuit fermé de télévision de Wallingford s'anime en grésillant à l'instant où je lâche mes manuels sur mon bureau. Sadie Flores se matérialise sur l'écran pour annoncer que le club de latin organise une vente de pâtisseries pour participer au financement d'une grotte artificielle et que la réunion de l'équipe de rugby se tiendra dans le gymnase. Je parviens à garder tant bien que mal les yeux ouverts jusqu'à la fin de ce cours, puis finis par m'endormir pendant celui d'histoire. Je me réveille en sursaut, la manche de ma chemise humide de bave, quand M. Lewis me demande :

— En quelle année l'Interdiction a-t-elle été promulguée, monsieur Sharpe ?

— 1929, réussis-je à répondre. Neuf ans après le début de la prohibition. Juste avant le krach de Wall Street.

— Très bien, grommelle-t-il. Et pouvez-vous me dire pourquoi elle n'a pas été abrogée comme la prohibition ?

Je m'essuie la bouche. Tenace, ma migraine refuse de s'estomper.

— Heu... Parce qu'il y a toujours eu des gens disposés à jeter des sorts sous le manteau ?

Quelques élèves rient, mais pas M. Lewis. Il me désigne les raisons qu'il a gribouillées à grands coups de craie sur le tableau noir. Il y est question d'initiatives économiques et d'accord commercial avec l'Union européenne.

— Tout indique que vous savez faire des choses très intéressantes en dormant, monsieur Sharpe, mais que suivre mes cours n'en fait pas partie.

Ce qui provoque des rires plus sonores. Je garde les yeux ouverts jusqu'à la fin de son exposé, même si je dois pour cela me piquer fréquemment avec la pointe de mon stylo.

De retour dans ma chambre, je m'effondre et dors des heures que je devrais consacrer à approfondir mes connaissances dans les matières où je suis le plus faible, pratiquer la course à pied ou participer à des exercices d'expression orale. À mon réveil, mes camarades sont allés déjeuner. Je suis en décalage par rapport à la vie normale et me demande comment procéder pour en retrouver le rythme.

L'école privée Wallingford est en tout point conforme à ce que j'ai imaginé le jour où Barron nous a apporté sa brochure. Les pelouses sont moins vertes et les bâtiments plus petits, mais la bibliothèque est imposante, et c'est en veste que nous prenons nos repas. Les pensionnaires de Wallingford sont ici pour deux raisons différentes. Soit l'enseignement privé leur ouvrira les portes d'une université prestigieuse, soit ils se sont fait virer de partout ailleurs et utilisent la fortune familiale pour ne pas être expédiés dans une maison de correction.

Wallingford n'a pas aussi bonne réputation que Choate ou la Deerfield Academy, mais au moins m'y a-t-on accepté malgré les liens qui unissent ma famille aux Zacharov. Barron estimait que ce serait salutaire. Pas de foutoir. Pas de merdier. Je m'en suis d'ailleurs pas mal tiré. Ici, mon incapacité à utiliser la magie est devenue – pour la première fois – un avantage. Cependant, je découvre en moi une inquiétante propension à aller au-devant d'ennuis dont cette nouvelle existence devrait être exempte. Organiser des paris clandestins pour arrondir mes fins de mois, par exemple. Je ne suis apparemment pas capable de me tenir tranquille.

Les murs du réfectoire sont lambrissés et tous les sons se répercutent sous le haut plafond voûté. Aux parois sont accrochés les portraits des plus éminentes personnalités de cette école dont, naturellement, son fondateur : le colonel Wallingford – prématurément emporté par un sortilège un an avant le vote de l'Interdiction – qui me regarde avec un air goguenard du haut de son cadre doré.

Mes chaussures claquent sur les dalles de marbre usées par d'innombrables semelles et je fronce les sourcils en entendant les voix des gens qui m'entourent se fondre en un bourdonnement qui sature mes oreilles. J'ai les mains moites quand je traverse les cuisines, et je sens la sueur imbiber la doublure en coton de mes gants lorsque j'ouvre la porte.

Je regarde machinalement de tous côtés pour voir si Audrey est présente.

Ce n'est pas le cas, et je me reproche de m'en être assuré. Je me suis interdit de lui prêter attention. Je dois l'inciter à croire que je ne m'intéresse plus à elle… sans en faire trop, évidemment. Cela me trahirait.

Surtout quand je suis désemparé à ce point.

— Vous arrivez bien tard, déclare une des employées du réfectoire sans lever les yeux du comptoir qu'elle astique.

Elle me semble trop âgée pour travailler – aussi vieille que mon grand-père –, et quelques boucles de sa permanente se sont échappées sous l'élastique de sa charlotte en plastique.

— Le service est terminé.

— Je m'en doutais, dis-je avant de marmonner : Désolé.

— Les plats ont été retirés. (Elle me jette un regard et lève ses mains gantées.) Tout est froid.

— J'adore les plats froids.

Je lui adresse mon sourire le plus contrit.

Elle secoue la tête.

— Voir des jeunes qui ont encore bon appétit est réconfortant. Vous êtes presque tous maigrichons, et j'ai lu dans un magazine que les garçons font à présent des régimes aussi sévères que les filles.

— Pas moi.

Le grondement d'approbation de mon estomac la fait rire.

— Allez vous asseoir, je vous apporterai quelque chose. Prenez des cookies dans ce plateau.

À présent qu'elle m'assimile à un pauvre orphelin famélique, elle est ravie d'être aux petits soins avec moi.

Contrairement à ce qui caractérise bon nombre de réfectoires, les repas servis à Wallingford sont plus qu'acceptables. Les cookies sont pleins de mélasse et relevés par du gingembre. Et si les spaghettis qu'elle m'apporte sont tièdes, je vois des rondelles de chorizo flotter dans la sauce tomate. J'essuie mon assiette avec un bout de pain quand Daneca Wasserman approche de ma table.

— Je peux m'asseoir ?

Je lorgne l'horloge murale.

— La salle d'étude va ouvrir.

Son abondante chevelure brune ne semble pas avoir été brossée, simplement repoussée en arrière par un serre-tête en bois de santal. Je baisse les yeux vers sa hanche et le sac en fibres de chanvre piqué de badges sur lesquels on peut lire « JE CARBURE AU TOFU », « NON À LA 2e PROPOSITION » et « LES FAUCHEURS ONT DES DROITS ».

— Tu n'es pas venu au club de débats, me dit-elle.

— Exact.

Esquiver Daneca ou lui fournir des réponses aussi abruptes me gêne, mais j'ai adopté ce comportement à son égard dès mon arrivée à Wallingford. Que Sam soit son ami ne me facilite pas la tâche.

— Ma mère tient absolument à te parler. Elle croit que c'est un appel à l'aide.

— C'en est un. J'ai même crié « Au secours ! ». C'était pas très subtil.

Un grognement traduit son irritation. Sa famille est cofondatrice du SORT, un lobby qui œuvre pour que les sortilèges mineurs cessent d'être une activité illégale… et surtout pour rendre applicables les lois réprimant les fauchages les plus graves. J'ai vu sa mère à la télévision. Elle était assise dans le cabinet de travail de leur maison de Princeton, devant une fenêtre donnant sur un jardin fleuri. Mme Wasserman disait qu'en dépit des lois tous faisaient appel à un faucheur de chance à l'occasion d'un mariage ou d'un baptême, et que de telles pratiques ne pouvaient nuire à personne. Elle ajoutait qu'empêcher les faucheurs d'exercer légalement leurs activités profitait au crime organisé. Elle reconnaissait pratiquer elle aussi la magie. Un discours convaincant. Dangereux.

— Maman s'occupe constamment de familles de faucheurs, rappelle Daneca. Elle connaît bien les problèmes auxquels sont confrontés leurs enfants.

— Je le sais, mais si je n'ai pas voulu me joindre au SORT l'année dernière, ce n'est pas pour m'impliquer dans votre combat à présent. Je ne suis pas un faucheur et je me fiche de ton statut. Trouve quelqu'un d'autre à recruter, à sauver ou je ne sais quoi. Je n'ai aucune envie de rencontrer ta mère.

Elle hésite.

— Je ne suis pas une faucheuse. Ce n'est pas parce que...

— Je t'ai dit que c'est le cadet de mes soucis.

— Tu te fiches que des faucheurs soient traqués et abattus en Corée du Sud ? Et qu'ici même, aux États-Unis, ils aient un statut d'esclaves sous contrat pour le crime organisé ? Tu t'en fous ?

— Oui, je m'en fous.

Valerio vient de surgir de l'autre côté de la salle et se dirige vers nous à grands pas. Daneca ne devrait pas être ici et elle risque un blâme. La main plaquée sur son sac, elle s'éloigne en me lançant un regard lourd de reproches et de mépris qui blesse mon amour-propre.

J'enfourne un dernier bout dc pain imbibé de sauce et me lève.

— Réjouissez-vous, monsieur Sharpe. Vous allez pouvoir passer la nuit dans votre chambre.

J'opine du chef en mâchonnant. Il est possible que tout s'arrange, s'ils m'autorisent à rester.

— Mais la chienne du doyen Wharton sera dans le couloir et ses aboiements réveilleront tout le monde si vous décidez de jouer les noctambules. Je ne veux pas vous voir ressortir de votre chambre, pas même pour pisser. Est-ce bien compris ?

Je déglutis.

— Parfaitement, monsieur.

— Je vous conseille d'aller faire vos devoirs.

— Oui. Certainement. Merci, monsieur.

Il est rare que je revienne seul du réfectoire. Au-dessus des arbres à la ramure éclaircie par de jeunes pousses, des chauves-souris sillonnent un ciel encore lumineux. L'air, aussi tonifiant qu'une pomme verte, est additionné d'une légère touche de fumée. Quelque part, quelqu'un brûle des feuilles mortes humides à moitié décomposées.

Sam est assis à son bureau, les écouteurs dans les oreilles, son large dos tourné vers la porte et la tête baissée pour recopier sous forme de gribouillis des pages de son manuel de physique. C'est à peine s'il se redresse à mon entrée. Nous avons à peu près trois heures de travail à abattre chaque soir alors que l'étude n'en dure que deux. Pour terminer nos devoirs avant 21 h 30 sans les bâcler pour autant, il faut mettre les bouchées doubles. Je doute que le dessin d'un zombie femelle aux yeux exorbités bouffant la cervelle de James Page fasse partie de ses exercices de physique, mais si c'est le cas, son prof sait motiver ses élèves.

Je sors des manuels de mon sac et me plonge dans la trigo, mais je n'ai pas été suffisamment attentif pour pouvoir résoudre le moindre exercice. Je repousse les cahiers et décide de lire le chapitre qui nous a été attribué en mythologie. C'est encore une histoire de famille olympienne dont Zeus est la vedette. Ayant appris que son mari a engrossé sa petite copine Sémélé, Héra convainc cette dernière de demander à voir son amant dans toute sa magnificence divine. Tout en sachant qu'une telle vision lui sera fatale, Zeus apparaît à Sémélé auréolé de gloire et d'éclairs. Sémélé se fait griller et, quelques minutes plus tard, voilà que le petit Dionysos tombe du ventre calciné de sa maman foudroyée et que Zeus ne trouve rien de plus malin à faire que *coudre le nouveau-né dans sa cuisse* ! Que Dionysos ait plus tard sombré dans l'alcoolisme n'a rien d'étonnant. Je viens d'atteindre le passage où l'enfant est élevé comme une petite fille (pour éviter qu'Héra découvre son existence, cela va de soi), quand Kyle tape à la porte.

— Hein ? s'exclame Sam en retirant une de ses oreillettes et en pivotant sur son siège.

— Téléphone, annonce Kyle en regardant dans ma direction.

Je présume qu'avant l'invention des portables les élèves ne pouvaient contacter leur père ou leur mère qu'en accumulant des monceaux de petites pièces dont ils alimentaient les fentes insatiables des téléphones publics installés à l'extrémité des couloirs. Malgré les quelques détraqués qui décident de passer un appel à minuit, ces appareils n'ont pas été retirés. Ils servent principalement aux parents qui veulent joindre un élève en panne de batterie ou peu désireux de répondre aux messages laissés sur son répondeur. Ou encore à une mère qui séjourne en prison.

Je lève le combiné noir devenu familier.

— Allô ?

— Tu me déçois, me reproche maman de but en blanc. Cette école t'aurait-elle ramolli le cerveau ? Qu'est-ce que tu es monté faire sur le toit ?

En principe, ma mère ne devrait pas pouvoir utiliser un téléphone public, mais elle a trouvé un moyen de contourner le problème. Il lui suffit de persuader ma belle-sœur Maura de régler la note et d'établir une conversation à trois avec celui ou celle qu'elle veut contacter. Avocats, Philip, Barron ou moi.

Bien sûr, elle pourrait me joindre sur mon mobile, mais elle est convaincue que tout ce qui circule dans l'éther est capté par des espions à la solde des services gouvernementaux dont l'existence est inavouée et inavouable.

— Je m'en suis tiré sans une égratignure, lui dis-je. Ta sollicitude me touche.

Son coup de fil me rappelle que Philip viendra me chercher dans la matinée. Un court instant, je l'imagine débarquant ici juste avant que tout explose.

— Ma sollicitude ? Je suis ta mère, bon sang ! Je devrais être auprès de toi ! Il est inadmissible qu'ils me retiennent dans cette prison pendant que tu joues les funambules, et que tu t'attires des ennuis que tu éviterais si ta famille était normale... avec une mère à la maison. Je l'avais bien dit au juge que ça finirait mal s'il m'éloignait des miens. Enfin, je ne savais pas que tu me jouerais un tour pareil, mais il ne pourra pas prétendre que je ne l'ai pas averti.

Maman aime tant s'écouter parler qu'il est possible d'avoir avec elle une conversation interminable sans émettre autre chose que quelques sons inarticulés. Surtout lorsqu'elle est trop loin pour vous toucher et vous contraindre à sangloter.

Un fauchage émotionnel a de tels effets.

— Enfin, tu vas rentrer à la maison avec Philip. Tu te retrouveras auprès des tiens. Hors de danger.

Les miens ! Des faucheurs. L'ennui, c'est que je n'en suis pas un. Le seul de la famille à ne pas maîtriser la magie. Je place ma main en coupe autour du microphone.

— Je suis en danger ?

— Où vas-tu chercher une idée pareille ? Ne dis pas de sottises. Au fait, le comte dont je vous ai déjà parlé m'a envoyé une lettre adorable. Il voudrait m'emmener en croisière à ma libération. Qu'en penses-tu ? Tu pourrais m'accompagner. Je te ferais passer pour mon secrétaire.

Je souris. Elle a pour moi de l'affection, même si elle est redoutable et manipulatrice.

— D'accord, m'man.

— Vraiment ? Oh, ce sera formidable, mon chéri ! Tout ceci est tellement injuste, immérité ! Je ne peux croire qu'on m'ait séparée de toi juste au moment où tu avais tant besoin de ta mère. J'en ai parlé à mes avocats, et ils vont arranger ça. J'ai dit que tu souffrais de mon absence, mais ma demande aurait plus de poids si tu le confirmais par écrit.

Je sais déjà que je m'en abstiendrai.

— Il faut que je te laisse, m'man. C'est l'étude. Je ne devrais pas être au téléphone.

— Oh, passe-moi le concierge ! Comment s'appelle-t-il, déjà… Valérie ?

— Valerio.

— Va le chercher. Je lui expliquerai tout ça. C'est un brave homme.

— Il faut vraiment que je te laisse. J'ai du travail.

Je l'entends rire puis allumer une cigarette. Suivent une profonde inhalation et les légers grésillements du papier qui se consume.

— À quoi bon ? Tu ne vas pas t'éterniser dans cet établissement.

— C'est certain, si je ne termine pas mes devoirs.

— Tu sais quel est ton problème, mon chéri ? Tu prends toutes ces choses trop à cœur. Parce que tu es mon petit dernier…

Je la vois d'ici délirer sur le sujet en faisant de grands gestes, adossée au mur en parpaings de la maison d'arrêt.

— Soir, m'man.

— Reste avec tes frères, ajoute-t-elle d'une voix douce. Tu y seras en sécurité.

— Soir, m'man.

Je raccroche, le cœur serré.

Je m'attarde dans le couloir jusqu'à la pause, quand tous gagnent le salon commun du rez-de-chaussée.

Rahul Pathak et Jeremy Fletcher-Fiske, les deux joueurs de foot junior du bâtiment, me font signe d'aller les rejoindre sur leur banquette. J'agite la main et prends un sachet de chocolat que je dissous dans une grande tasse de café. Je crois que le café est réservé aux membres du personnel, mais nous en buvons tous et personne n'y a jamais trouvé à redire.

Jeremy grimace dès que je m'assieds.

— Tu t'es fait HBG ?

— Ouais, par ta mère ! dis-je en restant très calme.

HBG est l'abréviation d'un terme médical interminable désignant un faucheur.

— Oh, ça va ! J'ai une proposition à te faire. Il faut que tu trouves un faucheur capable de rendre ma copine hyper chaude pour le bal de fin d'année. On peut payer.

— Je ne connais personne.

— Dis pas de conneries !

Jeremy me regarde de haut et se demande sans doute pourquoi il doit se fatiguer pour me convaincre. Il va de soi que je devrais être ravi de me mettre en quatre pour lui. Je suis là pour ça, non ?

— Elle retirera toutes ses amulettes, et le reste. Elle y tient.

Je me demande combien il serait disposé à dépenser. En tout cas, pas de quoi résoudre la totalité de mes problèmes.

— Désolé, je ne peux rien faire pour toi.

Rahul sort une enveloppe de la poche intérieure de sa veste et la pousse vers moi.

— C'est impossible, vous saisissez ?

— Ça n'a rien à voir avec ce que t'a demandé Jeremy. J'ai vu la souris et elle se dirigeait vers un des pièges à glu. Je parie qu'elle va crever avant l'aube.

Il lève la main en souriant pour mimer qu'il se tranche la gorge.

— Cinquante billets sur la colle.

Jeremy grimace. Tout indique qu'il ne peut accepter mon refus, mais ne voit pas comment revenir sur le sujet qui l'intéresse.

Je fourre l'enveloppe dans ma poche et tente de me détendre.

— J'espère que tu as tort, dis-je rapidement.

Dès mon retour dans notre chambre, je dirai à Sam d'enregistrer le montant et la nature de ce pari dans le registre. Ça lui permettra de se faire la main.

— Cette souris est excellente pour les affaires.

— Tu espères empocher notre fric pendant encore longtemps ? déclare Rahul en souriant.

Je hausse les épaules. C'est tellement évident qu'un commentaire serait inutile.

— Je parie qu'elle va ronger sa patte engluée et repartir en clopinant.

— Elle est de la trempe des survivants, renchérit Jeremy.

— Alors, mets un paquet sur elle, le défie Rahul. Mise quelque chose.

— J'ai rien sur moi.

Jeremy retourne les poches de son pantalon.

— Je te couvre, rit Rahul.

Le moka me brûle la gorge. Je supporte assez mal les bavardages de ce genre.

— Si vous voulez passer à la caisse... Sam va me remplacer.

Ils s'interrompent aussitôt pour reporter leur attention sur l'intéressé. Assis dans le fond de la salle devant une pile de papier millimétré, Sam peint une figurine en plomb de jeu de rôle. Près de lui, Jill Pearson-White fait rouler des dés à facettes bizarroïdes.

— Tu lui as confié ton fric ? me demande Rahul.

— J'ai toute confiance en lui. Comme vous en moi.

— Mais es-tu encore digne de confiance ? La nuit dernière, on se serait cru dans *Vol au-dessus d'un nid de coucou.*

Que sa nouvelle copine fasse partie du club d'art dramatique a notablement modifié ses références cinématographiques.

— Tu comptes t'absenter longtemps ?

Je me sens crevé malgré la caféine qui circule dans mes veines et ma longue sieste de l'après-midi. Par ailleurs, j'en ai par-dessus la tête d'entendre parler de cette crise de somnambulisme. Personne ne veut me croire.

— C'est personnel.

Sur cette affirmation, je tapote le bout d'enveloppe qui dépasse de ma poche.

— Ça, c'est professionnel.

Cette nuit-là, allongé dans le noir avec les yeux rivés au plafond, je me demande si le sucre et le café seront suffisants. Toute nouvelle escapade nocturne me vaudra une expulsion définitive de Wallingford, et je ne veux pas courir le risque de m'assoupir. J'entends le chien derrière la porte. Ses griffes crissent sur le plancher du couloir alors qu'il se cherche un emplacement puis s'y affale avec un bruit mat.

Je pense à Philip. Contrairement à Barron, il ne m'a pas regardé une seule fois dans les yeux depuis mes quatorze ans. Il ne m'a jamais laissé approcher de son fils. La perspective de vivre chez lui aussi longtemps que durera mon exil m'angoisse.

— Eh ! me lance Sam. Tu me fiches les jetons, à contempler comme ça le plafond. Tu ne cilles même pas. On pourrait croire que t'as clamsé.

— Je bats des paupières, lui dis-je à voix basse. C'est nécessaire pour ne pas s'endormir.

Il se tourne sur le côté, dans un bruissement de couvertures.

— Pourquoi ? Tu as peur de remettre…

— Ouais.

— Oh !

Heureusement que je ne vois pas son expression dans l'obscurité.

— Et si tu avais fait un truc si épouvantable que tu ne veuilles rencontrer personne qui en soit informé ?

Ma voix est si faible qu'il ne m'entend peut-être pas. J'ignore d'ailleurs pourquoi j'ai prononcé ces mots. Je ne parle jamais de ces choses, surtout à Sam.

— C'était donc bien une tentative de suicide.

J'aurais dû m'y attendre.

— Non, juré.

Je le sens soupeser les diverses options qui s'offrent à lui et je regrette de ne pas avoir su la boucler.

— D'accord. Ce truc épouvantable, pourquoi l'aurais-tu fait ?

— Je l'ignore.

— C'est ridicule ! Comment pourrait-on ignorer ce qui est important ?

Cet échange de propos me rappelle un de ses passe-temps préférés. *Tu arrives à un croisement et il y a d'un côté un petit sentier tortueux qui grimpe vers les montagnes et de l'autre un chemin plus large qui mène à une ville. Lequel tu prends ?* Comme si j'étais un personnage qu'il tente d'interpréter sans apprécier pour autant les règles du jeu.

— C'est comme ça, et c'est ce qu'il y a de pire. Tu refuses d'assumer tes actes sans pouvoir les nier pour autant.

Un jeu qui me déplaît d'ailleurs.

— Je crois qu'il faut remonter à partir de ce point, me déclare Sam en s'adossant aux oreillers. Il y a nécessairement une raison, et tu risques de remettre ça tant que tu ne l'auras pas identifiée.

Je contemple les ténèbres en luttant pour empêcher mes yeux de se fermer.

— Être un type bien est difficile, lorsqu'on sait qu'on n'en est pas un.

— Je ne sais jamais quand tu dis n'importe quoi.

Je décide de mentir.

— Je ne mens jamais.

Je passe une nuit blanche et me sens plutôt vaseux, le matin suivant. Valerio frappe à la porte à l'instant où je sors d'une douche froide qui m'a suffisamment réveillé pour me permettre d'enfiler de quoi me rendre décent. Me voir dans la chambre et en vie paraît le soulager. Mon frère se tient à côté de lui. Philip a remonté ses lunettes-miroir hors de prix sur ses cheveux noirs lissés en arrière, et il a ceint son poignet d'une montre en or de m'as-tu-vu. Sa peau mate fait ressortir la blancheur de ses dents lorsqu'il sourit.

— Monsieur Sharpe, après avoir consulté leurs conseillers juridiques, les membres du conseil d'administration m'ont chargé de vous informer que vous ne pourrez réintégrer cet établissement qu'après avoir été examiné par un médecin capable d'attester que l'incident de l'autre nuit ne risque pas de se reproduire. M'avez-vous bien compris ?

J'ouvre la bouche pour répondre par l'affirmative, mais mon frère m'en dissuade d'une pression de sa main gantée sur mon bras.

— Es-tu prêt ? me demande-t-il sans perdre son sourire.

Je secoue la tête et désigne ce qui m'entoure : des manuels scolaires éparpillés, un lit défait et aucun sac. Oui, Philip a daigné se déplacer, mais j'aimerais tant qu'il s'enquière de ma santé… J'ai pourtant failli plonger du toit d'un immeuble. Il est évident que j'ai un sérieux problème.

— Besoin d'un coup de main ? me propose-t-il enfin.

Je me demande si Valerio a perçu la tension dans sa voix. Au sein de notre famille, rien n'est pire que révéler sa vulnérabilité à un pigeon. Et quiconque n'appartient pas à notre clan est une proie en puissance.

— Ça va mieux, merci.

Je sors un sac de toile du placard, pendant que Philip se tourne vers Valerio.

— Je vous remercie du fond du cœur pour tout ce que vous avez fait pour mon frère.

La surprise du concierge est telle qu'il en reste coi. Peu de gens songeraient à exprimer leur gratitude à celui qui a averti les pompiers qu'un gosse risquait de tomber d'un toit.

— Nous avons tous été sous le choc, quand…

— L'important, c'est qu'il soit sain et sauf.

Je lève les yeux au ciel tout en fourrant dans mon sac linge sale, iPod, livres de classe, de quoi faire mes devoirs, mon petit chat en verre, la clé USB sur laquelle j'enregistre mes bulletins… tout en essayant de ne pas écouter leurs propos. Je compte m'absenter seulement un ou deux jours. Je n'aurai pas besoin de grand-chose.

Nous sommes sortis du bâtiment et nous nous dirigeons vers la voiture, quand Philip se tourne finalement vers moi.

— Comment tu as pu te conduire de façon aussi stupide ?

Je hausse les épaules, piqué au vif malgré mes bonnes résolutions.

— Je m'en croyais débarrassé.

Philip prend la clé de sa Mercedes et utilise la télécommande pour déverrouiller les portières. Je monte du côté passager et fais tomber du siège des gobelets qui roulent sur le tapis de sol, où des itinéraires imprimés sur des feuilles froissées se chargent d'absorber les gouttes de café qui subsistent au fond.

— Je présume que tu fais allusion à tes crises de somnambulisme, vu que tout indique que tu es toujours aussi idiot, commente mon frère aîné.

CHAPITRE TROIS

J'organise une course de choux de Bruxelles sur le pourtour de mon assiette et écoute mon neveu brailler dans sa chaise haute jusqu'au moment où Maura, la femme de Philip, lui donne à mâchouiller un truc en plastique tout droit sorti du frigo. Les yeux de Maura sont cernés au point de paraître pochés, comme si son mari l'avait rouée de coups. À vingt et un ans, elle semble déjà très vieille.

— J'ai mis des couvertures sur le clic-clac du bureau, annonce-t-elle.

Je remarque derrière elle des traînées grasses sur les meubles et divers papiers qui encombrent le plan de travail. J'aimerais lui dire qu'elle n'a pas à s'occuper de moi par-dessus le marché.

Mais je me contente de répondre :

— Merci.

Parce qu'elle a déjà sorti la literie et que je ne voudrais pas faire tanguer la barque de l'hospitalité de mon frère avec ce qu'il assimilerait certainement à de l'ingratitude. Je m'interdis par exemple de dire qu'il règne dans cette cuisine une chaleur étouffante. Une température qui me rappelle ces jours de vacances où le four restait allumé sans interruption. Je revois notre père, assis à table fumant un long cigarillo qui jaunissait ses doigts pendant que la dinde poursuivait sa cuisson. Les mauvais jours, quand son absence m'est trop pénible, je vais en acheter une boîte pour en allumer un et le laisse se consumer dans un cendrier.

Mais ce qui me manque le plus pour l'instant, c'est Wallingford et l'individu que j'essaie d'être lorsque je m'y trouve.

— Grand-père viendra demain, annonce Philip. Il a besoin de toi pour l'aider à faire le ménage dans la vieille maison. Il voudrait que tout soit impeccable quand maman sortira de prison.

— Je doute qu'elle apprécie, dis-je. Elle a horreur qu'on fourre son nez dans ses affaires.

Il soupire.

— Va le dire à grand père.

— Je n'ai aucune envie d'aller là-bas.

Nous parlons de la maison où nous avons grandi… une grande bâtisse encombrée par le capharnaüm de nos parents. Ils ont mis à sac tous les vide-greniers de la région des Pine Barrens lorsqu'ils laissaient leurs enfants à grand-père pour sillonner la campagne, dans le cadre de leurs expéditions estivales d'arnaqueurs patentés. À la mort de papa, ce bric-à-brac s'empilait si haut que nous avions l'impression de nous déplacer dans une succession de tunnels.

— Alors, n'y va pas, grommelle Philip.

Je crois un bref instant qu'il va me regarder dans les yeux, mais c'est en s'adressant à mon col qu'il ajoute :

— Maman est capable de se débrouiller toute seule. Elle l'a toujours fait. Je doute même qu'elle remette les pieds dans ce dépotoir après avoir purgé sa peine.

Maman et Philip sont en froid depuis qu'il a intimidé des témoins cités à son procès. Philip est un faucheur de corps capable de casser une jambe d'un simple effleurement du petit doigt. Tout indique qu'il tient rigueur à notre mère de s'être laissé condamner en dépit de ses interventions.

Sans parler de ce que lui ont fait subir les rétrochocs.

Je soupire. Nul n'a précisé ce que je deviendrai si je refuse de partir avec grand-père. Je doute que Philip souhaite me garder auprès de lui.

— Tu peux déjà l'avertir qu'il se retrouvera seul dès que je retournerai à l'école. Dans une semaine au maximum.

— Tu n'auras qu'à le lui dire toi-même.

Maura garde les bras croisés. La vue de ses mains nues me trouble tant que j'en ressens de la gêne. Maman, qui a horreur des gants, estime qu'on devrait se faire mutuellement confiance au sein d'une famille. Je présume que Philip partage ce point de vue, à quelques détails près.

La situation est bien différente quand les mains en question ne sont pas celles d'un proche, même s'il s'agit de ma belle-sœur. Je rive mon regard sur sa clavicule.

— Ne te laisse pas intimider, refuse d'aller là-bas, me dit-elle.

— Nous y avons tous vécu ! rétorque Philip qui se lève et va prendre une bière dans le frigo. Mais ce n'est pas moi qui décide.

Il tire la languette, boit une gorgée et déboutonne le col de sa chemise blanche. Je vois au-dessous le collier de cicatrices, le symbole de la fin de sa première vie, une plaie qui a été pansée avec des cendres afin que les chairs se cicatrisent en dessinant une longue ligne boursouflée, l'équivalent d'un ver de terre géant enroulé autour de son cou. Tous les caïds de la petite pègre ont une telle marque. Comme une rose tatouée sur le cœur atteste de l'appartenance à la bratva russe, ou une perle insérée sous la peau du pénis marque chaque année passée en prison par un yakuza. Philip l'a reçue il y a trois ans, et il n'a désormais qu'à déboutonner sa chemise pour voir blêmir ses interlocuteurs.

Pas moi.

Les six grandes familles de faucheurs ont pris le contrôle de la Côte Est des États-Unis, dans les années trente, et l'ont gardé depuis. Nonomura. Goldbloom. Volpe. Rice. Raeburn. Zacharov. Ils détiennent la totalité du marché de la magie : des amulettes bidon exposées à côté des briquets sur les présentoirs des supérettes aux activités des cartomanciennes qui proposent dans les galeries marchandes des sorts mineurs à vingt dollars, en passant par les passages à tabac et les meurtres. Mon frère est un de ces individus peu recommandables qu'on paie pour rendre ce genre de services, comme l'a été avant lui notre grand-père.

Maura se détourne et contemple distraitement par la fenêtre le gazon desséché.

— Entendez-vous cette musique, dehors ?

Philip me foudroie du regard.

— Cassel va s'installer dans la vieille maison. Et il n'y a pas de musique, Maura. Absolument rien, compris ?

Elle fredonne néanmoins une vague mélodie en empilant les assiettes.

Inquiet, je lui demande :

— Ça va ?

— Très bien, répond Philip à sa place. Elle est fatiguée, c'est tout. Elle en fait trop.

— J'ai des devoirs.

Comme aucun d'eux ne me retient, je monte au grenier où Philip s'est aménagé un bureau. Maura a déplié le clic-clac et empilé des draps propres et des couvertures à une extrémité. Une literie qui sent la lessive. Je m'assieds dans le fauteuil en cuir, le fais pivoter et allume l'ordinateur.

L'écran s'anime en papillotant sur un fond vert encombré de dossiers. J'ouvre une fenêtre de navigation et consulte mes e-mails. Audrey m'a envoyé un message.

Je clique dessus avec tant de précipitation que je l'ouvre deux fois.

« M'inquiète pour toi. »

C'est tout. Même pas sa signature.

J'ai fait sa connaissance en début de première année. Elle venait fréquemment s'asseoir sur le muret en béton du parking pour déjeuner, boire un café et lire de vieux romans de Tanith Lee en édition de poche. Un jour, alors qu'elle était plongée dans *Ne mords pas le soleil* que j'avais déjà lu grâce à Lila qui me l'avait prêté, je lui avais déclaré que je préférais *La Pierre de sang*.

— Parce que tu es un romantique, m'avait-elle répondu. Comme tous les garçons... C'est vrai. Les filles sont bien plus pragmatiques.

— C'est faux, avais-je rétorqué.

Mais, après avoir commencé à sortir avec elle, je me suis souvent demandé si elle n'avait pas raison.

Rédiger une réponse me prend une vingtaine de minutes. « Rentré maison. Vais m'abrutir devant TV. » J'espère que cela traduit de l'indifférence. En tout cas, j'ai pris mon temps pour arriver à ce résultat.

Je clique sur envoi, pour me reprocher aussitôt ma stupidité.

La plupart des e-mails autres que des spams sont des liens renvoyant à une vidéo du petit numéro que j'ai exécuté sur le toit de Smythe Hall, et qu'un petit malin a déjà mis sur YouTube. Il y a également les profs qui me communiquent le programme de la semaine. J'en déduis qu'en dépit de cet enregistrement compromettant, tout espoir de retourner un jour à Wallingford n'est pas perdu. Je n'ai pas terminé mes devoirs de la veille, mais avant de m'y atteler je cherche un moyen de minimiser les conséquences de l'incident. Je *google* un peu et trouve deux spécialistes du sommeil à moins d'une heure de trajet. J'imprime leurs adresses et enregistre sur ma clé USB les .jpg de leurs logos. C'est un début. Je pars du principe qu'aucun toubib ne prendra le risque de ruiner sa réputation en affirmant que je ne jouerai plus jamais les somnambules, mais je pense pouvoir m'en passer.

Gonflé à bloc, je décide de contrer le programme de grand nettoyage concocté par grand-père. J'appelle Barron sur son portable. Il répond à la deuxième sonnerie et semble essoufflé.

— Tu es occupé ?

— Je serai toujours à la disposition d'un petit frère qui a failli effectuer le grand plongeon. Qu'est-ce qui t'est arrivé ?

— J'ai fait un rêve bizarre qui a déclenché une crise de somnambulisme. Rien de sérieux, même si ça me vaut de rester sous la garde de Philip tant que les responsables de mon école n'auront pas compris que je n'ai aucune envie de mettre fin à mes jours.

Je soupire. Nos rapports ont été tendus pendant l'enfance, mais Barron est désormais le seul membre de ma famille qui m'inspire confiance.

— Philip te casse les pieds ?

— Disons que je finirai effectivement par me suicider, si je dois taper l'incruste chez lui.

— L'important, c'est que tu sois indemne, déclare Barron.

Ce que je considère positif, bien qu'un peu condescendant.

— Je ne pourrais pas aller m'installer chez toi ?

Barron vit à Princeton où il étudie le droit, ce que je trouve plein d'ironie vu qu'il ment du matin au soir. Il appartient à cette catégorie d'affabulateurs qui oublient ce qu'ils ont dit la veille mais qui s'expriment avec tant de persuasion qu'ils finissent par vous embobiner malgré tout. Je doute qu'il puisse entamer le moindre plaidoyer sans inventer un truc totalement délirant sur le compte de son client.

— Il va falloir que je consulte ma coloc. Elle sort avec un ambassadeur qui vit à New York et qui envoie constamment son chauffeur la chercher. Je doute qu'elle apprécie cette source de complications supplémentaire.

Tu parles, Charles !

— Si elle s'absente si souvent, ça ne devrait pas la déranger. Mais je peux jouer les SDF, note bien.

Je décide d'en rajouter une couche.

— Ce ne sont pas les gares routières qui manquent dans ce pays.

— Pourquoi refuses-tu de rester chez Philip ?

— Il a l'intention de me fourguer à grand-père qui compte nettoyer la vieille maison de fond en comble. Il ne l'a pas dit, mais il n'a aucune envie de m'avoir dans les pattes.

— Ne sois pas parano. Philip a été ravi de te récupérer. C'est évident.

Ce qui est évident, c'est que Philip aurait préféré voir Barron s'en charger.

À sept ans, à quelque chose près, je jouais avec Philip qui avait presque le double de mon âge. Mon frère aîné était le superhéros et moi, son faire-valoir, le Robin de Batman. Je feignais d'être en danger pour lui permettre de voler à mon secours. Le bac à sable se transformait en sablier géant dans lequel je m'enfonçais, condamné à mourir étouffé. Des requins me pourchassaient dans la piscine gonflable qui fuyait de toutes parts. Je l'appelais à l'aide, mais c'était toujours Barron qui venait me tirer des véritables ennuis.

À dix ans, Barron était déjà inséparable de Philip, disposé à exécuter à sa place tout ce qui ne l'intéressait pas. Comme moi. J'ai passé mon enfance à jalouser Barron. J'aurais voulu tenir son rôle, et être si différent de lui me rendait dingue.

Jusqu'au jour où j'ai finalement compris que je devais me résigner.

— Je pourrais rester seulement un ou deux jours ?

— Bien sûr, bien sûr.

Mais il ne s'engage pas, il temporise.

— Dis-moi, de quoi as-tu rêvé pour que ça te fasse un pareil effet ?

— Un chat avait volé ma langue, et je voulais la récupérer.

Il rit.

— Il doit régner une sacrée pagaille dans ton cerveau, petit. La prochaine fois, laisse filer ta langue.

Qu'il m'appelle « petit » m'horripile, mais ce n'est pas d'actualité. Une fois qu'on a raccroché, je recharge mon portable. J'envoie par e-mail mon devoir terminé et ouvre au hasard des dossiers sur l'ordinateur de mon frère. Quand Maura apparaît sur le seuil, une foule de filles nues allongées sur le dos et retirant de longs gants de velours encombre l'écran. Des filles qui caressent leurs seins avec des mains à la nudité choquante. Je referme d'un clic l'image visiblement mal classée d'un type portant un pantalon bouffant improbable et un énorme pendentif en diamant. Tout cela est insipide, comme la plupart des choses scandaleuses.

— Tiens.

Elle me présente une infusion de menthe. Son regard ne soutient pas le mien et je remarque deux pilules dans sa paume.

— Philip m'a dit de te donner ça.

— Qu'est-ce que c'est ?

— De quoi t'aider à t'endormir.

Je prends les pilules qu'une gorgée d'infusion fait glisser.

— Qu'est-ce qui s'est passé entre vous ? me demande-t-elle. Il est toujours bizarre en ta présence.

— Rien.

Je lui ai fourni cette réponse, parce qu'elle m'est sympathique. Je ne lui dirai pas que Philip ne souhaite pas me voir dans les parages à cause de Lila. Mon frère a vu mon expression… et le sang. C'est lui qui s'est chargé de faire disparaître le cadavre. À sa place, je n'aimerais pas non plus savoir qu'un tueur psychopathe reste seul avec ma femme et mon fils.

Ma vessie me réveille en pleine nuit. Mes pensées sont si confuses que je ne remarque les voix qu'après m'être engagé d'un pas titubant dans le couloir moquetté. Je pisse puis tends la main vers la chasse, et m'immobilise avec les doigts sur le levier.

— Que fais-tu là ? demande Philip, au rez-de-chaussée.

— Je suis venu dès que j'ai appris ce qui s'était passé.

La voix de grand-père est aisément reconnaissable. Il vit dans une petite ville du nom de Carney, dans la région des Pine Barrens dont il a pris l'accent… à moins qu'il s'agisse d'intonations plus anciennes remontées à la surface. Je compare Carney à un cimetière. Tous les habitants se sont portés acquéreurs d'une concession à perpétuité sur laquelle ils ont bâti leur maison. La plupart sont des faucheurs à la retraite, c'est là-bas qu'ils se rendent pour mourir.

— Nous nous occupons de lui.

J'en reste sidéré et me demande si je n'ai pas des hallucinations auditives. Barron est présent, lui aussi. Je ne peux imaginer pourquoi il ne m'a pas dit qu'il comptait venir. Maman m'aurait expliqué que mes frères me font des cachotteries, parce que je suis le cadet, mais c'est clairement parce qu'ils sont des faucheurs et moi pas. Même grand-père n'a pas jugé utile que j'assiste à cette réunion de famille.

Une famille à laquelle j'appartiens, tout en en restant à jamais exclu.

Commettre un assassinat n'est pas le moyen idéal pour renforcer les liens familiaux, même si on pourrait de prime abord imaginer le contraire. Au moins est-ce pour eux la preuve que je suis moi aussi un criminel.

— Quelqu'un doit veiller sur lui, déclare grand-père. Lui fournir de quoi s'occuper.

— Ce dont il a besoin, c'est de repos, affirme Barron. En outre, nous ne savons même pas ce qui s'est produit. Il a pu se faire faucher. Zacharov a peut-être tout découvert. Il n'a pas laissé tomber pour sa fille.

Une possibilité qui me glace les sangs.

Quelqu'un renifle. Je présume que c'est Philip, mais grand-père lance alors :

— Et il serait en sécurité auprès de deux rigolos dans votre genre ?

— Absolument, rétorque Philip. Nous avons su le protéger jusqu'à présent.

Je me rapproche de l'escalier et m'accroupis sur le palier qui surplombe le séjour. Ils doivent être dans la cuisine, étant donné que leurs propos me parviennent très distinctement. Je m'apprête à descendre leur annoncer que j'ai tout entendu pour les contraindre à m'inclure dans cette conversation.

— Tu devrais t'inquiéter pour ta femme plutôt que pour ton frère. Tu crois que je n'ai pas remarqué qu'elle est ensorcelée ?

Je me fige, un pied sur la moquette de la première marche. Ensorcelée ?

— Ne mêle pas Maura à cette histoire, gronde Philip. Tu ne l'as jamais aimée.

— Je reconnais que je n'ai pas à m'immiscer dans vos histoires de couple, répond grand-père. Et tu finiras tôt ou tard par remettre les pieds sur terre. Je me contente de dire que tout ça te dépasse.

— Cassel n'a aucune envie d'aller là-bas avec toi, rétorque Philip.

Surprise. Soit mon frère s'est vraiment vexé parce que grand-père s'est permis de lui donner des conseils, soit Barron l'a convaincu de m'autoriser à rester.

— Qui vous dit que Cassel n'avait pas l'intention de se suicider ? ajoute grand-père. Pensez à tout ce qu'il a vécu !

— C'est pas son genre, déclare Barron. Il a toujours su éviter les ennuis dans cette école. Il a besoin de décompresser, c'est tout.

La porte de la chambre principale s'ouvre, et Maura sort dans le couloir. Sa chemise de nuit en flanelle forme des plis sur sa hanche. Je devine ses sous-vêtements.

Elle cille mais ne paraît pas surprise de me voir.

— J'ai cru entendre des voix. Nous avons de la visite ?

Je hausse les épaules et mon cœur s'emballe. Il me faut un moment pour conclure que je n'ai rien commis de répréhensible.

— J'ai entendu des voix, moi aussi.

Elle est émaciée. Ses clavicules saillantes font penser à des lames de couteau sur le point de fendre sa peau.

— La musique est si forte que je risque de ne pas entendre le bébé pleurer.

— Ne t'inquiète pas pour ton petit ange. Il doit dormir comme… eh bien, comme un ange.

Je souris en trouvant mon trait d'esprit lamentable. Elle me rend nerveux. Elle a tout d'une inconnue, dans le noir.

Elle s'assied près de moi sur la moquette, défroisse sa chemise de nuit et laisse pendre ses jambes entre les balustres de la rampe. Je pourrais compter ses vertèbres, tant elle est maigre.

— J'ai l'intention de le quitter, tu sais ?

Je me demande ce que Philip lui a fait subir. Elle ignore probablement qu'il l'a ensorcelée, mais s'il s'agit d'un charme d'amour, il finira par s'estomper.

C'est inéluctable. J'aimerais savoir si elle est allée rendre visite à ma mère au centre de détention. Maman doit porter des gants, mais elle n'aurait eu qu'à retirer quelques fils pour que leurs peaux s'effleurent.

— Je n'en savais rien.

— Sous peu. Il ne le sait pas encore. Tu garderas le secret, j'espère ?

Je le confirme d'un rapide hochement de tête.

— Pourquoi n'es-tu pas avec eux ?

— Les jeunes sont tenus à l'écart des affaires de leurs aînés, non ?

Ils parlent toujours au rez-de-chaussée, mais je ne peux pas répondre à Maura et les écouter en même temps. Or, je n'ose pas me taire, car elle entendrait ce qu'ils disent sur elle.

— Tu ne sais pas mentir. Contrairement à ton frère.

— Eh, c'est ma spécialité ! Je suis le plus grand menteur de tous les temps !

— Menteur, dit-elle en souriant. Pourquoi tes parents t'ont-ils appelé Cassel ?

Je me sens à la fois vaincu et amusé.

— Maman avait un faible pour les noms extravagants. Papa voulait que son premier fils reçoive le même prénom que lui – Philip –, mais il l'a laissée libre de ses choix pour les suivants : Barron et moi. Si elle avait eu carte blanche, Philip serait Jasper.

Maura lève les yeux au ciel.

— Allons ! Tu es certain que ce ne sont pas des prénoms traditionnels au sein de votre famille ?

Je secoue la tête.

— Si c'est le cas, j'ignore d'où ils sortent. Je parie que maman n'en sait rien, elle non plus, même si grand-père soutient que son père – le grand-père de maman – était un maharaja. Il vendait des toniques de Calcutta dans le Midwest. Qu'il soit originaire de l'Inde n'est pas absurde, note bien. Son nom de famille, Singer, pourrait être dérivé de Singh.

— Ton grand-père m'a dit que votre famille descendait d'esclaves fugitifs, déclare-t-elle.

Je me demande à quoi elle pensait en épousant Philip. Les gens m'abordent souvent dans une langue étrangère, comme si j'étais censé la connaître. Hélas je ne les comprendrai jamais.

— Je préfère l'histoire du maharaja. Et je m'abstiendrai de mentionner celle selon laquelle il était iroquois.

Le rire de Maura est assez sonore pour qu'ils puissent l'entendre, mais le débit de leurs paroles reste inchangé.

— Était-il un faucheur ? me demande-t-elle avec plus de discrétion. Philip a horreur de parler de ces choses-là.

— L'arrière-grand-père Singer ? Je n'en sais fichtre rien.

Les moignons de doigts noircis de grand-père l'ont informée de son statut. Chaque acte de magie s'accompagne d'un rétrochoc, mais ceux qui prennent des vies voient une partie de leur corps se gangrener. S'ils ont de la chance, ce sont les extrémités qui se sclérosent. S'ils n'en ont pas, ce sont les poumons ou le cœur qui trinquent. Selon grand-père, toute sorcellerie affecte celui qui la pratique.

— Sais-tu depuis toujours que tu n'es pas un faucheur ? C'est ta mère qui te l'a dit ?

— Non. Elle craignait de nous voir utiliser accidentellement nos pouvoirs quand nous étions enfants. Elle soutenait que nos dons finiraient par apparaître et nous dissuadait d'approfondir la question.

Je pense à la rapidité avec laquelle elle évaluait un gogo en puissance et à la multitude de techniques douteuses qu'elle nous enseignait. Elle me manquerait presque.

— Mais je jouais souvent au faucheur. Un jour, j'avais cru avoir métamorphosé une fourmi en brindille, avant que Barron m'avoue avoir procédé à la substitution pour se foutre de moi.

— Tu t'es pris pour un faucheur de formes ?

Le sourire de Maura devient lointain.

— Dès l'instant où on lâche la bride à son imagination, autant se prendre pour quelqu'un d'exceptionnel, un faucheur hors du commun.

— Moi, je me croyais capable de faire tomber les gens. Chaque fois que ma sœur s'écorchait un genou, j'étais certaine d'en être responsable. J'avoue avoir été déçue quand j'ai compris que je n'y étais pour rien.

Maura jette un coup d'œil du côté de la chambre de son fils.

— Philip n'a pas voulu qu'on teste le bébé, mais je m'inquiète. Ne risque-t-il pas de blesser quelqu'un ? Sans oublier qu'il pourrait être un de ces enfants dont le don provoque un rétrochoc invalidant. Nous saurions à quoi nous en tenir en cas de résultat positif.

— Veille simplement à ce qu'il garde ses gants.

Je sais que Philip n'autorisera aucun test sur leur fils.

— Jusqu'à ce qu'il soit assez grand pour tenter un fauchage mineur.

En cours d'hygiène de vie, notre professeur nous disait d'assimiler à des lames de rasoir les mains de quiconque nous approchait sans porter de gants.

— Tout enfant a un développement qui lui est propre, et nul ne peut prévoir quand ses pouvoirs s'épanouiront, ajoute Maura. Mais les gants des nourrissons sont à croquer !

À l'étage du dessous, grand-père met en garde Barron. Il s'exprime d'une voix de plus en plus forte, et je l'entends dire :

— De mon temps, les gens normaux nous redoutaient. À présent, nous tremblons devant eux.

Je bâille et me tourne vers Maura. Débattre toute la nuit de ce qu'ils feront de moi ne m'empêchera pas de mettre au point un stratagème pour reprendre mes études.

— Tu entends vraiment de la musique ? Quel genre de musique ?

Même si elle ne lève pas les yeux de la moquette, son sourire redevient radieux.

— C'est un peu comme si des anges criaient mon nom.

J'en ai la chair de poule.

CHAPITRE QUATRE

Chez mes parents, rien ne finissait jamais à la poubelle. Les vêtements s'empilaient en collines puis en montagnes que Philip, Barron et moi escaladions avant de sauter. Ils avaient envahi le couloir et chassé mon père et ma mère de leur chambre, les exilant dans la pièce où papa avait autrefois aménagé son bureau. Les sacs et les cartons vides comblaient les espaces qui subsistaient dans ce fouillis, des boîtes ayant contenu bagues et chaussures, des sacs pleins de vieilles nippes. Une trompette que ma mère voulait absolument transformer en lampe de chevet surmontait une pile de revues en lambeaux que papa avait eu l'intention de lire, près d'un amoncellement de boutons, pour certains toujours emballés dans leur pochette individuelle en papier cristal, et des têtes, jambes et bras de poupées que maman s'était engagée à reconstituer pour un enfant nécessiteux de Carney. Une machine à café juchée sur une tour d'assiettes avait été calée pour éviter que son contenu ne se répande sur le plan de travail.

Ce que je ressens est étrange, lorsque je retrouve tout cela exactement comme à l'époque où mes parents vivaient en ce lieu. Je prélève une pièce de monnaie et la fais rouler d'une jointure à l'autre, comme papa me l'a appris.

— Cet endroit est une vraie porcherie, déclare grand-père.

Il se dirige vers la salle à manger en accrochant une paire de bretelles à son pantalon.

Après avoir vécu des mois dans une des chambres de Wallingford où des inspections quasi systématiques sanctionnent tout désordre par un samedi de colle, je retrouve une vieille sensation conflictuelle de familiarité et de rejet. Je reconnais l'odeur de renfermé et de moisi à laquelle se mêle ce qui me fait penser à de la sueur. Philip lâche mon sac sur le linoléum craquelé et je me tourne vers grand-père.

— Est-ce que tu pourras me prêter ta voiture ?

— On verra ça demain, si les travaux ont suffisamment avancé. As-tu pris rendez-vous chez un médecin ?

Je n'ai aucun scrupule à mentir.

— C'est justement pour ça que j'en aurai besoin.

Je dois m'isoler assez longtemps pour mettre sur les rails mon projet de retour à Wallingford. Si la participation d'un médecin est requise, je me passerai d'une consultation.

Philip retire ses lunettes noires.

— Quand as-tu rendez-vous ?

— Demain.

J'ai répondu sans réfléchir, et fournir quelques détails ne serait pas superflu.

— À 13 heures. Avec le Dr Churchill, un spécialiste du sommeil. À Princeton. Ça te va ?

Pour être crédible, un mensonge doit contenir un maximum de vérités, et je viens de préciser où je compte effectivement me rendre... sans en révéler les raisons.

— Maura m'a chargé de vous apporter des tas de trucs, déclare Philip. Je vais aller les prendre dans la voiture.

Ils n'ont ni l'un ni l'autre proposé de m'accompagner à ce rendez-vous bidon, ce qui m'emplit d'un soulagement aussi profond qu'immérité.

Un visiteur qui se fraierait un chemin dans ce capharnaüm pourrait comparer notre maison aux anneaux concentriques d'un tronc d'arbre ou à des strates géologiques. Il mettrait au jour les poils noirs et blancs du chien que j'avais à six ans, les jeans javellisés que portait autrefois ma mère, les sept taies d'oreillers que mon sang a rendues inutilisables le jour où je me suis écorché le genou... tout un tas de secrets de famille.

S'il m'arrivait de trouver la maison mal tenue, elle devenait à l'occasion un antre de magie. Maman n'avait qu'à plonger la main dans un renfoncement, un vieux sac ou un placard pour y puiser ce dont elle avait besoin. Je l'ai vue se procurer ainsi un collier de diamants pour le réveillon du jour de l'an, complété par des bagues de citrine aussi grosses que l'ongle du pouce, les sept tomes du *Monde de Narnia* quand j'ai eu une forte fièvre. Elle a même sorti de ce foutoir un jeu complet de pièces d'échecs noires et blanches façonnées à la main, lorsque j'ai terminé la lecture des chroniques de Lewis.

— Il y a des chats, là-bas.

Grand-père les a vus par la fenêtre en allant vider une tasse dans l'évier.

— À l'intérieur de la grange.

Philip pose un sac d'épicerie. Je trouve son expression bizarre.

— Des chats sauvages, ajoute grand-père en utilisant une fourchette pour extraire un bout de toast d'un très vieux grille-pain et le jeter dans un sac-poubelle suspendu à la porte de la cave.

Je me rapproche et regarde à l'extérieur. Je les vois, ces petites créatures pleines de souplesse. Un chat tigré saute sur un bidon de peinture rouillé, un blanc reste assis dans un carré d'herbes folles et seule l'extrémité de sa queue est en mouvement.

— Tu crois qu'ils se sont installés ici il y a longtemps ?

Grand-père secoue la tête.

— Ce sont des chats domestiques retournés à l'état sauvage. Il est évident qu'ils étaient à l'origine des animaux de compagnie.

— Je devrais leur porter à manger.

— Et les piéger, intervient Philip. Mieux vaut les capturer avant qu'ils fassent des petits.

Après le départ de mon frère, je leur apporte néanmoins un peu de nourriture : une boîte de thon dont ils n'approcheront pas tant que je m'attarderai dans les parages, mais pour laquelle ils s'affronteront dès que je serai au bout du chemin. J'en compte cinq : le blanc, deux tigrés qu'il m'est difficile de différencier l'un de l'autre, un noir angora taché de blanc sous le menton et un roux clair famélique.

Je consacre le reste de la matinée à nettoyer la cuisine avec grand-père. La mine sinistre, nous troquons régulièrement nos gants en cuir contre des gants en caoutchouc. Bon nombre de fourchettes oxydées, une passoire et quelques casseroles finissent dans la poubelle. Nous arrachons des plaques de linoléum qui se décollent et découvrons un nid de cafards si rapides qu'ils échappent pour la plupart à nos coups de talons. Après le déjeuner, j'appelle Sam et c'est Johan qui répond sur son portable. Je crois comprendre que Sam tente de découvrir si les seniors sont toujours les maîtres de leur « espace aérien » en plaçant un pied au-dessus du secteur de pelouse qu'ils contrôlent jusqu'à ce que quelqu'un lui tape sur la tête. Je rappellerai plus tard.

Grand-père essuie son visage avec son T-shirt.

— À qui as-tu téléphoné ?

— Personne.

— Tant mieux, compte tenu de tout le travail qu'il nous reste à abattre.

J'enfourche une des chaises de la cuisine et laisse mon menton reposer sur le dossier.

— Tu penses que j'ai un problème ?

— Ce que je pense, c'est que je suis censé rendre cette maison habitable, que je n'ai plus vingt ans et que tu es là pour m'aider. Tu ne t'es tout de même pas fixé pour but de devenir un jeune parasite ?

Je ris.

— Je n'ai pas ton âge, mais je ne suis pas né de la dernière pluie. Ta réponse n'en est pas une.

— Si tu es aussi malin que tu le prétends, c'est à toi de m'expliquer ce qui se passe.

Il sourit aussitôt, comme si ces joutes verbales étaient son plus grand plaisir. En sa compagnie, je redeviens l'enfant qui jouait tout l'été dans la cour de sa maison de Carney, à la fois en sécurité et libre. Comme il n'avait pas besoin de nous pour tondre un gogo, il nous chargeait de tondre sa pelouse.

Je décide de changer de tactique pour lui montrer que je lui prête attention.

— Bon, tu veux vraiment savoir ? Je ne sais pas ce qui cloche à mon sujet, mais ce qui est sûr, c'est qu'il se passe un truc pas très catholique avec Maura.

Ce qui a des conséquences fatales sur son sourire.

— Que veux-tu dire ?

— Tu n'as rien remarqué ? Elle a une mine de déterrée, elle entend des chœurs d'anges et tu as déclaré que Philip l'avait ensorcelée.

Grand-père secoue la tête et laisse tomber le T-shirt sur la table.

— Il ne...

— Oh, allons ! Je ne suis pas aveugle. Et sais-tu ce qu'elle m'a dit ?

Il ouvre la bouche, quand un grand fracas l'empêche de me répondre et l'incite à pivoter sur ses talons en même temps que moi. Audrey vient de se matérialiser derrière la vitre sale de la porte de la cuisine. Elle fronce les sourcils, comme si elle pensait s'être trompée d'adresse, tout en tournant la poignée et en poussant énergiquement le battant pour le décoincer.

— Comment m'as-tu trouvé ?

La surprise donne à ma voix toute la froideur voulue.

— On trouve les coordonnées de chacun de nous dans le répertoire des élèves.

Elle a dit cela comme si j'étais un imbécile, et je me traite de tous les noms.

— Ouais. Désolé. Entre. Merci pour...

— Est-ce qu'ils t'ont viré ?

Elle s'est adressée à moi en gardant une main gantée de bleu sur sa hanche, mais son attention est retenue par les piles de papiers et de cendriers, les mains de mannequins et les passoires à thé qui encombrent toutes les surfaces planes.

— C'est provisoire.

Je me concentre pour empêcher ma voix de se briser. Je croyais avoir laissé derrière moi le stade des regrets, m'être habitué à son absence, et je prends conscience du vide qu'il y aura en moi si je ne peux même plus la voir en classe ou assise sur la pelouse du campus. Je renonce à l'indifférence que je devrais pourtant afficher.

— Viens dans le séjour.

— Je suis le papa de sa maman, se présente grand-père en lui tendant sa main gauche.

Certains doigts du gant en caoutchouc sont flasques et je me félicite qu'elle ne puisse pas voir les moignons, ces chairs rongées par la magie assassine.

Audrey blêmit. Elle ne peut lui serrer la main, comme si elle venait de prendre conscience de son véritable statut.

— Désolé, dis-je. Grand-père, voici Audrey. Audrey, mon grand-père.

— Une fille aussi jolie peut m'appeler Desi, déclare-t-il en lissant ses cheveux et en souriant comme un garçon qui vient de faire l'école buissonnière et s'apprête à subir un savon.

Il est toujours souriant quand nous nous glissons devant lui pour gagner le séjour.

Je m'assieds sur un des coussins déchirés du canapé. Je me demande ce qu'en pense Audrey, ce qu'elle risque de dire sur cette maison ou sur mon grand-père. Quand j'étais gosse et que j'amenais des copains ici, ce foutoir m'emplissait de fierté. J'aimais franchir les obstacles d'un bond plein d'assurance pendant qu'ils progressaient en redoublant de prudence. Mais c'est désormais un océan de folie que rien ne saurait justifier.

Elle fouille son sac verni noir et en sort une poignée de feuilles.

— Tiens.

Elle les lâche sur mes genoux puis s'affale près de moi. Ses cheveux roux sont humides et frais contre mon bras, comme si elle venait de prendre une douche.

Les cheveux blonds de Lila étaient rouges de sang la dernière fois que je l'ai vue.

Je ferme les yeux et exerce sur eux une pression des doigts pour ne plus voir que du noir, pour chasser ces images. Lorsque je sortais avec Audrey, j'ai cru que feindre la normalité me permettrait de l'atteindre.

J'aimerais la reconquérir. Je me demande si j'en serais capable, et combien de temps s'écoulerait avant que mon comportement ne la pousse à me plaquer de nouveau. Je ne suis pas assez baratineur pour la garder.

— Certains somnifères provoquent des crises de somnambulisme, déclare-t-elle en désignant les documents qu'elle m'a apportés. Il n'y a rien d'officiel, évidemment, mais j'ai déniché ces articles à la bibliothèque. Plusieurs personnes ont même conduit leur voiture en dormant. J'ai pensé que tu pourrais peut-être...

— Leur dire que j'ai pris des pilules pour dormir ?

Je me tourne afin de coller mon visage contre son épaule, respirer son odeur.

Elle ne me repousse pas et j'ai envie de l'embrasser... là, sur ce canapé pourri, mais mon instinct de conservation m'en dissuade. Quand une personne vous a blessé, il devient difficile de se détendre en sa présence et presque impossible de revoir en elle quelqu'un qu'on peut aimer. Ce qui n'exclut pas le désir. Il m'arrive même de croire que ce sentiment en est exacerbé.

— Il n'est pas nécessaire que ce soit vrai. Tu n'as qu'à dire que tu as pris ces médicaments.

Qu'elle ait ajouté cela comme si j'étais un novice en matière de magouilles est à la fois flatteur et humiliant.

Ce serait une solution. Si j'avais réfléchi, j'aurais trouvé une explication de ce genre et je serais toujours à Wallingford.

— Je leur ai avoué que j'avais eu des crises de somnambulisme quand j'étais gosse.

— Merde… C'est dommage. En Australie, il y a même une pilule qui pousse les gens à se goinfrer et repeindre leur porte d'entrée en dormant.

Elle incline la tête et je vois six petites amulettes protectrices glisser sur sa clavicule. Chance. Rêve. Émotions. Corps. Mémoire. Vie. La septième – la garante des formes – reste coincée au bord de son pull.

Je m'imagine en train de l'étrangler à mains nues, et en être horrifié me soulage. Je me sens coupable quand j'ai de telles pensées, mais c'est l'unique moyen de me tester et de m'assurer que le monstre tapi au fond de mon être, pour aussi épouvantable qu'il soit, ne risque pas de se libérer.

Je me penche et dégage le petit pendentif en pierre, afin qu'il tombe librement sur son cou. De l'hématite. Probablement artificielle. Il n'y a pas suffisamment de faucheurs de formes dans le monde pour justifier l'achat d'une telle amulette. Sans doute en dénombre-t-on moins d'un par génération. Que ce charme soit bidon m'incite à m'interroger sur l'authenticité des autres.

— Je te remercie pour ton aide. C'est une super idée.

Elle se mordille la lèvre.

— Tu crois qu'il existe un rapport avec la mort de ton père ?

Je change de position et m'adosse à l'accoudoir du siège.

— Je ne vois pas lequel. Il a été victime d'un accident de la circulation en plein milieu de journée.

— Le somnambulisme peut être déclenché par la tension nerveuse. Et que ta mère soit en prison n'est pas stressant, peut-être ?

— Mon père nous a quittés il y a près de trois ans et maman est allée en taule peu après. Tu ne crois pas...

— Il n'y a pas de quoi se fâcher.

— Je ne suis pas fâché...

Je me masse le visage.

— D'accord, écoute. J'évite de peu une chute mortelle, je me fais virer de mon bahut et tu viens me traiter de barjo. Tu ne crois pas qu'il y a de quoi péter les plombs ?

J'inspire à pleins poumons et tente de lui concocter le plus penaud de mes sourires.

— Même si tu n'y es pour rien.

— Tu l'as dit, je n'y suis pour rien.

Elle m'a repoussé et je prends sa main gantée dans la mienne.

— Je vais me débrouiller pour amadouer Northcutt. Je serai de retour à Wallingford en un rien de temps.

Qu'elle soit ici, au cœur de ce merdier, et informée de bien trop de choses sur mon compte m'empêche de décompresser. J'ai l'impression d'avoir été retourné comme une chaussette, exposant aux regards tout ce que j'ai de plus intime.

Mais je n'ai pas non plus envie qu'elle s'en aille.

— Écoute, murmure-t-elle en jetant un regard vers la cuisine. Je ne voudrais pas ajouter à ton stress, mais ne pourrait-on pas envisager que quelqu'un t'ait fauché ? Tu sais, ces trucs de « hachbégés » ?

Fauché, ensorcelé.

— Pour me faire transformer en noctambule ?

— Non, pour te faire sauter du toit. Ça aurait eu tout l'air d'un suicide.

— C'est trop compliqué comme machination.

Je refuse d'admettre que j'ai envisagé cette possibilité, que tous mes proches ont retenu cette hypothèse et organisé une réunion de famille pour approfondir la question.

— Et que j'aie survécu rend cela improbable.

— Tu devrais malgré tout en parler à ton grand-père.

Si tu es aussi malin que tu le prétends, c'est à toi de m'expliquer ce qui se passe.

J'opine du chef en remarquant à peine qu'elle remet les articles dans son sac. Puis elle m'étreint brièvement, et je ne puis m'empêcher de remarquer qu'elle ne fait que m'effleurer. Mes mains s'attardent sur ses reins et je sens sur mon cou la tiédeur de son haleine. En sa compagnie, j'essaie de me comporter normalement. Chaque fois qu'on a un contact physique, je voudrais être comme les autres.

— Tu devrais y aller, lui dis-je avant de prendre des initiatives que je regretterais.

Resté sur le seuil pendant qu'elle s'éloigne, je me tourne afin de dévisager grand-père. Il force sur un tournevis inséré dans le fourneau pour débloquer un brûleur enchâssé dans une gangue noire. Il ne paraît pas redouter le moins du monde que tous les Zacharov puissent vouloir ma peau. Il a fauché des gens pour leur compte et sait de quoi ils sont capables... Il le sait bien mieux que moi.

Peut-être est-ce pour cela qu'il est ici.

Pour assurer ma protection.

Angoisse, remords et gratitude me déstabilisent, et je dois me retenir au bac de l'évier.

Cette nuit-là, dans ma vieille chambre où les posters mal en point de Magritte sont toujours scotchés au plafond et où les étagères croulent sous les robots et les romans des Frères Hardy, je rêve que je me suis égaré et qu'un orage éclate.

Bien que pratiquement certain de faire un songe, je trouve la pluie glaciale et les gouttes brouillent ma vision. Je rentre la tête dans les épaules et me mets à courir vers l'unique source de lumière, la main levée en visière pour abriter mon visage.

J'atteins l'arrière de la maison puis la porte en piteux état de la grange. Je n'ai cependant qu'à me glisser à l'intérieur pour avoir la preuve que je me suis trompé, qu'il s'agit d'un autre lieu. Un long couloir éclairé par des torches a remplacé les vieux outils et les meubles mis au rebut. Je me rapproche et constate que ces flambeaux sont tenus par des mains bien trop réalistes pour être des moulages. L'une d'elles modifie d'ailleurs sa prise et je m'écarte d'un bond. Quand je me rapproche de nouveau, je vois que toutes les mains fixées à la paroi ont été sciées au niveau du poignet. Je peux même constater que la coupe est irrégulière, que les chairs ont été déchiquetées.

— Ohé !

J'ai crié, comme sur le toit. Cette fois, personne ne répond.

Je jette un regard derrière moi. La porte de la grange est restée ouverte et la pluie alimente des flaques sur le plancher. Parce que ce n'est qu'un rêve, je poursuis mon chemin sans me donner la peine d'aller repousser le battant. Plus loin dans le couloir, après ce qui semble être une marche interminable, j'atteins une porte branlante avec pour poignée une patte de cerf. Les poils rêches chatouillent ma paume lorsque je l'abaisse.

À l'intérieur je reconnais le futon de la chambre de Barron et la commode que maman a achetée sur eBay en ayant l'intention de la peindre en vert pomme pour la chambre d'amis. J'ouvre les tiroirs et trouve plusieurs paires de vieux jeans secs de Philip. Celui du dessus me va parfaitement, quand je l'enfile. La chemise suspendue derrière la porte appartient quant à elle à notre père. Je n'ai oublié ni la brûlure de cigarillo sous le coude ni l'odeur de son aftershave.

Le fait de savoir qu'il s'agit d'un songe m'évite de m'inquiéter, même si je suis déconcerté quand je pénètre dans le vestibule et constate qu'une volée de marches donne accès à une porte peinte en blanc, juste à côté de laquelle pend un cordon de sonnette. C'est un de ces accessoires utilisés pour appeler les serviteurs dans les riches demeures qu'on peut voir dans les séries télé, mais c'est en l'occurrence un chapelet de pendeloques scintillantes sans doute prélevées sur un vieux lustre. Quand je l'actionne, des tintements sonores se répercutent autour de moi. La porte s'ouvre sur une vieille table et deux sièges de camping dépliés au milieu d'une immense pièce grise. Peut-être suis-je bien dans la grange après tout, car les jours entre les planches sont assez importants pour me permettre de voir la pluie tomber dans un ciel zébré d'éclairs.

Le meuble est recouvert d'une nappe en soie brodée lestée par deux chandeliers en argent représentant des chevaux, où sont posées des assiettes à liseré doré coiffées d'une cloche du même métal. Des verres en cristal taillé complètent le tout.

Des chats sortent de la pénombre, tigrés et calicots, roux et fauve, ou trop noirs pour qu'il soit possible de les différencier de leur ombre. Ils approchent, tel un fleuve de félins qui glissent les uns sur les autres en s'écoulant vers moi.

Je saute sur un siège et m'empare d'un chandelier sans savoir ce que mon cerveau malade m'imposera d'en faire, lorsqu'une petite créature voilée entre à son tour dans la pièce. Elle est vêtue d'une de ces robes que portent les poupées de collection. Lila en avait tout un assortiment, même si sa mère lui interdisait de jouer avec. Une règle que nous prenions un malin plaisir à enfreindre chaque fois que nous pouvions nous isoler – nous emportions dans la cour de la maison de grand-père la princesse enlevée par un de mes Power Rangers, en utilisant un Tamagotchi cassé en guise de GPS interstellaire – jusqu'à ce que la jolie robe soit tachée d'herbe et effilochée le long de l'ourlet. Cette robe-ci est également déchirée.

Le voile glisse et me révèle une tête de chat. Un félin dressé sur ses pattes postérieures, à la tête triangulaire inclinée latéralement comme si le cou avait été rompu, au corps dissimulé par l'étrange vêtement.

Je ris, c'est plus fort que moi.

— J'ai besoin de ton aide, me dit l'animal d'une voix douce et triste qui me rappelle celle de Lila sous les intonations propres à tous les chats qui parlent.

— D'accord.

Quelle autre réponse aurais-je pu fournir ?

— J'ai été ensorcelée, me déclare cette Lila féline. Un sortilège que toi seul peux défaire.

Ses congénères nous observent. Leurs queues s'agitent ainsi que leurs moustaches. Dans un profond silence.

— Qui t'a ensorcelée ? je demande en me retenant de rire.

— Toi, me déclare la chatte blanche.

Et mon sourire se transforme en grimace. Lila est morte et les chats ne se tiennent pas debout, ils ne devraient pas plus pouvoir joindre leurs pattes en geste de supplique que me parler.

— Toi seul peux m'en délivrer, ajoute-t-elle.

J'étudie les mouvements de sa gueule, les brèves apparitions de sa langue entre ses crocs, pour tenter de déterminer comment il est possible d'articuler sans lèvres.

— Les indices sont partout. Le temps presse.

Je me dis que je rêve, que c'est un songe chaotique, mais un songe malgré tout. N'ai-je pas déjà vu une chatte en des circonstances plus ou moins comparables ?

— C'est toi qui as volé ma langue ?

— Tu sembles en tout cas l'avoir retrouvée, déclare sans ciller mon interlocutrice.

J'ouvre la bouche pour lancer une repartie quand je sens des griffes se planter dans mon dos. Un glapissement se substitue à ma déclaration.

Je m'assieds et me réveille.

J'entends la pluie crépiter contre les carreaux de ma fenêtre et je prends conscience que je suis trempé. Les draps sont mouillés et adhèrent à ma peau. Je suis de retour dans ma chambre d'enfant, mon vieux lit, et mes mains tremblent tellement que je dois les glisser sous mon corps pour les immobiliser.

CHAPITRE CINQ

Ce matin, quand je descends d'un pas hésitant vers la cuisine, grand-père y fait bouillir du café et frire des œufs au bacon. J'enfile un jean et une chemise de Wallingford aux couleurs passées. Je ne regrette pas la gêne de mes gants ni l'étranglement de ma cravate, mais si un certain confort est le prix de consolation de ceux qui se font virer, je n'ai aucune envie d'en profiter.

Je découvre en m'habillant qu'une feuille est collée à ma jambe, ce qui me rappelle mon réveil nocturne, trempé jusqu'aux os. J'ai donc eu une nouvelle crise de somnambulisme, mais plus je décortique ce rêve, plus je suis déconcerté. Rien de fatal n'a eu lieu, ce qui élimine l'hypothèse d'une vengeance des Zacharov. J'attribue ce rêve avec Lila à mon sentiment de culpabilité. Il y a de quoi devenir fou, non ? Les remords rongent intérieurement, comme la gangrène.

Tout ceci me rappelle *Le Cœur révélateur* – ce texte de Poe que Mme Noyes nous a fait lire à haute voix –, quand le narrateur entend le cœur de sa victime battre sous le plancher, de plus en plus fort, jusqu'au moment où il confesse : « *J'avoue la chose !... arrachez ces planches ! C'est là, c'est là ! C'est le battement de son affreux cœur !* »

— Il faut que je te parle, dis-je à grand-père en prenant un mug pour y verser du lait, puis du café.

Le lait tourbillonne et remonte des profondeurs avec des grains de poussière que j'aurais dû éliminer au préalable.

— J'ai fait un rêve étrange.

— Laisse-moi deviner. Des femmes ninjas aux nichons démesurés t'avaient ligoté, c'est ça ?

— Heu, non.

Je bois une gorgée et tressaille. Le café de grand-père est si fort qu'il en devient presque imbuvable.

Il fourre une tranche de bacon dans sa bouche et me sourit.

— Partager le même rêve serait une sacrée coïncidence, pas vrai ?

Je lève les yeux au ciel.

— Ne me raconte pas la fin. Il ne faudrait surtout pas gâcher le suspense si je le fais ce soir.

Il glousse, un son couvert par sa respiration sifflante.

Je regarde par la fenêtre sans voir le moindre chat dans les parages. Grand-père verse du ketchup sur ses œufs, un fluide rouge qui les recouvre, et je me dis : *Je ne me souviens pas avoir poignardé qui que ce soit, mais je tiens un couteau ruisselant de sang, du sang qui nappe les lattes du plancher comme un épais vernis.*

— Alors, tu me racontes ?

Grand-père s'assoit à table et fait claquer ses lèvres.

— Ouais.

Je cille en me remémorant où je suis. Maman affirmait que ces flashes traumatisants finiraient par s'interrompre, mais ils sont simplement devenus moins fréquents. Il est possible qu'une facette de mon être, au sens moral plus développé, refuse le soulagement qu'apporte l'oubli.

— Tu attends de recevoir une invitation ? me demande grand-père.

— J'ai commencé par me retrouver dehors, sous une pluie battante. Je suis allé jusqu'à la grange avant de me réveiller dans mon lit... avec les pieds boueux. Il est probable que je sois allé me balader une fois de plus en dormant.

— Probable ?

— Il y avait Lila dans ce rêve.

Je dois puiser dans ma volonté pour prononcer ce nom. Nous ne parlons jamais d'elle ou de la façon dont tous les membres de ma famille ont fait corps pour me protéger. Je pense aux larmes qui humectaient le col du pull de ma mère quand elle me serrait contre elle, en me disant que si j'avais agi de la sorte, c'était certainement parce que Lila l'avait bien cherché, et que je resterais toujours son bébé quoi qu'on puisse raconter sur mon compte. J'avais une substance sombre sous les ongles, de la crasse qui refusait de disparaître. J'ai essayé de les curer avec mes autres ongles, puis avec un couteau à beurre. J'y ai mis tant d'acharnement que c'est finalement mon propre sang qui a tout emporté.

Ma conscience semble avoir décidé de me punir. Il serait presque temps.

Grand-père hausse un sourcil.

— Parler d'elle te soulagerait peut-être. Raconter son meurtre libérerait ta conscience. Quoi qu'il en soit, j'ai bien trop de choses à me reprocher pour te juger.

Les flics ont arrêté maman peu après le meurtre de Lila. Pas à cause de moi, pas exactement, mais elle a manqué de sens de la mesure. Elle a voulu tenter un grand coup, sans s'accorder le temps de protéger ses arrières.

— Qu'est-ce que je pourrais te dire ? Que je l'ai tuée ? Tout l'indique, même si je ne m'en souviens pas. Je me suis souvent demandé si maman n'avait pas chargé un faucheur de me faire tout oublier… en se disant sans doute que je ne serais pas tenté de remettre ça si j'avais pris mon pied en la tuant.

Il y a quelque chose qui ne tourne pas rond chez moi, car les gens normaux ne restent pas figés au-dessus du cadavre d'une personne qu'ils aiment en ne ressentant que du soulagement.

— Lila était une faucheuse de rêves. Mes crises de somnambulisme et mes cauchemars ne manquent pas d'ironie. Sans doute est-ce mérité, mais je voudrais en connaître l'origine.

— Tu devrais faire un saut à Carney et rendre visite à l'oncle Armen. En tant que faucheur de souvenirs, il pourra peut-être t'aider à reconstituer les tiens.

— Tu oublies qu'il a Alzheimer.

S'il n'appartient pas vraiment à notre famille, l'oncle Armen est depuis toujours un ami de grand-père.

— Ses problèmes ne sont pas dus à la maladie d'Alzheimer mais aux rétrochocs. Cependant, il faut en premier lieu savoir ce que ton toubib d'opérette pense de tout ça.

Je me ressers du café. Une semaine après que Barron et Philip ont emporté le corps là où ils font disparaître les cadavres encombrants, j'ai trouvé une cabine téléphonique et appelé la mère de Lila. J'avais pourtant juré de ne pas le faire, après avoir entendu grand-père expliquer que si quelqu'un découvrait ce que j'avais commis, tous les membres de notre famille en subiraient les conséquences. Je savais que les Zacharov n'étaient pas du genre à oublier qui avait creusé la fosse, essuyé le sang et protégé le coupable, mais je ne pouvais m'empêcher de penser à cette pauvre femme restée seule dans sa grande maison.

Pour attendre le retour de sa fille.

Les sonneries, trop agressives, me donnaient des vertiges. Quand sa mère a répondu, j'ai raccroché et fait le tour de la supérette pour aller vomir tripes et boyaux.

Grand-père se lève.

— Que dirais-tu de commencer par la salle de bains de l'étage ? Je dois aller reconstituer nos réserves.

— N'oublie pas le lait.

— Ma mémoire ne me joue aucun tour, me rétorque-t-il en prenant sa veste.

Les carreaux du sol sont craquelés et par endroits descellés. Un petit meuble blanc bon marché a été poussé contre un mur. On y trouve des douzaines de serviettes de toilette dépareillées, dont certaines sont trouées, ainsi que des flacons en plastique ambré contenant quelques pilules. Au-dessous il y a des bocaux en verre dans lesquels stagnent des fluides noirâtres et des boîtes de poudres diverses.

Pendant que je retire des boules duveteuses grouillant de bébés araignées des angles de la douche et jette à la poubelle des flacons poisseux, principalement des bouteilles de shampooing vides, je ne peux m'empêcher de penser à Lila.

Nous avions neuf ans quand nous nous sommes connus. Ses parents venaient de se séparer et elle s'était installée chez sa grand-mère avec sa maman, ici dans les Pine Barrens. Elle avait des cheveux blonds et frisés, un œil marron et l'autre vert, et tout ce que je savais sur son compte, c'était que son père était – d'après grand-père – quelqu'un de très important.

Lila était conforme à l'idée que je pouvais me faire d'une fille capable – d'après mes frères – de vous donner des cauchemars d'un effleurement des doigts, unique héritière du parrain de la famille Zacharov. C'était une enfant épouvantablement gâtée.

À neuf ans, elle me battait à plates coutures aux jeux vidéo et grimpait si vite au sommet des collines ou des arbres qu'elle me précédait toujours de trois longueurs. Elle m'a mordu le jour où j'ai voulu lui chiper ses poupées pour la taquiner. Je n'aurais pu dire quels sentiments je lui inspirais, même lorsque nous restions des semaines sous les branches d'un saule pour y fonder des civilisations que nous finissions par piétiner tels des dieux vengeurs. Mais j'avais l'habitude d'être rudoyé par des frères aussi rapides et cruels qu'elle, et je lui vouais un véritable culte.

Je ne la reverrais que pour nos treize ans.

Grand-père revient au moment où la pluie reprend de plus belle. Il rapporte des sacs à provisions, pour la plupart bourrés de flacons de nettoyant pour vitre, de bières et de papier-toilette. Il a également fait l'acquisition de quelques pièges.

— Ils s'en servent pour choper les ratons laveurs, mais ça devrait aller, déclare-t-il. Et tu n'as pas à monter sur tes grands chevaux, car la méthode est on ne peut plus humaine… à en croire ce qui est écrit sur l'emballage, en tout cas. Il n'y a ni guillotine ni tapette.

— Encore heureux !

Je les sors du coffre de la voiture.

Il me laisse porter le tout dans la grange. Des yeux brillants me confirment que les chats s'y trouvent toujours, et j'installe la première cage métallique dont je relève la porte battante avant de tirer la languette d'une boîte de pâtée que je glisse à l'intérieur. J'entends un bruit mat derrière moi et me retourne.

La chatte blanche est à moins d'un mètre, et elle passe sa petite langue rose sur ses crocs acérés. La clarté de l'après-midi me permet de constater qu'elle a une oreille déchiquetée. Un chapelet de croûtes grenat dues à des blessures récentes couvre sa nuque.

— Approche, ma minette, lui dis-je. Minou, minou...

Des mots ridicules qui me viennent machinalement. J'ouvre une autre boîte et elle sursaute quand le couvercle cède. Je prends alors conscience de notre tension réciproque. Mais la chatte n'est qu'une chatte. Un animal errant famélique qui vit dans une grange et sur le point de perdre sa liberté.

Tendre vers elle ma main gantée la fait reculer. Pas folle, la bête.

— Minet, minet...

Elle s'enhardit, approche lentement. Elle renifle mes doigts et, pendant que je retiens mon souffle, elle me donne des coups de tête ; une douce fourrure, des moustaches agitées et les légères piqûres de ses crocs sur ma peau.

Je pose une boîte de thon et la regarde lécher son contenu. Je vais pour la caresser, mais elle feule et fait le gros dos, le poil hérissé. Elle siffle comme un serpent.

— Voilà qui est mieux, dis-je en la caressant malgré tout.

Elle me suit vers la maison. Elle a des omoplates saillantes et un poil blanc maculé de boue. Je la laisse entrer dans la cuisine et lui sers de l'eau dans un verre à Martini.

— Tu n'as pas l'intention de garder cette sale bête, au moins ? me lance grand-père.

— C'est une chatte, pas un cafard.

Il me considère avec scepticisme. Son T-shirt est poussiéreux. Il se verse du bourbon dans un de ces grands gobelets en plastique destinés aux sodas.

— Qu'espères-tu obtenir d'un chat ?

— Rien. Je ne sais pas. Elle est famélique.

— Tu comptes les attirer ici ? Je parie qu'ils sont tous tenaillés par la faim.

Je souris.

— Pas plus d'un à la fois, c'est promis.

— Si j'ai acheté ces pièges, c'est pas pour des prunes.

— Je sais, c'est pour les capturer et aller les libérer dans un champ à vingt bornes d'ici… en prenant des paris sur le premier qui reviendra pointer le bout de sa truffe.

Il secoue la tête.

— Tu aurais intérêt à te remettre au boulot, petit malin.

— Il y a ce rendez-vous chez le…

— Je ne l'ai pas oublié, mais je souhaite déterminer ce que tu pourras faire *avant* de m'abandonner.

Sur un haussement d'épaules, je gagne le séjour avec une pile de cartons à déplier et plusieurs rouleaux de ruban adhésif. Je façonne les boîtes puis vais chercher la poubelle, avant de me lancer dans une importante opération de tri.

La chatte garde ses yeux brillants rivés sur moi.

Dépliants publicitaires pour diverses amulettes et vieux manchons de fourrure galeux finissent dans la poubelle, les livres de poche retournent sur les étagères sauf si j'ai envie de les lire ou si les pages sont trop abîmées. Un panier contenant des gants en cuir, pour certains collés les uns aux autres suite à un séjour prolongé près d'une bouche de chauffage, sont également mis au rebut.

Mais quelle que soit la quantité de choses dont je me débarrasse, ce qui reste semble croître. Les piles basculent les unes sur les autres et je ne sais plus où donner de la tête. Il y a des douzaines de sacs en plastique roulés en boule, contenant pour les uns une paire de boucles d'oreilles et le ticket de caisse correspondant, pour les autres des échantillons de tissu ou la croûte d'un sandwich.

Je trouve des tournevis, des écrous et des boulons, un de mes bulletins scolaires du primaire, le wagon de queue d'un train miniature, des rouleaux d'autocollants « payé », divers aimants, trois vases avec leurs fleurs séchées et un autre débordant de fleurs artificielles, un carton à chaussures plein de bibelots cassés, un enchevêtrement gluant de machins sombres ayant fondu sur un vieux poste de radio.

En dégageant un déshumidificateur poussiéreux, je renverse une boîte pleine de photos.

Une pin-up en noir et blanc. Elle porte des gants d'été arrivant au poignet, un corset vintage et une culotte en nylon. Coiffée comme Betty Page, elle est agenouillée sur un divan et sourit à l'auteur du cliché, dont les doigts apparaissent sur un des tirages, avec une alliance visiblement coûteuse sur ses gants noirs. Cette femme est aisément reconnaissable.

Maman a du chien, c'est incontestable.

J'ai découvert que j'étais doué pour les activités criminelles le jour où elle m'a emmené – moi tout seul – déguster un granité à la cerise. C'était un été caniculaire et le cuir du siège de la voiture brûlait mes cuisses. Ma bouche devait être rouge vif, quand maman s'est arrêtée à une station-service comme si elle souhaitait regonfler les pneus.

— Tu vois cette maison ? me demanda-t-elle.

Elle désignait une sorte de ranch, avec des volets noirs sur un bardage en aluminium.

— Tu vas y entrer en passant par la fenêtre du bas, près de l'escalier. Tu n'auras qu'à te glisser à l'intérieur et aller prendre l'enveloppe en papier kraft posée sur le bureau.

Je dus la regarder en ouvrant de grands yeux, comme si je n'avais pas tout compris.

— C'est un jeu, Cassel. Fais ça le plus rapidement possible pendant que je te chronomètre. Je garde ta boisson.

Sans doute conscient que cette histoire de jeu était bidon, j'ai couru et me suis hissé sur le robinet extérieur pour me faufiler par la fenêtre avec la souplesse et la grâce propres à mon jeune âge. L'enveloppe se trouvait là où elle l'avait annoncé. À côté, des tasses à café pleines de stylos, de règles et de cuillers lestaient des piles de feuilles. Il y avait aussi sur ce bureau un petit chat en verre à paillettes dorées. Le souffle du climatiseur emportait la sueur sur mes bras et mon dos, pendant que je levais la figurine vers la lumière puis la fourrais dans ma poche.

Quand je lui ai rapporté l'enveloppe, maman sirotait mon granité.

— Tiens, lui ai-je dit.

Elle a souri. Elle avait la bouche écarlate, elle aussi.

— Tu as fait du bon travail, mon cœur.

Et j'ai compris que si elle avait jeté son dévolu sur moi et non sur un de mes frères, c'était uniquement parce que j'étais le plus petit du lot. Mais je ne me suis pas senti vexé, car cela démontrait que je pouvais me rendre utile, qu'il n'était pas indispensable d'être un faucheur pour servir à quelque chose, que j'étais plus efficace qu'eux en certains domaines.

Une conviction qui me faisait vibrer comme sous un afflux d'adrénaline.

J'avais peut-être sept ans. Je n'en suis pas certain. Je ne connaissais pas encore Lila.

Je n'ai avoué le vol de cette babiole à personne.

Je range ces photographies avec celles de grand-père et du père de Lila prises devant un bar d'Atlantic City. Ils sont en compagnie d'un type plus âgé que je ne connais pas, et tous se tiennent par les épaules.

Je balaie la poussière accumulée sous les divans et les fauteuils, et les particules qui s'élèvent en tourbillonnant me font tousser.

Lorsque je m'affale sur le sol pour me reposer un peu, je trouve un calepin glissé sous un des coussins. Des pages couvertes de l'écriture de maman. Plus de photos un tant soit peu osées, seulement des comptes rendus sans intérêt. « Retrait de la cuve à mazout enterrée » a été gribouillé sur une page et, sur la suivante : « Acheter carottes, poulet (entier), eau de Javel, huile moteur ». Deux pages plus loin, je trouve quelques adresses, dont une entourée. Puis vient un scénario incluant un appel téléphonique à un vendeur de voitures pour obtenir sans bourse délier la mise à disposition d'un véhicule pendant une semaine. Je découvre d'autres ébauches d'abus de confiance, accompagnées de nombreuses annotations. Je lis tout cela sans pouvoir m'empêcher de sourire.

Dans deux heures, je devrai mettre ma propre habileté à l'épreuve et j'aurais intérêt à peaufiner sans plus attendre les détails de mon plan.

Une légende familiale – et dans peut-être toutes les familles – veut que les enfants héritent de certaines caractéristiques des générations précédentes. Par exemple, Philip est censé tenir de notre grand-père maternel ; c'est lui qui a laissé tomber ses études pour se joindre aux Zacharov et recevoir son collier de cicatrices quelques années plus tard. Il est un modèle de loyauté et de stabilité, même s'il gagne son pain quotidien en brisant des rotules. Je me le représente dans quarante ans, ayant pris sa retraite à Carney, occupé à chasser de sa pelouse de jeunes faucheurs.

Toujours d'après les mythes familiaux, Barron serait identique à maman, même si son domaine est la chance et celui de maman les émotions. Maman peut se rendre sympathique aux yeux de n'importe qui, engager une conversation en toutes circonstances, parce qu'elle assimile la manipulation à un jeu. Pour elle, gagner à tous les coups est la seule chose qui compte.

En toute logique, je devrais être comme mon père, un faucheur de chance, mais c'est raté. C'était lui qui assurait la cohésion de notre tribu. De son vivant, maman avait un comportement presque normal. C'est seulement après son décès qu'elle s'est mise à chasser les millionnaires à mains nues. La deuxième fois où un type s'est réveillé à la fin d'une croisière fou d'amour pour elle, mais allégé d'une centaine de milliers de dollars, son avocat a jugé utile d'en informer les autorités.

Elle ne peut pas s'en empêcher. Le plaisir d'arnaquer les gens est irrésistible.

Je me dis que je suis différent, mais je dois avouer que je trouve ça jouissif.

Je feuillette le calepin, cherchant je ne sais quoi... peut-être une référence familière ou un secret qui m'arrachera un sourire. En tournant les pages, je découvre une enveloppe scotchée à un intercalaire. Juste à côté sont écrits les mots : « À offrir à qui oublie. » Je déchire le rabat et découvre un charme mémoriel en argent, gravé des mots « souviens-toi » et serti d'une pierre bleue de la plus belle eau. L'objet paraît ancien, le métal est terni et les ciselures ont noirci. Dans ma paume, il est relativement lourd.

Les charmes de conjuration sont efficaces. L'origine des amulettes qu'Audrey porte autour du cou est aussi ancienne que les malédictions elles-mêmes. Des faucheurs les façonnent en utilisant leurs pouvoirs sur la pierre... l'unique substance capable d'absorber les maléfices, rétrochoc inclus. Convenablement préparée, elle absorbera tout nouveau sortilège du même genre. Si une personne mal intentionnée lance un sortilège contre quelqu'un qui garde sur lui une amulette de la même catégorie, celle-ci encaisse l'impact et se brise sans que son porteur n'en soit affecté. S'il faut se procurer un charme à chaque attaque et en avoir un pour chaque type de magie, il est possible de se prémunir contre tous les sorts. Seule la pierre est efficace, pas l'or ou l'argent, le cuir ou le bois. Chacun a ses préférences, et on trouve des charmes dans tous les minéraux, du gravier au granite. Celui que je tiens actuellement doit ses propriétés à cette pierre bleue.

Je me demande si maman en a hérité ou si elle l'a volé. Je le fourre dans ma poche en me disant qu'oublier ainsi un charme de remémoration est un comble.

Il est près de midi, quand je termine le ménage dans le séjour. Mes mains et le bas de mon pantalon sont noirs de crasse. J'ai trouvé une machine à boutons, deux pochettes en plastique à bulles, une épée dont la lame est piquée par la rouille, trois poupées amputées que je ne peux attribuer à personne, le fauteuil renversé qui me terrifiait autrefois parce qu'il était en tout point identique à un siège vu à la télévision la veille du jour où Barron et Philip nous l'avaient apporté, une crosse de hockey et un assortiment de médailles destinées à récompenser des hauts faits militaires. Je me débarrasse de piles de journaux et de catalogues, de factures sans doute restées impayées de nombreuses années, de sacs en plastique remplis de cintres et de fils de fer, ainsi que de la crosse de hockey.

Quant à l'épée, je la pose contre le mur.

L'extérieur de la maison est déjà encombré de sacs-poubelle préparés dans la matinée. Nous devons nous débarrasser de tant de choses, qu'aller faire un tour à la décharge s'impose. Je regarde les maisons des voisins, immaculées avec leur pelouse irréprochable et leurs portes fraîchement repeintes, puis la nôtre. Les volets pendent de guingois de chaque côté des fenêtres, dont l'une a une vitre cassée. La lasure est si vieille que les bardeaux de cèdre semblent gris. Tout tombe en décrépitude de l'intérieur.

Je traîne le fauteuil vers la route, quand grand-père descend me rejoindre pour agiter les clés sous mon nez.

— Sois de retour pour le dîner, me dit-il.

Je referme mon poing sur les clés avec tant d'énergie que les crans pénètrent dans ma paume. Abandonnant le siège là où je l'ai lâché, je prends le large comme si je risquais effectivement d'arriver en retard à un rendez-vous important.

CHAPITRE SIX

D'après Google, le cabinet du Dr Churchill est situé à l'angle de Vandeventer Avenue, en plein centre de Princeton. Je me gare à côté d'un restaurant à fondue, m'examine dans le rétroviseur et me peigne avec les doigts dans l'espoir de me rendre un peu plus présentable. Je dois passer pour un ado comme il faut, un jeune digne de confiance. Mais j'ai eu beau me laver trois fois les mains dans les toilettes du bar où je me suis arrêté pour prendre un café, j'ai toujours des grains de poussière huileux sur la peau. Je m'abstiens d'essuyer mes doigts sur mon jean alors que je me dirige vers la réception.

La femme qui répond au téléphone a des cheveux roux et bouclés et des lunettes suspendues à son cou par un chapelet de perles. Je me demande si c'est elle qui l'a confectionné, car j'associe irrationnellement activités manuelles et gentillesse. Elle semble avoir une cinquantaine d'années, à en juger par ses rides et ses racines argentées.

— Salut, lui dis-je. J'ai rendez-vous à 2 heures.

Elle me regarde sans sourire et pianote sur son clavier. Je sais qu'elle ne trouvera rien, mais c'est normal. J'en ai tenu compte, quand j'ai échafaudé ce plan.

— Votre nom ?

— Cassel Sharpe.

J'essaie de serrer la vérité au plus près, au cas où elle réclamerait des informations complémentaires ou voudrait voir mes papiers d'identité. Pendant qu'elle clique un peu partout pour découvrir le ou la responsable d'une probable erreur, je procède à une reconnaissance visuelle des lieux. La jeune femme en blouse couleur parme présente derrière le comptoir doit être une assistante, étant donné que seul le nom du Dr Eric Churchill est gravé sur la porte. Les quelques dossiers médicaux posés sur les meubles-classeurs du fond sont glissés dans des chemises vert foncé, et une note concernant les horaires et jours d'ouverture est scotchée devant le bureau. Sur du papier à en-tête. Je tends la main vers cette feuille, quand la femme me lance :

— Je ne trouve rien, monsieur Sharpe.

— Oh !

J'ai interrompu mon geste. Subtiliser discrètement la note est devenu impossible.

— Oh !

J'adopte une expression que j'espère contrite, afin de l'apitoyer et l'inciter à reprendre ses vaines recherches ou – mieux encore – à aller chercher des éclaircissements auprès d'une tierce personne.

Mais, au lieu de l'inciter à s'apitoyer sur mon sort, mon désarroi feint semble alimenter son irritation.

— Qui a pris ce rendez-vous ?

— Ma mère. Croyez-vous qu'elle a pu m'inscrire sous son nom de jeune fille ?

— Il n'y a aucun Sharpe, en tout cas, dit-elle en me regardant droit dans les yeux pendant que l'infirmière en blouse parme prend un dossier et le pose sur le comptoir, tout près de moi. Êtes-vous certain que votre mère ne s'est pas adressée à un autre cabinet médical ?

J'inspire à pleins poumons et me concentre pour réduire les signes révélateurs d'imposture. Les menteurs se tripotent le visage, tentent de se soustraire aux regards. Ils se crispent. Des douzaines de détails les trahissent : respiration hachée, propos rapides, afflux de sang au visage.

— Son nom de jeune fille est Singer. Pouvez-vous vérifier ?

Elle se tourne vers l'écran, et je fais glisser le dossier sur le comptoir, jusqu'à mon blouson dans lequel il disparaît.

— Non. Aucun Singer. Vous devriez lui passer un coup de fil.

— Ouais, c'est ce que je vais faire.

Je me détourne et en profite pour subtiliser l'horaire sur papier à en-tête scotché devant le bureau. Je ne saurais dire si elle m'a vu, car je m'interdis de la lorgner par-dessus mon épaule pendant que je m'éloigne en glissant la feuille dans le dossier calé sous mon blouson, le tout avec le plus de naturel possible.

Puis j'entends une porte se fermer et une femme – peut-être la patiente dont je viens de chiper le dossier médical – déclarer :

— Je ne comprends pas. Je n'ai pas pu me faire voler, vu que j'ai cette amulette. Regardez-la, elle est couverte d'émeraudes. Seriez-vous en train de me dire qu'elle n'est pas plus efficace que les colifichets qu'ils vendent…

Je poursuis ma progression vers la sortie sans m'arrêter pour écouter la suite.

— Monsieur Sharpe ! lance une voix masculine.

Les portes sont devant moi. Deux ou trois pas de plus me permettraient de les franchir, mais je m'immobilise. Ce que je viens de réaliser ne servira à rien, s'ils se souviennent de moi… et comment pourraient-ils oublier un patient qui a pris ses jambes à son cou ?

— Heu, oui ?

Le Dr Churchill est un homme svelte et bronzé aux cheveux coquille d'œuf, courts et frisés. Il remonte distraitement ses lunettes à verres épais sur l'arête de son nez.

— J'ignore ce qui s'est produit pour votre rendez-vous, mais je vais vous caser entre deux patients. Revenez, je vous en prie.

— Quoi ?

Je me tourne vers la réceptionniste en refermant mon blouson.

— Ne venez-vous pas de me dire…

— Vous voulez être reçu en consultation, oui ou non ? gronde-t-elle, l'expression menaçante.

Et je me vois contraint de capituler.

L'assistante me guide dans une pièce où m'attend une table d'examen recouverte de papier gaufré. Elle me remet une planchette sur laquelle est clipsé un formulaire où je dois inscrire mon adresse et divers renseignements concernant ma couverture maladie. Puis elle me laisse contempler seul un graphique des courbes d'ondes correspondant aux différents stades du sommeil. Je déchire la doublure de mon blouson, juste assez pour y faire disparaître le dossier, puis je m'assieds en bout de table et couche par écrit des informations – pour la plupart véridiques – sur ma personne.

Il y a plusieurs dépliants, sur le comptoir : *Les quatre types d'insomnie, Symptômes des attaques HBG, Dangers liés à l'apnée du sommeil* et *Tout sur la narcolepsie.*

Je prends la brochure où sont décrites les attaques HBG, autrement dit ce que ma mère a infligé à ce type plein aux as. Une attaque. Je m'intéresse à la liste des symptômes, étant précisé que le diagnostic différentiel (quoi que ce terme puisse signifier) de chacun est varié :

— vertiges ;
— hallucinations auditives ;
— hallucinations visuelles ;
— maux de tête ;
— lassitude ;
— angoisse croissante.

Je pense aux sons entendus par Maura et m'interroge sur les formes que prennent de telles hallucinations.

Mon portable vibre, et je le sors machinalement de ma poche, sans détacher les yeux du dépliant. Aucune de ces informations ne me surprend vraiment – j'ai toujours attribué mes migraines au fait que ma mère utilisait sur moi sa magie émotionnelle comme d'autres parents envoient leur enfant au coin –, mais le voir confirmer noir sur blanc me provoque un choc.

Je déplie mon téléphone d'une pichenette et lâche le dépliant. Je lis le message : *Reviens tout de suite. On a un sérieux problème.* C'est le premier SMS écrit normalement que je reçois. Il est de Sam.

Je presse la touche de rappel, mais je tombe sur sa boîte vocale et prends conscience qu'il doit être en cours. Je regarde l'heure. La pause-déjeuner débutera dans une demi-heure. Je tape rapidement : *K tu fè ?* C'est sans doute peu diplomatique, mais je redoute une catastrophe.

Il a dû se faire choper avec mon livre de comptes et tout avouer. Je me vois déjà condamné à trier des déchets jusqu'au jour où grand-père me trouvera d'autres occupations.

Une réponse me parvient presque aussitôt : *Gains à régler.*

Je respire de nouveau. Quelqu'un a remporté un pari et Sam n'a pas suffisamment de cash pour remplir ses obligations. *Je pass + vit poss*, écris-je juste avant que la porte s'ouvre sur le médecin.

Le Dr Churchill prend le porte-documents et s'intéresse aux informations qui me concernent plutôt qu'à ma personne.

— Dolorès m'a parlé d'un malentendu ?

Je présume que la Dolorès en question n'est autre que le cerbère de la réception.

— Ma mère m'a dit qu'elle m'avait pris un rendez-vous à votre cabinet.

Mentir est facile, je parviens même à ajouter une juste dose de ressentiment. Les mensonges reposent sur un point d'équilibre au-delà duquel une contrevérité devient incontestable.

Il me sonde du regard et j'ai l'impression qu'il lit en moi bien plus de choses que je ne le voudrais. Je pense au dossier glissé dans la doublure de mon blouson, si près de lui qu'il n'aurait qu'à tendre la main pour le récupérer. J'espère qu'il n'a pas l'intention d'utiliser un stéthoscope, car mon cœur s'est emballé.

— Alors, pour quelle raison consultez-vous un spécialiste du sommeil ? Quel est votre problème ?

J'hésite. Lui dire que je me suis réveillé sur un toit me tente, mais je sais qu'il n'oubliera pas de sitôt un patient qui a tenu de tels propos. Je ne peux espérer qu'il rédigera le certificat dont j'ai besoin – aucun médecin sain d'esprit ne ferait une chose pareille –, mais qu'il décide de contacter Wallingford serait logique.

— Laissez-moi deviner, ajoute-t-il.

Ce qui me surprend. Comment un simple examen visuel pourrait-il lui permettre de déterminer pourquoi j'ai voulu le rencontrer ?

— Vous venez pour le test.

— Effectivement.

J'ai répondu sans savoir naturellement à quoi correspond le test en question.

— Qui a bien pu annuler le rendez-vous ? Votre père ?

Je suis coincé, sans autre choix que lui donner raison.

— C'est probable.

Il hoche la tête, comme si ma réponse était pleine de bon sens, avant d'explorer un tiroir à tâtons. Sa main gantée sort une poignée d'électrodes qu'il place sur mon front. Les pastilles adhésives me tiraillent un peu la peau.

— Nous allons mesurer vos ondes gamma.

Il appuie sur un bouton, et une machine s'anime. Des aiguilles sautillent sur une bande de papier qui défile, y dessinant des motifs qui apparaissent également sur un écran situé à ma gauche.

— Ondes gamma. (J'ai répété ce mot, car je ne vois pas l'utilité de les enregistrer sur un sujet éveillé.) Est-ce que ça risque d'être pénible ?

— C'est aussi rapide qu'indolore. (Le médecin baisse les yeux vers la feuille.) Avez-vous des raisons de vous croire hyperbathygammique ?

Hyperbathygammique. C'est le terme interminable qui désigne les faucheurs. HBG.

— Quoi ?

J'ai balbutié ce mot, et ses yeux s'étrécissent.

— J'ai cru...

Je me remémore la femme qui est sortie de son cabinet en se plaignant d'avoir été envoûtée. Tout indique qu'elle est venue pour en avoir la preuve. Mais il ne me demande pas si je crois avoir été victime d'un faucheur, il me demande si je pense en être un.

Il s'agit donc de ce test révolutionnaire qui fait la une des journaux, celui que les politiciens conservateurs veulent rendre obligatoire. C'est en théorie destiné à prévenir le risque que de jeunes HBG qui s'ignorent fassent involontairement des dégâts en utilisant leurs pouvoirs pour la première fois. Toujours en théorie, les résultats resteront confidentiels pour ne nuire aux intérêts de personne. Mais la seule certitude, c'est que nul n'est naïf au point de le croire.

Les résultats seront communiqués au gouvernement qui rêve d'enrôler des faucheurs dans ses services antiterroristes et autres. Par ailleurs – légalement ou illégalement –, leurs identités seront transmises aux autorités locales. Si ces tests obligatoires sont mis en place, tout le reste suivra. Je sais que l'argument de la pente glissante est fallacieux, mais il arrive que certains plans inclinés soient bien plus casse-gueule que les autres.

Les partisans de cette proposition incitent toute la population à se faire tester. Le principe est très simple, car seuls ceux qui ont quelque chose à se reprocher refuseront de se soumettre à ce contrôle, et – même si la loi n'est pas promulguée – tous sauront qui est hyperbathygammique et qui ne l'est pas.

Je saute de la table d'examen en arrachant les électrodes collées à ma peau. Même si j'ai de fréquents accrochages avec les miens, je me vois mal figurer sur une liste de non-faucheurs utilisée pour piéger Philip, Barron et grand-père.

— Il faut que je vous laisse. Désolé.

— Rasseyez-vous. Je n'en aurai plus pour longtemps, déclare le médecin en tendant la main vers les câbles. Monsieur Sharpe !

Je me précipite vers les portes que je franchis cette fois sans la moindre hésitation. Je fonce tête baissée, en ignorant l'infirmière qui me rappelle et les regards des patients qui poireautent dans la salle d'attente. La seule chose qui compte, c'est me retrouver loin de là.

Je conduis et m'efforce de me calmer. J'ai également tendance à rouler un peu vite et à tripoter la radio, afin que les sons du monde extérieur couvrent mon unique pensée : je me suis planté grave !

Je voulais être discret et je me suis rendu inoubliable. Plus ennuyeux encore, j'ai fourni mon vrai nom. Tout a dégénéré lorsque le médecin a dit connaître les raisons de ma présence. C'est mon problème. Il m'arrive de me mettre un peu trop dans la peau du personnage pour lequel je veux me faire passer, même quand tout part en *live*, et je prends des risques au lieu de renoncer. J'aurais dû dissiper la méprise, mais ma curiosité a été la plus forte. J'ai voulu découvrir où tout cela me conduirait.

Je dispose néanmoins du papier à en-tête de ce cabinet médical. Je peux donc poursuivre mon projet. Les reproches continuent de se superposer à la musique, quand je m'arrête sur le parking d'un Target. Des paniers pastel contenant des œufs en chocolat, qui atteindront certainement leur date de péremption bien avant Pâques, s'entassent dans les vitrines de ce grand magasin. Je gagne le rayon des portables et en achète un à carte prépayée. Je m'arrête ensuite dans un Copy Shop où je loue un ordi. Le bourdonnement régulier des photocopieuses et l'odeur de l'encre me rappellent l'école et ont sur moi un effet apaisant, cependant il suffit que je sorte le dossier de mon sac pour que mon cœur reparte au triple galop.

Mon autre erreur. Voler un dossier. Parce que je me suis fait suffisamment remarquer pour qu'ils établissent un rapport avec moi dès qu'ils se demanderont comment cette chemise a bien pu disparaître.

Je n'avais besoin que du logo de ce centre d'étude du sommeil. La résolution de l'image récupérée sur le Net est en effet si basse que je n'aurais pu l'utiliser que pour un fax. Ce vol risque de m'attirer de sérieux ennuis, mais je m'en suis emparé instinctivement quand je l'ai vu sur le comptoir.

Je le dépose sur le bureau et me sens plus stupide que jamais. Je n'y trouve que le nom d'une femme, son numéro d'assurance-maladie et un assortiment de nombres et de graphiques. Rien de tout cela n'a pour moi le moindre sens. Le seul point positif, c'est que le Dr Churchill a apposé sa signature au bas d'une des pages, ce qui me permettra de reproduire ce gribouillis.

Je feuillette les documents jusqu'à un graphique intitulé « ondes gamma », où des cercles de feutre rouge entourent certains sommets du trait en dents de scie. Ondes gamma. Une rapide recherche sur Google me permet d'interpréter ce que j'ai sous les yeux. Tout indique que les faucheurs de rêves plongent leurs victimes dans un état comparable à celui du sommeil profond, sauf en ce qui concerne les ondes gamma. Selon l'article consulté, ces dernières n'apparaissent que pendant l'éveil ou le sommeil paradoxal. Or, sur ce graphique, elles sont présentes même dans les périodes de sommeil profond, quand il n'y a aucun mouvement oculaire et que peuvent se produire tant les crises de somnambulisme que les terreurs nocturnes. Cet enregistrement permet de déterminer si quelqu'un a été ensorcelé.

D'après le même site, cela révèle également si le sujet est ou non un faucheur. La fréquence des ondes gamma chez les faucheurs serait plus élevée que celle des personnes dites normales, que ce soit pendant le sommeil ou l'éveil. Bien plus élevée.

Hyperbathygammique.

Je garde les yeux rivés sur l'écran. Cette information se trouvait à seulement quelques clics de souris, mais je ne m'étais encore jamais intéressé au sujet. Assis devant l'écran, je tente de comprendre pourquoi je me suis conduit aussi stupidement dans ce cabinet médical. J'ai manqué de présence d'esprit. J'ai cédé à la panique. Ma mère m'a pourtant seriné je ne sais combien de fois de ne jamais révéler quoi que ce soit sur notre famille – ni faits, ni suppositions –, ce qui serait de toute façon superflu. Il suffit de nous voir pour constater que nous ne sommes pas comme les autres.

Il y a néanmoins une facette pathétique de mon être qui voudrait téléphoner à ce médecin pour lui dire : *Vous êtes presque allé jusqu'au bout de ce test. Quels résultats avez-vous obtenus ?* Et je l'imagine me répondant : *Tous se sont trompés à votre sujet, Cassel. Vous êtes un des faucheurs les plus puissants qui soient. Je ne comprends pas pourquoi personne ne s'en est rendu compte. Je vous félicite et vous souhaite la bienvenue parmi vos pairs.*

Des pensées que je dois chasser de mon esprit. Ce n'est pas le moment de me laisser distraire. Sam m'attend à Wallingford, et si je ne veux pas être condamné à faire d'innombrables allers et retours jusqu'au campus pour redresser la situation, il faut que j'imprime cette attestation le plus rapidement possible.

Je commence par scanner l'en-tête et identifier sa police de caractères, avant d'utiliser un logiciel de retouche photographique pour remplacer le numéro de téléphone du cabinet par celui du mobile à carte prépayée. J'efface ensuite le texte et tape : « Cassel Sharpe est mon patient depuis plusieurs années. Malgré mes mises en garde, il a pris l'initiative d'interrompre son traitement, ce qui a provoqué cette crise de somnambulisme qui ne devrait toutefois avoir aucune séquelle. »

Je ne sais quoi ajouter.

Je *google* une fois de plus et trouve suffisamment de jargon médical pour satisfaire mes besoins. « Mon patient souffre de troubles du sommeil dus à la dépendance aux stimulants. Les médicaments prescrits lui permettent de passer des nuits paisibles. L'insomnie étant une cause fréquente de somnambulisme, il n'existe à mes yeux aucune raison médicale justifiant qu'il interrompe ses études ou fasse l'objet d'une quelconque surveillance. »

Je souris à l'écran, en regrettant de ne pouvoir démontrer mon savoir-faire à ces hommes d'affaires qui consacrent tout leur temps à imprimer des camemberts. J'aimerais me vanter de mes exploits. Je me demande ce que ce Dr Churchill bidon pourrait encore faire gober aux gogos de Wallingford.

« J'ai par ailleurs pu éliminer toute intervention extérieure de la liste des causes possibles de la crise de somnambulisme de mon patient. »

Je ne tiens pas à ce qu'ils s'interrogent sur ce qui n'est certainement qu'un sentiment de culpabilité qui m'incite à m'immoler. Et que je m'en inquiète est tout aussi superflu.

J'imprime cette lettre bidon sur du papier à en-tête bidon avant de préparer une enveloppe bidon. Je lèche le rabat et vais régler mon dû au caissier du Copy Shop. En lâchant ce courrier dans une boîte aux lettres, je prends conscience de l'absolue nécessité d'échapper à un renvoi définitif.

Je ne dois plus jamais déambuler en dormant.

J'atteins Wallingford vers 16 heures. Sam est en atelier d'expression théâtrale. Je me faufile dans l'auditorium du Carter Thompson Memorial et vais m'asseoir tout au fond sans difficulté. La salle est plongée dans la pénombre, car les projecteurs sont braqués sur la scène où tous tentent d'empêcher Pippin d'assassiner son père.

— Ne vous éloignez pas comme ça les uns des autres, lance avec irritation Mlle Stavrakis, la prof d'art dramatique. Et levez un peu plus le bras qui tient le couteau, Pippin. La lame doit refléter la lumière pour que tous les spectateurs puissent la voir.

J'aperçois Audrey, à côté de Greg Harmsford. Je ne vois que son sourire, pas son visage, mais je me souviens que son pull est du même bleu que ses yeux.

— Et gigotez un peu moins après avoir rendu l'âme, lance Mlle Stavrakis à l'élève qui joue le rôle de Charles. Vous n'aurez pas à faire le mort longtemps.

Sam s'avance sur la scène et se racle la gorge.

— Hum, excusez-moi, mais j'aimerais qu'on reprenne la scène du meurtre. C'est vraiment nul sans la poche de sang. Par ailleurs, ne pensez-vous pas que ce serait bien plus spectaculaire si Pippin tuait Charles d'un coup de revolver ? J'utiliserais mes capsules explosives et ça giclerait partout.

— L'action se déroule au VIIIe siècle, rappelle Mlle Stavrakis. Donc, pas d'armes à feu.

— Au début de la comédie musicale, les acteurs portent des costumes appartenant à diverses périodes de l'histoire. Cela n'implique-t-il pas...

— Pas d'armes à feu, lance Mlle Stavrakis sur un ton catégorique.

— On pourrait utiliser malgré tout une de mes poches de sang. Je n'aurais qu'à fixer une capsule au bout de la lame rétractable.

— Nous devons en terminer avec cette scène, Sam. Passez me voir demain, avant la répétition, et nous ferons le point sur tout ça. D'accord ?

— D'accord, marmonne-t-il en regagnant les coulisses.

Je me lève et le suis.

Je le rejoins devant une table où s'alignent des bouteilles contenant un fluide rouge, à côté d'un amoncellement de pochettes de préservatifs. J'entends Audrey, quelque part à l'opposé. Elle crie quelque chose, des propos se rapportant à une fête prévue samedi soir.

— C'est quoi, ici ? Un club théâtral ou échangiste ?

Sam se tourne si brusquement vers moi que j'en déduis qu'il n'a pas remarqué ma présence. Puis il baisse les yeux sur ce qui s'entasse devant lui et a un petit rire nerveux en rougissant un peu.

— Oh, ça ! C'est pour les effets spéciaux. On les remplit de sang artificiel... Ils sont résistants, mais un rien les fait éclater.

J'en prends un.

— Si tu le dis...

— Non, écoute.

Il le récupère.

— On met une petite charge explosive sur une plaque métallique doublée de mousse avant de placer la capote pleine de sang par-dessus. Il suffit de scotcher le déclencheur alimenté par une pile là où personne ne peut le voir. Avec de l'adhésif toilé, par exemple. Si c'est pour une vidéo, que les fils soient visibles est moins important, car il est ensuite possible de les effacer, mais il faut soigner les moindres détails lors d'une représentation en public.

— Il est dommage qu'ils ne t'aient pas donné carte blanche.

— Ils n'apprécient pas non plus mes postiches. Je voulais mettre une barbe à James, mais on pourrait croire que Mlle Stavrakis n'a jamais vu un portrait de Charlemagne. Une barbe fleurie. (Il me dévisage un moment.) Est-ce que ça va ?

— Bien sûr. Évidemment. Alors, qui a remporté quoi ?

— Oh, oui ! Désolé. (Il reprend le rangement de son matériel.) Deux profs ont été vus ensemble... un couple si improbable qu'ils ne sont que trois à avoir misé sur lui. La cote s'en ressent et tu devras débourser dans les... Heu, *on va* devoir débourser dans les six cents billets.

— La banque ne peut pas gagner à tous les coups.

Ma façon de calculer les risques laisse décidément à désirer, mais je ne dois pas lui révéler que cela m'affecte. Je pars du principe que la plupart des gens parient sur le mauvais cheval.

— Qui ?

— Carter et Ramirez, répond-il en souriant.

Je secoue la tête. La prof de dessin et la nouvelle prof d'anglais, mariées toutes les deux

— Des preuves ? Tu n'as pas intérêt à régler quoi que ce soit sans...

Il ouvre son ordinateur portable et me montre la photo. On voit la main de Mme Carter sur la nuque de Mme Ramirez, et leurs bouches sont très proches l'une de l'autre.

— Bidonné ?

J'ai posé la question avec espoir.

Mais il secoue la tête.

— Depuis que je gère ta petite affaire, je trouve que les gens ont un comportement bizarre. Ils posent des questions sur moi.

— Que leurs books ne soient pas des pestiférés les embête. Ça les rend nerveux.

— Je ne vais pas abandonner mes amis.

— Il n'en est pas question. Je vais aller chercher du cash, dis-je machinalement avant de soupirer. Au fait, je suis désolé si je t'ai donné l'impression d'être un mauvais perdant en réclamant des preuves.

La gêne s'accompagne de démangeaisons. Je me suis conduit envers Sam comme s'il était aussi malhonnête que moi.

— Tu n'as pas eu un comportement bizarre, déclare-t-il. Pas plus que d'habitude, en tout cas. Tu sembles t'être ressaisi, vieux.

Il doit avoir l'habitude de fréquenter des individus méfiants et difficiles à vivre. Il est également possible que je n'aie jamais été aussi normal que je le pensais. Je garde la tête basse pour suivre à pas lourds l'allée menant à la bibliothèque. Je suis pratiquement certain que si Northcutt ou un de ses sbires m'aperçoit, ce sera une impardonnable violation de mon « congé médical ».

Je réussis à esquiver tous les regards et à ne croiser personne.

La bibliothèque Lainhart est le bâtiment le plus laid du campus. Elle a été financée par un musicien dans les années quatre-vingt, époque où tous semblaient croire que rien ne valait une construction circulaire posée de guingois pour apporter de la modernité à tout ce qui l'entoure. Mais si elle est horrible vue de l'extérieur, les étagères rayonnent autour d'un salon central aux sièges confortables et d'une énorme mappemonde que les seniors tentent de subtiliser chaque année (un thème de pari devenu classique).

La documentaliste me salue de la main, derrière son gros bureau en chêne. Fraîchement émoulue de son école, elle s'affuble de lunettes de star de toutes les couleurs de l'arc-en-ciel. Plusieurs perdants ont parié qu'ils sortiraient avec elle. Je me sens toujours un peu gêné quand je leur communique ma cote.

— Heureuse de vous revoir, Cassel, me lance-t-elle.

— Ravi d'être de retour, mademoiselle Fiske.

À présent qu'elle m'a repéré, je dois me faire oublier. J'espère qu'on m'aura réintégré, lorsqu'elle comprendra que je n'aurais pas dû me trouver là.

Tout mon pécule – environ trois mille dollars – est dissimulé entre les pages d'un vieil onomasticon relié de cuir. J'utilise cette cachette depuis deux ans sans le moindre incident. Il ne viendrait à l'esprit de personne, moi excepté, d'ouvrir un tel ouvrage. Ma seule crainte, c'est que ce livre soit mis au rebut étant donné que nul n'en a besoin, mais je pars du principe que Wallingford le conservera, parce qu'il paraît suffisamment rare et coûteux pour dissiper les doutes des parents venus s'assurer que leurs enfants bénéficient d'une éducation digne des petits génies pour lesquels ils les prennent.

Je retire six cents dollars, feuillette les pages quelques minutes pour feindre d'être fasciné par la poésie de la Renaissance, puis je regagne discrètement le dortoir où Sam doit me retrouver. Je m'engage dans le couloir quand Valerio sort de sa chambre. Un plongeon latéral vers les douches me permet de l'esquiver et de m'enfermer dans une des cabines. Adossé à la paroi carrelée pour attendre que mon cœur se remette à battre à peu près normalement, je tente de garder à l'esprit qu'une situation n'est embarrassante qu'en présence de témoins. Valerio ne m'a pas suivi et j'envoie un texto à Sam.

Il vient me rejoindre peu après en riant.

— Drôle d'endroit pour une rencontre.

Je pousse la porte de la cabine.

— Tu peux rire, lui dis-je avec un profond soulagement.

— La voie est libre. L'aigle a survolé le poulailler. Le loup est solitaire.

Je sors les billets de ma poche en souriant malgré moi.

— Tu es le prince de l'illusion.

— Eh, tu ne pourrais pas m'apprendre à calculer une cote ? Comme si je voulais parier sur quelque chose ? Et cette histoire de proportionnalité des gains en fonction de la justesse des prévisions… comment l'établis-tu ? Tu ne respectes pas les règles qu'ils exposent sur le Net.

— C'est plutôt compliqué, dis-je pour gagner du temps.

Ce que je pense, c'est que tout est bidon.

— Les Asiatiques sont des génies en maths, déclare-t-il en s'appuyant au grand bac.

— C'est bon, génie… Une autre fois, d'accord ?

— Quand tu voudras.

Et je le soupçonne de vouloir s'approprier ma petite entreprise. Je me sais capable de déjouer ses manigances s'il se lance dans cette aventure, mais le simple fait de l'envisager me fatigue.

Sam compte méticuleusement les billets, pendant que je le surveille dans le miroir.

— Tu sais ce que j'aimerais ? demande-t-il après avoir terminé.

— Non, quoi ?

— Que mon lit se transforme en robot et aille affronter d'autres robots-lits, dans le cadre de rencontres sportives organisées par mes soins.

La surprise m'arrache un rire.

— Ce serait un sacré spectacle.

Un sourire timide incurve ses lèvres.

— On prendrait des paris et on deviendrait tellement riches que ça en serait écœurant.

Je cale ma tête contre l'encadrement de la cabine et me plonge dans la contemplation de la paroi carrelée et des motifs que dessinent les craquelures jaunâtres. Je souris.

— Je retire tout ce que j'ai pu dire laissant supposer le contraire, Sam. Tu es un génie.

Me faire des amis n'est pas ma spécialité. Oh, je sais me rendre utile ! Je réussis à m'intégrer. On m'invite aux soirées et je peux m'asseoir à n'importe quelle table de la cafétéria.

Mais l'idée d'accorder sa confiance à des gens qui n'ont rien à y gagner est à mes yeux insensée.

Je sais que toute amitié se forge lors de négociations dont l'enjeu est le pouvoir.

Un exemple ? D'accord. Anton était le meilleur ami de Philip et le cousin de Lila, et il se rendait à Carney avec elle chaque été. Anton et Philip passaient trois mois de canicule à ingurgiter un maximum d'alcool et à bichonner leurs voitures.

La mère d'Anton étant la sœur de Zacharov, il est son parent le plus proche. Anton a fait le nécessaire pour que Philip sache qu'il doit lui cirer les pompes s'il veut bosser pour la famille. Leur amitié est fondée sur la reconnaissance implicite que c'est à Anton de donner des ordres et à Philip de les exécuter.

Anton m'a toujours eu dans le nez, parce que je n'ai jamais rampé devant lui.

On avait treize ans et on était dans la cuisine de la maison de sa grand-mère. Lorsqu'il est entré, on se chamaillait pour un motif futile. On se poursuivait en riant comme des fous, quand il m'a attrapé par le col et écarté d'elle, avant de me faire tomber sur le sol en grondant :

— Excuse-toi, sale pervers !

Je reconnais que ces empoignades me servaient de prétexte pour peloter un peu Lila, mais je ne l'aurais jamais admis.

— Arrête ! hurla-t-elle à son cousin, en agrippant ses mains gantées.

— Ton père m'a chargé de te surveiller, et il ne voudrait pas que tu perdes ton temps avec ce malade. Il n'est même pas comme nous.

— Ne te mêle pas de mes affaires ! s'emporta Lila.

Il baissa les yeux sur moi.

— C'est donc à toi que je vais dire ce que tu dois faire, Cassel. Autrement dit t'agenouiller devant la princesse Lila, comme le vermisseau que tu es.

— Ne l'écoute pas, gronda-t-elle. Relève-toi.

J'en fus empêché par un coup de pied à l'épaule.

— Arrête ! hurla-t-elle.

— Tu vas pouvoir lui baiser les pieds, ajouta son cousin. Je sais que tu en meurs d'envie, Cassel.

— Je t'ai dit de le laisser tranquille ! Pourquoi faut-il toujours que tu te conduises comme un salopard ?

— Embrasse son pied, et je te lâche.

Anton avait dix-neuf ans et il était très costaud. Mon épaule me faisait souffrir et j'avais les joues en feu. Je me penchai en avant et appliquai mes lèvres sur la sandale de Lila. Nous étions allés nager plus tôt dans la journée, et sa peau avait un goût de sel.

Elle écarta soudain la jambe. Anton éclata de rire.

— Tu te prends pour le patron, lui lança-t-elle d'une voix tremblante. Tu crois que papa te léguera son empire, mais tu oublies que je suis sa fille, moi. Tout ce qu'il a me reviendra, et je me souviendrai de ce que tu viens de faire quand je me retrouverai à la tête de notre famille.

Je finis par me relever lentement pour regagner la maison de grand-père.

Lila ne m'adressa pas la parole pendant plusieurs semaines, sans doute parce que j'avais cédé aux volontés d'Anton plutôt qu'aux siennes. Philip se comporta comme si rien ne s'était passé. Il avait déterminé qui comptait le plus à ses yeux et choisi le pouvoir plutôt que son frère.

Je ne peux espérer que mes proches seront bons avec moi, et je ne suis pas certain de les épargner moi non plus.

L'amitié, ça craint.

En regagnant la voiture, je regarde l'heure sur mon portable et je comprends que j'ai intérêt à me magner si je ne veux pas que grand-père s'étonne d'une si longue absence. Il me reste cependant un détail à régler. J'appelle Maura. Elle est le dernier ingrédient entrant dans la recette de ma réhabilitation, celle qui répondra si quelqu'un compose le numéro de mon mobile à carte prépayée.

— Allô ? dit-elle avec des pleurs de bébé en fond sonore.

Et je relâche ma respiration, j'ai eu peur que ce soit Philip qui décroche.

— C'est Cassel. Tu es occupée ?

— J'essaie d'enlever des taches de pêche sur le mur. Tu veux parler à ton frère ? Il...

— Non ! J'ai un service à te demander. Tu m'ôterais une sacrée épine du pied.

— Dis toujours.

— Tout ce que tu auras à faire, c'est répondre à un appel reçu sur un mobile que je vais te remettre et dire que tu es la réceptionniste d'un cabinet médical. Je coucherai tout ça par écrit.

— Laisse-moi deviner. Tu comptes sur moi pour déclarer que ton retour à l'école ne posera aucun problème.

— Certainement pas ! Tu devras seulement confirmer que vous avez envoyé un courrier, dire que le docteur est en consultation et qu'il les contactera dès qu'il aura terminé. Tu n'auras ensuite qu'à me joindre pour que je me charge du reste. Je doute qu'il faille en arriver là, note bien. Ils voudront probablement s'assurer de l'authenticité de cette lettre, mais c'est tout.

— Tu n'es pas un peu jeune pour t'engager sur la pente savonneuse du crime ?

— Alors, tu es d'accord ?

— Évidemment. Apporte-moi ce téléphone. Philip ne sera pas de retour avant une heure. J'imagine que tu ne souhaites pas lui parler de tout ça ?

Je souris. Elle s'exprime si calmement que j'ai des difficultés à l'associer à la Maura aux yeux cernés qui disait entendre chanter des anges au sommet de l'escalier.

— Maura, tu es divine ! Je dessinerai tes traits dans ma purée de pommes de terre pour que les générations futures puissent te rendre un culte bien mérité. Accepteras-tu de m'épouser quand tu auras plaqué mon frère ?

Elle rit.

— Tu n'as pas intérêt à dire ça à Philip.

— Ouais. Tu es toujours décidée ? Enfin, est-ce qu'il le sait ?

— Est-ce qu'il sait quoi ?

— Oh... L'autre soir. Tu envisageais de partir... mais, heu... c'est super que vous vous soyez réconciliés.

— Je n'ai jamais dit ça. Pourquoi ferais-je une chose pareille alors que je suis si heureuse avec lui ?

— Je ne sais pas. J'ai dû comprendre de travers. Bon, faut que je te laisse. Je t'apporte ce mobile.

Je coupe la communication, les mains moites de sueur. Je n'ai pas la moindre idée de ce qui a pu se passer. Peut-être ne souhaite-t-elle pas en parler au téléphone, au cas où la ligne serait sur écoute. Ou qu'elle se trouve avec quelqu'un... une personne devant laquelle elle ne peut s'exprimer librement.

Grand-père a mentionné un envoûtement qui la concerne, et je me demande à présent si ce n'est pas une autre déclaration que j'ai mal interprétée. Peut-être ne se souvient-elle pas de ce qu'elle m'a dit, parce que mon frère a utilisé les services d'un faucheur de souvenirs. Il n'est pas à exclure qu'elle ait tout oublié.

Maura ouvre la porte à la première sonnerie, mais elle se contente d'entrebâiller le battant sans m'inviter à entrer.

Un étrange malaise contracte mon estomac.

Je scrute ses yeux dans l'espoir d'y lire quelque chose, mais je n'y découvre que de l'indifférence et de la lassitude.

— Encore merci pour tout.

Je lui tends l'appareil enveloppé dans la feuille de papier sur laquelle j'ai résumé mes instructions.

— Il n'y a pas de quoi.

Elle prend le mobile, et nos gants s'effleurent. Je remarque qu'elle se tient trop près de la porte et je glisse un pied dans l'entrebâillement pour l'empêcher de la refermer.

— Attends. Attends une seconde. (Elle fronce les sourcils.) Et la musique, tu t'en souviens ?

Elle laisse le battant se rouvrir et me dévisage.

— Tu l'entends, toi aussi ? Ça a débuté ce matin et c'est tellement beau ! Tu ne trouves pas ça magnifique ?

— Je n'ai jamais rien entendu de comparable, dis-je avec méfiance.

Elle a tout oublié, et je ne vois qu'une seule personne qui aurait intérêt à ce qu'elle renonce à ses projets.

J'explore ma poche et en sors le charme mémoriel. *Souviens-toi.* Ça a tout d'un vieil objet transmis par héritage, offert à une belle-fille pour l'accueillir au sein de la famille. Je décide de mentir :

— Maman voulait que ceci te revienne.

Elle a un mouvement de recul. Il est vrai qu'ils sont nombreux à se méfier de ma mère.

— Philip ne veut pas que je porte d'amulettes, déclare-t-elle. Il dit qu'il serait malvenu que l'épouse d'un faucheur donne l'impression de redouter la magie.

— Tu n'auras qu'à la cacher.

J'ai prononcé très rapidement ces mots, mais le battant se referme déjà.

— Sois prudent, me chuchote-t-elle par la fente qui se rétrécit. Au revoir, Cassel.

Je reste sur le perron le temps d'analyser ce que je viens d'entendre, d'essayer de déterminer ce qui a pu se passer.

Les souvenirs sont fuyants et malléables. Ils se plient à notre interprétation du monde et se déforment pour entrer dans le moule de nos idées préconçues. Nous ne pouvons pas nous y fier. Il est rare que les dépositions de plusieurs témoins concordent. Ils reconnaissent des gens qu'ils n'ont jamais vus et fournissent des détails sur des événements qui ne se sont jamais produits. La mémoire n'est pas fiable, la mienne moins que toute autre.

Après le divorce de ses parents, Lila a été bringuebalée dans toute l'Europe avant de passer plusieurs étés à New York avec son père. Je savais où elle se trouvait, car sa grand-mère en informait la mienne, et c'est pour cette raison que j'ai été tellement surpris d'entrer un jour dans la cuisine et de la voir là, assise sur le plan de travail et occupée à bavarder avec Barron comme si elle ne s'était jamais absentée.

— Salut, me dit-elle en faisant éclater son chewing-gum.

Elle avait des cheveux coupés au niveau du menton et teints en rose vif. Avec sa coiffure et son épais mascara, elle paraissait bien plus âgée que ses treize ans. Bien plus vieille que moi.

— File, m'ordonna Barron. On parle affaires.

Je sentis ma gorge se serrer comme pour m'avertir que la déglutition me serait douloureuse.

— Comme vous voudrez.

J'allai prendre une pomme et le roman de Heinlein que j'avais entamé, avant de regagner le sous-sol et regarder à la télévision un personnage de dessin animé manier une épée démesurée pour débiter en menus morceaux une multitude de monstres. Je me suis répété que le retour de Lila me laissait indifférent, jusqu'au moment où elle a descendu l'escalier et s'est affalée sur le vieux divan en cuir élimé, juste à côté de moi, les pouces calés dans des trous de son sweater gris souris. Je remarquai un bout de sparadrap sur la courbe de sa joue.

— Qu'est-ce que tu veux ? lui demandai-je.

— Te voir, évidemment. (Elle désigna mon livre.) C'est bien ?

— À condition d'aimer les histoires d'assassins clonés. Et qui ne les apprécie pas ?

— Les individus sains d'esprit.

Je ne pus m'empêcher de sourire. Elle me parla de Paris ainsi que du diamant que son père avait acheté aux enchères chez Sotheby's, une pierre précieuse censée avoir appartenu à Raspoutine… auquel elle aurait dû apporter la vie éternelle. Elle m'expliqua que, pendant son séjour en France, elle prenait sur un balcon son petit déjeuner composé de café au lait et de tartines beurrées. Elle ne semblait pas avoir regretté le South Jersey, ce que je n'aurais pu lui reprocher.

— Que te voulait Barron ? demandai-je.

— Rien.

Elle mordilla sa lèvre en réunissant ses cheveux roses en queue-de-cheval.

— Des secrets de faucheurs, marmonnai-je en agitant les mains pour indiquer à quel point cela m'impressionnait. Ooooh ! Surtout, ne me dis rien ! Je pourrais aller tout raconter aux flics.

Elle s'intéressa aux cheveux entortillés autour de son pouce.

— Il dit que c'est simple. Seulement deux heures. Et il m'a promis une dévotion éternelle.

— C'est rentable, déclarai-je.

Des secrets de faucheurs. Je n'ai jamais su où ils se sont rendus et ce qu'ils ont fait, mais à son retour elle avait les cheveux en bataille et plus de rouge à lèvres. Je n'ai pas insisté et nous avons regardé des vieux polars en noir et blanc, et elle m'a refilé quelques Gitanes sans filtre qu'elle s'était procurées à Paris.

Le poison de la jalousie circulait dans mes veines. Tuer mon frère me démangeait.

Je devais avoir un faible pour elle.

CHAPITRE SEPT

Je regagne la vieille maison où m'attend une sorte de goulasch rendu plus consistant par des nouilles et égayé par des rondelles de carottes et des petits oignons. J'en mange trois assiettes et fais passer le tout avec du café noir, pendant que la chatte s'entortille autour de mes chevilles. Je lui donne tout le bœuf que je peux discrètement prélever dans mon assiette.

— Ça s'est passé comment, chez ce toubib ?

Grand-père boit du café, lui aussi, et sa main tremble un peu lorsqu'il porte la tasse à ses lèvres. Je me demande ce qu'il a pu y rajouter.

— Très bien.

J'ai répondu posément. Je n'ai aucune envie de lui parler du test, pas plus que de Maura et de la disparition de ses souvenirs, ce qui me laisse peu de sujets à aborder.

— Ils m'ont connecté à une machine avant de me dire d'essayer de dormir.

— Là-bas, au cabinet ?

C'est effectivement surprenant, mais je ne peux pas me rétracter.

— J'ai sommeillé un peu. Ils collectent des données pour effectuer des comparaisons.

— Hon-hon, commente grand-père avant de se lever pour faire la vaisselle. Voilà qui explique ton retard.

Je vais poser mon assiette dans l'évier sans répondre.

Plus tard le même soir, alors que je suis couvert de poussière mais qu'un semblant d'ordre règne à l'étage, nous regardons à la télé *Bande de bannis*. Des faucheurs appartenant à une branche secrète du FBI utilisent leurs pouvoirs pour contrer des faucheurs d'une tout autre espèce, autrement dit des dealers et des tueurs en série.

— Tu veux savoir à quoi on reconnaît les faucheurs des gens dits normaux ? me demande grand-père en grognant.

Il a conservé le fauteuil que je déteste et s'y est affalé, le visage éclairé par le halo bleuté de l'écran. Le héros de la série, MacEldern, vient de défoncer une porte d'un coup de pied pendant que, sous le poids de remords dus à un faucheur de sentiments, les méchants éclatent en sanglots et entament une confession décousue. C'est nul, mais je sais que grand-père ne me laissera pas zapper.

Je regarde les chicots noircis de ses doigts.

— À quoi ?

— Ce sont les seuls qui nient avoir des pouvoirs. Tous les autres parleront de la fois où ils ont souhaité du mal à leur prochain et que cela s'est produit, ou encore qu'ils ont désiré être aimés et l'ont été. Comme si toutes les coïncidences étaient attribuables à la magie.

— Peut-être ont-ils des embryons de pouvoirs. Tous sont peut-être des faucheurs qui s'ignorent.

Grand-père renifle.

— Ne va surtout pas croire ces balivernes. Tu n'es peut-être pas un des nôtres, mais tu appartiens à cette famille, et tu es trop intelligent pour faire comme cet illuminé qui voulait administrer du LSD à tous les mômes pour qu'ils voient se développer en eux des pouvoirs paranormaux.

Une personne sur mille a des capacités de faucheur, et plus de la moitié n'influent que sur la chance. Les gens aiment jouer gros. Grand-père devrait l'avoir compris.

— Tu parles de Timothy Leary, lui dis-je.

— Ouais, eh bien, tu vois le résultat. Tous ces gosses qui veulent s'ensorceler l'un l'autre et qui finissent par perdre les pédales, persuadés d'être les auteurs ou les victimes de sortilèges inexistants, certains que le rétrochoc va leur être fatal, se déchirant sans cesse. Non, les années soixante et soixante-dix ont été placées sous le signe de la folie et de rock stars déjantées qui se prenaient pour des prophètes et tentaient de convaincre leur public qu'elles faisaient des miracles. Sais-tu combien d'entre nous ont été engagés pour réaliser leurs tours de charlatans ?

Une fois qu'il est lancé, personne ne pourrait interrompre les divagations de grand-père. Le sujet lui tient bien trop à cœur pour qu'il ne me répète pas tout cela pour la énième fois. Le mieux que je puisse espérer, c'est l'orienter vers un autre thème.

— Tu n'as jamais été à leur service ? Tu avais combien – vingt ou trente ans – à l'époque ?

— J'ai toujours exécuté les ordres du vieux Zacharov, sans jamais prendre la moindre initiative. Mais j'en connais qui s'en sont donné à cœur joie. (Il rit.) Comme ce type qui faisait des tournées avec le groupe Black Hole. Un faucheur de corps. Un vrai champion. Les membres des imprudents qui s'attiraient les foudres de ce groupe subissaient de sacrées tractions.

— Je croyais les autres formes de fauchage bien plus prisées ?

Me voilà intéressé malgré moi. Lorsqu'il se lance dans ses explications, j'ai presque toujours l'impression que grand-père s'adresse à toute la famille et non à moi. Cette fois, nous sommes seuls et je pense aux photos vues sur Internet, aux émissions spéciales sur la chaîne VH1 de l'époque. Musiciens à tête de bouc, sirènes évoluant dans des bassins jusqu'au moment où elles se noyaient parce que le faucheur de formes était trop camé pour savoir quoi en faire ensuite, individus transformés en personnages de dessin animé avec une tête et des yeux démesurés. Tout cela attribué à un chanteur qui finirait par mourir d'une overdose dans sa chambre d'hôtel, au milieu d'animaux qui marchaient comme des hommes et débitaient un charabia incompréhensible.

De nos jours, il n'y a plus le moindre faucheur de formes dont des groupes pourraient s'attacher les services, même si de telles activités avaient été autorisées par la loi. Peut-être en trouve-t-on encore un en Chine, mais il y a belle lurette qu'il n'a plus fait parler de lui.

— Eh bien, personne ne peut métamorphoser une foule au complet. C'est bien trop pour un seul homme. Un môme a essayé. Il a mis tout cela en scène, sans tenir compte du rétrochoc. Il a laissé les spectateurs le toucher, l'un après l'autre, et tous se sont sentis euphoriques. Comme s'ils s'étaient administré une drogue.

— La réaction aurait dû être un raz de marée de bien-être, non ? Quel mal y a-t-il à cela ?

La chatte blanche me rejoint sur le divan et fait ses griffes sur les coussins.

— C'est tout le problème de la jeunesse… Votre état d'esprit. Vous vous croyez immortels. Vous ne pensez pas que d'autres ont déjà fait les conneries qui vous viennent à l'esprit. Celui-là a perdu la boule. Il bavait, il souriait, c'est devenu un doux dingue, mais un dingue tout de même. Heureusement qu'il était le fils d'un des pontes de la famille Brennan et que ses vieux ont pu le prendre en charge.

Grand-père reprend ses récriminations sur la stupidité des ados en général et des ados faucheurs en particulier. Je me penche pour caresser la chatte, dont la frénésie destructrice s'est un peu calmée. Elle ne se met pas à ronronner mais se fige, comme si je l'avais transmuée en pierre.

Avant d'aller me coucher, ce soir, j'explore l'armoire à pharmacie. Je prends deux somnifères et m'endors avec la chatte blottie contre mon coude.

Je ne fais aucun rêve.

Quelqu'un me secoue.

— Eh, Dormeur, debout !

Grand-père me sert un café, trop serré mais bienvenu. J'ai l'impression que mon crâne a été lesté avec du sable.

Je tends la main vers mon pantalon et l'enfile. Je fourre machinalement mes mains dans les poches, et je prends conscience qu'une chose a disparu avant même d'achever ce geste. L'amulette. L'amulette de maman. Celle que je voulais donner à Maura.

Souviens-toi.

Je m'agenouille et rampe sous le lit. De la poussière, des vieux livres de poche et vingt-trois cents.

— Qu'est-ce que tu cherches ? me demande grand-père.

— Rien.

Quand nous étions petits, maman nous faisait aligner côte à côte – Philip, Barron et moi – pour nous dire qu'il n'y avait rien de plus important que la famille, que nous étions les seuls sur lesquels nous pourrions véritablement compter. Puis elle effleurait nos épaules avec sa main nue, et nous étions à tour de rôle inondés d'affection, terrassés par l'amour.

— Promettez-moi de vous aimer à jamais et de vous protéger mutuellement. Prenez l'engagement de ne jamais vous nuire, de ne jamais vous voler. Il n'existe rien au-dessus de vos proches. Personne ne pourra jamais vous aimer autant qu'eux.

Venaient alors les pleurs, les étreintes et les promesses.

Les effets du fauchage de sentiments s'estompent au fil des mois et, un an plus tard, ces démonstrations d'affection paraissent ridicules, mais il serait impossible d'oublier ce qu'on a alors éprouvé.

Et ce sont bien les seuls instants de mon existence où je me suis véritablement senti en sécurité.

Je sors m'éclaircir les idées, la tasse de café à la main. L'air est vif et pur, et je prends des inspirations profondes comme si j'allais me noyer.

Je me dis que des objets tombent parfois des poches, alors je décide d'aller jeter un coup d'œil dans la voiture.

Si l'amulette est là, coincée dans un repli du siège ou trônant sur un tapis de sol, je me sentirai vraiment idiot. J'espère pouvoir me dire que j'ai été stupide.

Sur une impulsion, j'ouvre mon portable. Il y a eu deux appels en absence de ma mère – ne pas avoir la possibilité de me joindre sur une ligne fixe doit la rendre folle –, mais j'en fais abstraction et appelle Barron. Je dois obtenir des réponses de quelqu'un qui ne voudra pas me ménager à tout prix. Je tombe sur sa boîte vocale et presse la touche de rappel, encore et encore. Je ne sais pas à qui d'autre m'adresser. Finalement, il me vient à l'esprit que je peux appeler l'université de Princeton.

Je compose l'indicatif, mais la standardiste ne trouve pas sa chambre. Je me souviens du nom de la fille qui la partage avec lui.

Celle qui décroche a une voix rauque, comme si la sonnerie venait de la réveiller.

— Euh, salut. Je suis le frère de Barron et je voudrais lui parler.

— Il n'est plus à l'université, me répond-elle.

— Quoi ?

— Il a laissé tomber deux mois après la rentrée. Mais il n'a pas emporté tout son bazar.

Je perçois un peu d'irritation.

— Il est négligent. (Barron l'a toujours été, mais ça m'inquiète malgré tout.) Je peux passer vous en débarrasser.

— Je lui ai tout renvoyé par la poste.

Je me demande ce qui s'est passé entre eux. Je ne peux imaginer mon frère interrompant ses études à cause d'une fille, ni pour toute autre raison.

— J'en ai eu assez qu'il me promette de venir et d'attendre pour rien. Il m'a remboursé les frais d'expédition, cela dit.

Mon esprit s'emballe.

— L'adresse à laquelle vous lui avez envoyé tout ça… est-ce que vous l'avez toujours ?

— Vous êtes bien son frère ?

J'estime qu'un mensonge sera plus convaincant que la vérité.

— C'est ma faute, si je ne sais pas où le joindre. Après la mort de papa, je suis devenu invivable. On s'est disputés pendant les funérailles, et je n'ai répondu à aucun de ses appels.

Je suis surpris de constater que ma voix déraille exactement aux bons moments.

— Oh !

— Écoutez, je voudrais seulement lui dire que je regrette.

Je brode sur ce thème sans savoir si je suis convaincant. Ce que je ressens s'apparente à de l'angoisse.

Je l'entends brasser des papiers à l'autre bout du fil.

— Vous avez de quoi écrire ?

Je note l'adresse dans ma paume, remercie la fille et raccroche avant de rentrer dans la maison. Grand-père empile des douzaines de cartes de vœux trouvées derrière une commode. Des paillettes ont saupoudré ses gants. La pièce me semble étrangement vide sans le bric-à-brac qui l'encombrait. Mes pas résonnent sur le plancher.

— J'aurais encore besoin de la voiture, grand-père.

— Il nous reste la chambre du haut à rendre vivable, rappelle-t-il. Sans parler du porche et du salon, ni de l'emballage de tout ce que nous avons laissé dans les pièces déjà débarrassées.

Je lève le téléphone et l'agite, comme s'il était l'unique responsable de ce que je vais lui annoncer.

— Le toubib veut me revoir pour d'autres tests.

Mentir au point de s'en convaincre soi-même est le secret de la réussite, le meilleur moyen de ne pas s'embrouiller les pinceaux.

Mais je n'en suis pas là.

— J'ai bien pensé à quelque chose de ce genre, déclare-t-il en soupirant.

Je m'apprête à l'entendre dire qu'il a joint le médecin ou qu'il a compris dès le début que je lui débitais des craques. Mais il plonge la main dans la poche de sa veste et me lance les clés.

L'amulette n'est pas sur le plancher de la Buick. Ni coincée entre les coussins du siège du conducteur, même si j'y déniche un sachet de bouffe à emporter roulé en boule. Je m'arrête pour faire le plein et m'offrir un café supplémentaire, ainsi que trois barres chocolatées. Pendant que j'attends ma monnaie, je saisis la nouvelle adresse de Barron dans le GPS de mon téléphone. Il vit désormais à Trenton, dans une rue où je n'ai jamais mis les pieds.

Pour me guider, je n'ai que mon instinct, la quasi-certitude qu'il existe un lien entre toutes ces anomalies : somnambulisme, souvenirs contradictoires de Maura, interruption brutale des études de Barron et disparition de l'amulette.

Mais quand mon pied enfonce la pédale de l'accélérateur et que la Buick s'élance en avant, pour la première fois depuis longtemps, j'ai l'impression d'aller dans la bonne direction.

Lila a fêté son quatorzième anniversaire dans un grand hôtel que son père possède dans cette ville. Le genre de réception où de nombreux faucheurs se réunissent, font circuler des enveloppes n'ayant qu'un lointain rapport avec la fête et parlent de choses que les blaireaux dans mon genre n'ont pas intérêt à entendre. Lila m'a fait monter dans sa chambre une heure avant le début des festivités. Elle portait une tonne de maquillage noir scintillant et une chemise bien trop ample, sur laquelle était reproduite une énorme tête de chat de dessin animé. Ses cheveux n'étaient plus roses mais blond platine et en épis.

— J'ai horreur de ça, me dit-elle en s'asseyant sur le lit, les mains nues. Je n'aime pas les réceptions.

— Tu crains de te noyer dans un seau à champagne.

— On va se percer les oreilles, décréta-t-elle sans m'avoir écouté.

De petites perles ornaient déjà les siennes, et j'eus la conviction que les frotter sur mes dents m'aurait confirmé leur authenticité. Elle en caressa une de façon machinale, comme si elle avait capté ma pensée.

— Je me suis fait percer les oreilles avec un pistolet, quand j'avais sept ans. Maman m'avait dit que j'aurais droit à une glace si je ne pleurais pas, mais j'ai pleuré quand même.

— Et tu veux remettre ça, parce que tu te dis que la souffrance te fera oublier tout ce cirque ou parce que me torturer te procurera une vive satisfaction ?

— Un peu des deux, sans doute.

Elle m'adressa un sourire énigmatique, disparut dans la salle de bains et en revint avec un sachet de tampons en coton hydrophile et une épingle de sûreté. Elle posa le tout sur le minibar, avant d'en sortir une mignonnette de vodka.

— Va prendre de la glace au distributeur.

— Tu n'as pas d'amis… Je ne parle pas de moi, mais…

— C'est compliqué. Jennifer me hait à cause d'un truc que Lorraine et Margot lui ont raconté. Elles passent leur temps à faire des salades, celles-là. Je préfère les oublier. Il me faut de la glace.

— Tu es bien autoritaire.

— Un jour j'aurai des tas de gens sous mes ordres. Comme papa. Et ça n'a rien d'une nouveauté, pour toi.

— Je ne vois pas pourquoi tu me percerais les oreilles.

— Parce que les filles craquent pour les garçons aux oreilles percées. En outre, je te connais bien, moi aussi. Je sais que tu es un maso qui s'ignore.

— C'était peut-être vrai quand j'avais sept ans, rétorquai-je.

Mais j'allai néanmoins lui chercher des glaçons.

Elle se dirigea vers la commode, sautilla et ramena une pile de CD, de sous-vêtements et de papiers pliés qu'elle posa sur le sol.

— Viens ici, ajouta-t-elle d'une voix feutrée mélodramatique. Tu commences par gratter l'allumette puis tu passes l'épingle de sûreté dans la flamme. Tu vois ?

Elle me fit une démonstration, les yeux brillants.

— Le métal noircit et rougit. Le voilà stérilisé.

Je remontai ma tignasse noire et inclinai la tête pour m'offrir en sacrifice. Le contact de la glace me fit frissonner. Lila avait les jambes légèrement écartées et je devais m'avancer entre elles pour être à sa portée.

— Ne bouge pas.

Ses doigts étaient frais sur ma peau. Je regardais les ruisselets de glace fondue couler sur son poignet et goutter de son coude. Nous attendions en silence, comme s'il s'agissait d'un rite initiatique. Au bout d'une minute, à quelque chose près, elle lâcha le glaçon et appliqua la pointe sur mon oreille pour la perforer lentement.

— Ouille !

J'eus un mouvement de recul au tout dernier instant.

Elle rit.

— Cassel ! L'épingle a pénétré jusqu'à la moitié de ton lobe.

— Ça fait mal ! protestai-je, surpris.

Mais j'étais la cible de trop de sensations : le contact de ses cuisses me retenait tout autant que celui de l'épingle de sûreté.

— Tu pourras te venger, si tu le souhaites, déclara-t-elle en enfonçant brusquement la pointe dans ma chair.

J'inspirai profondément.

Elle se laissa glisser de la commode pour aller prélever dans le seau à glace de quoi insensibiliser sa propre oreille.

— Perce le mien plus haut. Tu devras appuyer très fort pour traverser le cartilage.

Je stérilisai l'épingle sur la flamme d'une autre allumette puis la positionnai. Lila mordilla sa lèvre inférieure mais ne cria pas, même si je crus voir ses yeux larmoyer. Elle se contenta d'enfoncer ses doigts dans le velours côtelé de mon pantalon quand j'exerçai la pression. Je voyais la tige métallique s'incurver et me demandais si je réussirais à traverser l'oreille, quand le cartilage céda avec un son audible. Lila poussa un petit cri étranglé et je refermai l'épingle de sûreté pour la laisser pendre tel un bijou fantaisie.

Puis elle trempa le coton dans la vodka et nettoya le sang, avant de servir à chacun de nous une dose d'alcool qui m'emporta la gueule. Ses mains tremblaient.

— Joyeux anniversaire, lui dis-je.

J'entendis des pas à l'extérieur, mais Lila ne leur prêta pas attention. Elle se pencha vers moi et me lécha l'oreille. Ce contact, aussi brûlant que la flamme de l'allumette, me fit sursauter. J'essayais de me convaincre que je n'avais pas rêvé quand elle me tira la langue pour me montrer mon propre sang.

À l'instant où la porte s'ouvrait sur sa mère, qui se racla la gorge.

— Qu'est-ce que vous fichez là, vous deux ? Qu'attends-tu pour te préparer, Lila ?

Lila ne se laissa pas démonter.

— Il est de bon ton de se faire désirer, déclara-t-elle en grimaçant presque.

— Auriez-vous bu ? (Mme Zacharov me regarda comme si j'étais un cafard.) Sors d'ici !

Je me glissai près d'elle pour franchir la porte.

La fête battait son plein, mais il y avait là une foule d'inconnus et je me sentais déplacé. Mon oreille palpitait.

En proie à un sentiment de culpabilité inexplicable, je voulus absolument rouler des mécaniques devant les amis de Lila, ce qui me valut de me rendre à tel point haïssable qu'un de ses camarades de classe me balança un coup de poing. Nous étions dans les toilettes et je réagis en le poussant, ce qui lui valut de se fendre le crâne sur un des lavabos.

Le lendemain, Barron m'annonça qu'il sortait avec Lila. Tout avait débuté entre eux plus ou moins au moment où je me faisais expulser et raccompagner à la maison.

D'après mon GPS, Barron habite désormais une des maisons collées les unes aux autres dans une rue aux trottoirs lézardés où se dressent également quelques immeubles aux accès condamnés par des planches. Une des fenêtres de la façade a perdu la plupart de ses vitres, un vide en partie comblé par du ruban adhésif. Je tire la porte moustiquaire et tambourine sur le panneau de contreplaqué. Des écailles de peinture se déposent sur mes jointures.

Je frappe, attends et frappe encore. Il n'y a pas de moto garée à proximité. Aucune lumière ne filtre à travers les journaux qui servent de persiennes.

La porte est munie de deux serrures rudimentaires, des protections faciles à contourner. La carte plastifiée de mon permis de conduire glisse et repousse le pêne entre le battant et le chambranle. Ouvrir le verrou est moins simple, mais je trouve dans le coffre de la voiture un bout de fil de fer que j'insère dans la fente et déplace sur les goupilles jusqu'à ce qu'elles soient toutes à la hauteur voulue. Je me félicite que Barron ne se soit pas offert un modèle plus élaboré. J'imprime une rotation au bouton, récupère mon permis de conduire et entre dans la cuisine.

Face au plan de travail en mélaminé, je pense avoir pénétré par effraction ailleurs que chez mon frère. Des Post-it pointillent les placards blancs : TOUT CE QUE TU AS PU OUBLIER EST NOTÉ DANS LE CARNET, LES CLÉS SONT SUSPENDUES, RÈGLE LES FACTURES EN ESPÈCES, TU T'APPELLES BARRON SHARPE ET TON TÉLÉPHONE EST DANS TA VESTE. Il y a là un pack de lait ouvert, et son contenu caillé est recouvert de cendres de cigarettes. Des mégots flottent à la surface. Plusieurs enveloppes avec des factures à l'intérieur – principalement des demandes de remboursement de prêts pour étudiants – n'ont pas été ouvertes.

Le TU T'APPELLES BARRON SHARPE ne laisse guère de place au doute.

Son ordinateur portable et une pile de chemises en papier kraft encombrent la table de la cuisine. Je m'affale sur une des chaises et parcours la scène du regard... des mémos concernant l'interjection en appel de notre mère. Barron a pris des notes avec un marqueur rouge ketchup, et il me vient à l'esprit que c'est probablement pour cette raison qu'il a interrompu ses études. Parce qu'il doit prendre cette affaire en main. C'est une explication, mais elle est insuffisante.

Je trouve sous une des chemises un cahier cartonné libellé « février-avril ». Je l'ouvre, en m'attendant à voir des notes concernant l'appel, mais ce que je découvre évoque plutôt un journal intime. Chaque page commence par une date, suivie d'une liste à la minutie maladive de ce qu'il a mangé, des personnes auxquelles il a adressé la parole, de ce qu'il a éprouvé... puis, tout en bas, sont résumées les choses dont il doit absolument se souvenir. Ce jour-là débute par :

> « *19 mars*
> Petit déj : milk-shake protéiné.
> Couru 1,5 km.
> Après réveil, somnolence et muscles douloureux.
> Tenue : chemise boutonnée vert pastel, pantalon cargo noir, chaussures noires (Prada).
> Maman se plaint toujours de souffrir de notre séparation, des autres détenues et de sa peur de nous voir échapper à tout contrôle. Elle doit

admettre que nous ne sommes plus des enfants, mais je doute qu'elle y soit prête. Plus nous approchons de l'appel, plus ce que nous deviendrons lorsqu'elle sera de retour à la maison m'inquiète.

Elle dit avoir séduit un millionnaire et placer en lui de grandes espérances. Je lui ai transmis des articles de journaux qui le concernent. Je crains qu'elle ne s'attire de nouveaux ennuis et je ne peux croire qu'il ignore qui elle est… ou qu'il ne l'apprendra pas à brève échéance. Lorsqu'elle sortira de prison, elle devra redoubler de prudence, ce qu'elle refusera à coup sûr d'admettre.

Philip est toujours aussi réservé. Il se comporte comme s'il était disposé à faire profil bas, mais c'est un leurre. Moins par faiblesse que par désir romanesque de se croire manipulé plutôt que d'admettre qu'il rêve de puissance et de privilèges. Son attitude devient de plus en plus difficile à supporter, mais Anton a bien plus confiance en lui qu'il n'aura jamais confiance en moi. Cependant, Anton me sait capable de tenir mes engagements et je doute qu'il puisse en dire autant de Philip.

L'argent que nous obtenons suffira peut-être pour empêcher maman de faire trop de bêtises pendant un temps. Et, quand l'attente sera enfin terminée, Anton sera devenu notre débiteur. »

Les notes du jour s'interrompent, mais en remontant le temps de quelques semaines je constate qu'il a couché par écrit des détails apparemment pris au hasard, des bribes de conversations et de sentiments, comme s'il s'attendait à tout oublier. J'ouvre son ordinateur portable en hésitant un peu, car je redoute ce que je risque d'y découvrir, mais il s'est mis en veille sur une page de YouTube.

Les images de la séquence filmée avec un téléphone portable sont granuleuses, la définition est plus que médiocre et je ne suis qu'une tache décolorée qui semble danser torse nu, mais je tressaille malgré tout quand tout laisse supposer que je vais perdre l'équilibre. J'entends crier « Saute » et le plan s'abaisse vers la foule. Je la vois à cet instant, une silhouette blanche à côté des buissons. C'est la chatte, qui se lèche la patte. La chatte que je poursuivais dans mon rêve. J'étudie la vidéo pour tenter de comprendre comment un chat onirique – qui ressemble comme deux gouttes d'eau à celui qui vient de dormir au pied de mon lit – pouvait se trouver en ce lieu cette nuit-là.

Je récupère le cahier posé sur la table et le feuillette jusqu'à la date de téléchargement de cette vidéo :

« *15 mars*
Petit déj : blancs d'œufs.
Couru 1,5 km.
Après réveil, en forme. Taillé poils de nez.
Tenue : blue-jean (Monarchy), veste, chemise bleue classique (Hugo).
Je me suis connecté sur le compte courrier de C. et ai trouvé une vidéo. On y voit nettement L., mais aucun indice sur le lieu où elle a pu aller depuis. P. pense l'avoir vue dans la vieille

maison, mais G. était présent et gardait l'œil ouvert. P. déclare qu'il va régler la question, parce que tout ceci est sa faute.

Méfie-toi des Ides de Mars ! Quelle ironie ! J'ai son collier mais aucun indice sur la façon dont elle l'a perdu. P. n'a pas dû le fermer correctement. Il devrait être possible d'exploiter cette négligence pour creuser le fossé entre lui et A. Prendre le contrôle de la situation devient urgent. »

Le mot « contrôle » a été souligné deux fois, et la deuxième avec tant d'énergie que la feuille en a été déchirée.

Je reste à regarder ces mots jusqu'au moment où le texte se brouille. Il est évident que je suis C. et qu'il parle de la vidéo enregistrée quand j'étais sur le toit. P. est certainement Philip et A. doit être Anton, étant donné qu'il a déjà été cité. Le G. me laisse perplexe, mais je comprends finalement qu'il s'agit de grand-père. Reste ce L. qui me fait immédiatement penser à Lila, tout en sachant que c'est absurde.

Je prends le portable et me repasse la vidéo, image par image. On voit à peine la foule, car le panoramique est trop rapide pour que les visages apparaissent autrement que sous forme de traînées indistinctes. Les seuls traits reconnaissables sont ceux de quelques étudiants. Je ne vois pas Lila parmi eux. Il n'y a aucune fille morte, seulement des individus dont la présence semble logique. Et personne avec un collier.

L'unique élément de cette vidéo qui pourrait en avoir un est le chat.

Toi seul peux m'en délivrer.

Une pensée tellement extravagante que je souris.

Je gagne la salle de bains pour me rafraîchir le visage, mais l'odeur d'ammoniac qui m'assaille quand je franchis la porte est si puissante que je m'immobilise. Je suis sur le seuil d'une pièce totalement vide à l'exception d'une cage métallique posée près de la fenêtre. Sa trappe grillagée est ouverte. L'odeur et la couleur de ce qui a taché le journal fourré à l'intérieur indique qu'il s'agit d'urine. Une quantité importante, comme si l'occupant de cette cage y avait séjourné très longtemps, sans que personne ne se donne la peine de la nettoyer.

Je retiens ma respiration et me rapproche, car j'ai remarqué une touffe de poils blancs coincée entre deux barreaux. Je ressors de la pièce à reculons.

Barron perd la mémoire, tout comme Maura et… moi aussi, peut-être. J'ai oublié les détails du meurtre de Lila. Je ne pourrais pas dire comment je suis monté sur ce toit. J'ignore même ce qu'est devenue l'amulette de restauration des souvenirs.

Que quelqu'un ait effacé tout cela de nos esprits me semble de moins en moins absurde.

Comme la possibilité qu'un faucheur m'ait adressé ce rêve, celui où le chat m'implore de l'aider. Si je le dois à un sortilège, son auteur a nécessairement dû me toucher, établir un contact physique. La chatte – la chatte qui a dormi sur mon lit, celle qu'on voit dans la vidéo – s'est blottie contre moi.

Que je lui doive ce songe est donc possible…

Mais ridicule. Les chats sont des animaux et ils ne peuvent pas plus envoûter une personne qu'interpréter une sonate ou composer une villanelle.

Sauf si la chatte en question est en réalité une jeune fille, une faucheuse de rêves. Lila.

Ce qui aurait des conséquences bien différentes que l'effacement des souvenirs de son assassinat. Ça signifierait que je ne l'ai pas tuée !

CHAPITRE HUIT

Les carreaux beiges des murs de la salle de bains de Barron me semblent familiers, même si j'ai l'impression de les voir sous un angle inhabituel.

Penser que Lila pourrait être cette chatte est pure folie. Me dire que mon frère l'a gardée enfermée chez lui pendant tant de mois est encore plus insensé. Mais que je ne sois peut-être pas un assassin me donne de tels vertiges que j'ai du mal à me redresser.

Je me regarde dans le miroir – les cheveux en bataille qui rebiquent autour de ma mâchoire et mes yeux injectés de sang – pour tenter de déterminer si j'ai des raisons d'être terrorisé. Si je suis toujours un meurtrier. Si je perds les pédales.

Des étourdissements accompagnent une forte impression de déjà-vu face au reflet de la baignoire se trouvant derrière moi. Je trébuche et me retiens de justesse.

Je me débattais dans l'eau et mes mains se changeaient en bras d'étoile de mer qui se lovaient tels des serpents. Tout allait de travers et je me désagrégeais, l'eau recouvrait ma tête et…

Je discerne d'autres éléments, dont je ne conserve qu'un très vague souvenir.

Je m'accroupis au sol pour caresser le carrelage à côté du robinet. Il me semble revoir ma main se tendre vers la même poignée, mais ce souvenir bascule dans le surréalisme, il devient onirique et mes doigts s'étirent en griffes noires tâtonnantes.

Une peur animale m'envahit, viscérale et épouvantable. Je dois m'éloigner de ce lieu… c'est l'unique pensée cohérente que je peux avoir. Je me dirige vers la porte, et je parviens encore à tourner la poignée de façon à ce que la porte se verrouille derrière moi. Je monte dans la voiture de grand-père et y reste assis un long moment, tel un enfant pas très futé qui fuit un spectre imaginaire. Je mâchonne une des barres chocolatées et lui trouve un goût prononcé de poussière, mais je l'avale malgré tout.

Faire le point s'impose.

Mes souvenirs sont fragmentés et explorer les zones d'ombre de mon esprit ne les rend pas plus consistants.

Ce dont j'ai besoin, c'est de l'assistance d'un faucheur. Quelqu'un qui me fournira des réponses sans me poser pour autant des questions embarrassantes. Une personne capable de m'aider à reconstituer ce puzzle et déterminer ce qu'il représente. Je mets le contact et vire vers le sud.

La brocante de la Route 9 ressemble moins à un marché aux puces qu'à un immense entrepôt divisé en alignements de stalles séparées par des comptoirs ou des rideaux. Quand nous réussissions à convaincre grand-père ou Philip de nous y conduire, Barron et moi, nous consacrions la journée à manger des hot-dogs et acheter des canifs bon marché que nous pourrions dissimuler dans nos chaussures. Barron se plaignait de devoir subir ma présence, mais sitôt arrivé il me larguait pour aller bavarder avec la vendeuse de cornichons et autres condiments au vinaigre flottant dans de grands bacs.

Rien ne semble avoir changé, ici. Près de l'entrée, une femme se dresse à côté d'un monceau de paniers pastel pendant qu'un type débite son boniment pour fourguer ses peaux de lapin… cinq dollars les trois.

À l'intérieur, des odeurs de friture font gronder mon estomac. Je me dirige vers le fond, au-delà de l'étal des portefeuilles en peau d'anguille et du stand des chevalières en argent et des dragons en étain, vers les diseuses de bonne aventure qui portent des jupes en velours plissées et manipulent des cartes biseautées. Elles prennent cinq dollars pour vous déclarer : « Vous vous sentez parfois bien seul, même en société » ou « Vous avez subi une perte qui a développé en vous une perspicacité exceptionnelle », quand ce n'est pas « Vous êtes très timide, mais vous deviendrez un jour un personnage hors du commun ».

Les petits centres commerciaux de ce genre sont nombreux dans le New Jersey, mais celui-ci est à seulement vingt minutes de route de Carney. La véritable activité des cartomanciennes est la vente de charmes confectionnés par des locaux à la retraite, et on trouve même quelques faucheurs qui viennent proposer discrètement leurs services. C'est le lieu rêvé pour dénicher un petit sortilège bon marché sans rapport avec les familles du crime. Et ces amulettes sont bien plus fiables que celles qu'on trouve dans les galeries marchandes et les stations-service.

Je me dirige vers une table recouverte d'un grand foulard.

— Annie l'Embrouille, dis-je à la femme âgée qui me sourit.

Une de ses dents est toute cariée. Elle porte des bagues en plastique et en verre sur des gants de satin et des strates superposées de jupes aux ourlets bordés de minuscules grelots.

— Je t'ai reconnu, Cassel Sharpe. Comment se porte ta mère ?

Annie faisait commerce de sa magie bien avant ma naissance. C'est une faucheuse de la vieille école. Discrète. Compte tenu du peu d'informations dont je dispose, je ne peux pas me permettre de les partager.

— Elle est derrière les barreaux. Ils l'ont bouclée parce qu'elle avait roulé un pigeon plein aux as.

Annie soupire. Elle connaît bien tout ça et n'est ni surprise ni gênée pour moi, une réaction bien différente de celle des élèves de mon école. Elle se penche en avant.

— Elle n'en a plus pour longtemps, j'espère ?

Je hoche la tête, sans avoir pour autant la moindre certitude. Maman clame son innocence (à laquelle je ne crois pas) et elle soutient que tout ce qui a été retenu contre elle repose sur du vent (ce que je crois) et sera balayé lors de l'interjection en appel.

— Elle te manque, pas vrai ?

Une autre confirmation de la tête, même si je n'en suis pas bien sûr. Tout est moins compliqué depuis qu'elle n'est plus là pour bouleverser nos vies. De sa prison, elle joue un rôle de matriarche fantasque mais bienveillante. Sitôt de retour à la maison, elle retrouvera son statut de dictateur.

— J'ai besoin de deux charmes. Des aide-mémoire. Des vrais.

— Tu crois peut-être que les miens sont bidon ?

— Je le sais, dis-je en souriant.

Ce qui transforme son sourire en rictus malicieux. Elle tend sa main gainée de satin pour caresser ma joue. Je me souviens que j'ai oublié de me raser et que ma peau doit être rêche, mais elle n'y prête pas attention.

— Tu es comme tes frères. Tu sais ce qu'on disait des garçons dans ton genre ? Aussi malins que le diable et deux fois plus mignons.

— J'ai également quelques questions à vous poser. Au sujet de la magie mémorielle. Écoutez, je sais que je ne suis pas un faucheur, mais il y a des choses que je dois absolument savoir.

Elle débarrasse le plateau d'un jeu de tarot aux lames écornées.

— Assieds-toi, m'ordonne-t-elle avant de farfouiller sous la table d'où elle sort une boîte à outils en plastique.

Elle contient un assortiment de pierres. Elle prend un bloc d'onyx brillant percé en son centre, ainsi qu'un cristal rose nuageux.

— Une chose à la fois. Voilà ce dont tu as besoin.

La plupart des amulettes authentiques font penser à de vulgaires cailloux, mais celles-ci ont assez bel aspect.

— Ça me gêne de vous le demander, dis-je en reculant sur la chaise pliante métallique. Mais...

— Tu voudrais quelque chose de plus raffiné ?

— Non, plus petit.

Elle marmonne et replonge dans ses réserves.

— Tiens, j'ai ça.

Elle me présente un caillou, peut-être ramassé au bord d'une route.

Je désigne la pierre et le disque d'onyx.

— Je prends ceux-ci. En fait, je prendrai les trois plus petits, plus l'onyx.

Elle hausse les sourcils mais se contente de m'annoncer :

— C'est quarante. Pièce.

En d'autres circonstances, j'entamerais d'âpres marchandages, mais je pense qu'elle a inclus dans la note les informations qu'elle est disposée à me fournir. Je compte les billets et les lui remets.

Un sourire me révèle toutes ses dents gâtées.

— Alors, que veux-tu savoir ?

— Comment peut-on déterminer si des souvenirs ont été effacés. Y a-t-il un trou noir à la place ? Ont-ils été remplacés par des trucs bidon ?

Elle allume la cigarette qu'elle vient de rouler et qui dégage une odeur de thé vert.

— Je ne t'ai pas dit que je connaissais ces choses, note bien. Je fais de simples suppositions. Mon rôle se borne à façonner des amulettes et à en vendre d'autres fabriquées par des amis dont les activités n'ont pas encore été déclarées illicites.

— C'était sous-entendu. Ce n'est pas parce que...

— Ne monte pas sur tes grands chevaux, mon garçon. J'explique tout ceci à l'intention de ceux qui peuvent nous écouter... et qui ne doivent pas s'en priver.

— Qui ça ?

Elle me dévisage longuement, comme si elle me trouvait un peu lent à la détente, et elle tire sur sa cigarette avant de souffler une fumée qui sent l'herbe.

— Les autorités, voyons !

— Oh !

Je diagnostique de la paranoïa, sans doute additionnée d'un soupçon de folie douce, bien que je sois tenté de regarder derrière moi.

— Pour en revenir à ta question. Ce qu'on ressent dépend du faucheur de souvenirs. Les plus habiles ne laissent aucune trace. Ils retirent les faits et comblent ce vide par autre chose. Les moins honnêtes n'y vont pas par quatre chemins. Ils peuvent par exemple te convaincre qu'ils t'ont prêté des sommes importantes, mais si tu n'as ni argent dans tes poches, ni souvenir d'avoir acheté quoi que ce soit avec, les doutes ne tardent guère. La plupart des faucheurs de souvenirs se situent entre ces extrêmes, mais peu effacent convenablement les traces de leur intervention. Il en subsiste un ciel brusquement bleu au milieu d'une journée nuageuse. De pénibles regrets sans origine.

— Des indices.

— En quelque sorte.

Elle tire une fois de plus sur sa cigarette.

— On peut diviser tout cela en quatre catégories. Le faucheur a la possibilité d'extirper le souvenir en laissant derrière lui un trou noir ou de le remplacer par des choses qui n'ont jamais eu lieu. Il peut également passer au crible l'esprit d'une personne pour s'informer de ce qu'elle sait ou simplement bloquer l'accès à certains détails.

— Pourquoi utiliser cette méthode ? Je parle du blocage.

Je caresse le disque noir et lisse qui glisse sous mon doigt ganté.

— Parce qu'il est plus facile de condamner un accès que de faire disparaître tout ce qu'il y a au-delà. Un tel charme est bien moins onéreux. De la même façon, remplacer l'élément d'un souvenir réclame moins d'efforts que le recréer dans sa totalité. Par ailleurs, il suffit de retirer le blocage pour que tout réapparaisse, ce qui permet d'inverser le processus en cas de besoin.

Je hoche la tête, sans être convaincu d'avoir tout compris.

— Un faucheur peu scrupuleux facturera la suppression totale d'un souvenir alors qu'il se sera contenté de le rendre inaccessible. Ce qui lui laissera en outre la possibilité de se faire rémunérer par la victime pour lever son blocage. C'est indiscutablement malhonnête, mais qui est encore honnête de nos jours ? Les jeunes n'ont plus aucun respect pour leurs aînés.

Elle me dévisage attentivement.

— Les membres de ta famille ne te l'ont pas expliqué ?

— Je ne suis pas un faucheur.

J'ai jugé utile de le lui rappeler, mais la honte empourpre mes joues. Mes proches n'auraient-ils pas dû m'accorder malgré tout leur confiance ? Qu'ils s'en soient abstenus révèle la piètre opinion qu'ils ont de moi.

— Mais ton frère... commence-t-elle.

— Il serait donc possible de tout restaurer ?

Je l'ai interrompue pour l'empêcher d'aborder ce sujet.

Le regard qu'elle m'adresse est si perçant que je baisse les yeux. Puis elle se racle la gorge et s'adresse à moi comme si je n'avais pas enfreint les règles de politesse les plus élémentaires.

— La magie mémorielle est permanente, mais rien n'empêche de changer d'avis. Si tu implantes dans l'esprit d'une fille que tu es le plus sexy des mâles de la région, elle n'aura qu'à te regarder de plus près pour constater que c'est faux.

Je réussis à sourire, mais j'ai l'impression d'avoir avalé du plomb.

— Et le fauchage de formes ?

Un haussement d'épaules fait tinter ses grelots.

— Que veux-tu savoir ?

— Est-il permanent, lui aussi ?

— Il est toujours possible de dénouer un nœud... tant que la victime n'a pas cessé de vivre, évidemment. Si un faucheur de formes peut transformer un enfant en barque puis de nouveau en enfant, la transmutation lui aura été fatale. Nul ne peut relancer le cycle de la vie lorsqu'il a été interrompu.

Je voudrais l'interroger sur le cas particulier d'une fille métamorphosée en chatte, mais je ne peux pas fournir des détails aussi précis. J'ai déjà pris trop de risques.

— Merci, dis-je en me levant.

Je m'interroge sur ce que je viens d'apprendre, et je peux seulement en conclure que les réponses que je cherche ne seront pas faciles à obtenir.

Elle m'adresse un clin d'œil.

— Dis à ton grand-père qu'Annie l'Embrouille a demandé de ses nouvelles.

— Je n'y manquerai pas.

C'est naturellement un mensonge. Si je lui disais que je suis allé voir cette femme, grand-père voudrait en connaître la raison.

Je me suis déjà éloigné de quelques pas quand soudain je m'arrête et me tourne vers elle.

— Au fait, Mme Z. est-elle toujours en ville ?

La mère de Lila. Je songe à l'instant où j'ai raccroché le téléphone, au regard qu'elle m'a lancé lorsqu'elle m'a surpris dans la chambre d'hôtel en compagnie de sa fille.

J'ai longtemps pensé qu'elle avait dû percevoir dans les profondeurs de mon être d'inavouables secrets dont je n'avais jamais eu conscience.

— Bien sûr ! Elle ne pourrait pas quitter Carney sans avoir son mari à ses trousses.

— À ses trousses ?

— Il est persuadé qu'elle sait où est Lila. Je lui ai dit de ne pas s'inquiéter. Elle survivra à son époux.

Même le Résurrecteur ne peut être éternellement efficace.

— La pierre qu'il a achetée quand il était en Europe avec sa fille ?

Je me rappelais que ce joyau avait appartenu à Raspoutine, mais pas qu'il était censé avoir des propriétés surnaturelles.

— Il renferme un sortilège d'immortalité dont bénéficie celui qui le porte. Mais ce sont des sornettes ! Les minéraux servent uniquement à absorber les ondes maléfiques, même si je dois reconnaître que celui-ci semble en l'occurrence efficace. Zacharov est toujours de ce monde malgré les nombreuses tentatives d'assassinat dont il a fait l'objet. J'aimerais jeter un œil à cette pierre. (Elle incline la tête.) Tu étais amoureux de Lila, pas vrai ? Maintenant que j'y pense, je te revois languir d'amour pour elle. Comme ton frère, d'ailleurs.

— Dans un lointain passé.

Elle s'étire vers moi pour déposer un baiser sur ma joue, et j'en tressaille.

— Les histoires où deux frères sont rivaux en amour n'ont jamais un heureux dénouement.

Barron sortait avec bien d'autres filles à l'époque où il fréquentait Lila. Des filles de son âge, des filles qui allaient à la même école que lui et avaient leur propre voiture. Lila passait à la maison et demandait à le voir, et j'inventais alors un mensonge maladroit en espérant qu'elle finirait par comprendre, mais elle gobait tout. Puis nous bavardions jusqu'au moment où mon frère rentrait pour lui souhaiter une bonne nuit ou qu'elle s'endormait.

Mais ce qui me fendait le plus le cœur, c'était quand il s'adressait à elle avec indifférence, sans détacher les yeux du téléviseur.

— C'est une gosse, me disait-il lorsque j'abordais le sujet. C'est pas ma petite amie à part entière. En outre, elle vit à deux heures d'ici...

— Pourquoi ne pas rompre, alors ?

Je pensais aux murmures de sa respiration au téléphone, tard le soir. Je ne comprenais pas comment il pouvait la tromper.

— J'ai peur de la blesser.

J'abattis ma main sur la table du petit déjeuner, et des piles d'assiettes et de vieilleries diverses en furent ébranlées.

— Tu sors avec elle uniquement parce qu'elle est la fille de Zacharov !

Son sourire s'élargit.

— Tu n'en sais rien. Qui te dit que je ne sors pas avec elle rien que pour te faire enrager ?

J'aurais voulu révéler à Lila tout ce que je savais sur lui, mais elle aurait alors cessé de nous rendre visite.

Pour chaque année passée en prison, un yakuza insère une perle dans son pénis. Il incise la peau à l'aide d'un bambou taillé en biseau et pousse la perle au-dessous. C'est certainement très douloureux, et je présume que fourrer des petits cailloux dans sa jambe doit l'être tout autant.

Installé sur la banquette arrière de la voiture de grand-père, je remonte mon jean jusqu'au genou. J'ai acheté le nécessaire à la supérette la plus proche et à présent, sur le parking, je sors le tout des sachets en plastique. Je commence par raser mon mollet gauche sur sept ou huit centimètres, en le rinçant avec de l'eau minérale. Le processus est lent. Le rasoir est de piètre qualité et, lorsque je termine enfin, la peau est écorchée et entaillée en plusieurs endroits.

Je ne l'ai pas prévu et je n'ai rien sous la main pour me nettoyer. Je retire ma chemise et l'applique sur ma jambe sans prêter attention aux picotements. J'ai acheté un flacon d'eau oxygénée, mais je n'ose pas l'utiliser. Je trouverai peut-être le courage de stériliser la plaie quand tout sera terminé, mais c'est pour l'instant hors de question.

Je tire une lame de rasoir hors de sa boîte et lorgne par la portière, en proie à la culpabilité. Des familles traversent le parking en poussant des caddies où sont assis des enfants, des hommes s'éloignent avec des plateaux sur lesquels s'alignent des cafés. *Ne regardez pas !* Je leur ai adressé cet ordre mental en faisant glisser le tranchant sur ma jambe.

C'est facile et indolore, au point d'en être angoissant. Je ne sens qu'une chose froide et étrangère se déplacer sur ma peau qui paraît se laisser berner, car je ne vois qu'une ligne très étroite là où elle se fend. Puis le sang suinte le long de l'entaille, comme un chapelet de perles écarlates qui finissent par fusionner.

Insérer les cailloux sous l'épiderme est autrement plus douloureux. J'ai l'impression que ma peau se déchire, quand j'en glisse trois au-dessous, un par année écoulée depuis que je vois en moi un meurtrier.

Je souffre tant que j'ai des nausées en enfilant l'aiguille que j'incurve ensuite pour m'infliger deux points de suture bâclés insoutenables.

Je vais rentrer à la maison, récupérer Lila et fuir avec elle le plus loin possible. Il se peut que nous allions jusqu'en Chine, où un faucheur asiatique réussira peut-être à lui rendre figure humaine, si je ne décide pas de la ramener telle qu'elle est à son père. Ma seule certitude, c'est que nous partirons ce soir.

Je ne cherche pas plus à identifier le faucheur de souvenirs qu'avant ma visite à Annie l'Embrouille, mais je suis plus convaincu que jamais d'avoir fait l'objet d'un envoûtement. Je présume qu'Anton en est responsable, vu qu'il manigance quelque chose avec mes frères. Je le croyais faucheur de chance, mais il a pu m'imposer cette conviction. S'il manipule la mémoire, il a incontestablement pu altérer le contenu de l'esprit de Barron.

Sans que Philip ne s'y oppose.

Pendant que je regarde mousser l'eau oxygénée, je me dis qu'il est normal d'avoir des vertiges et les mains tremblantes, car tout est terminé. À l'avenir, nul ne pourra me faire oublier quoi que ce soit. Plus jamais.

Quand je descends de voiture dans l'allée devant la maison, je remarque aussitôt que les portes de la grange sont ouvertes. Je m'approche et scrute l'intérieur. Pas de pièges. Pas de chats. Pas d'yeux qui brillent dans la pénombre.

Je reste sur place pour tenter de reconstituer ce qui s'est passé, puis je gagne la maison au pas de course et ouvre la porte.

— Où sont les chats ?

— Ton frère a contacté un refuge, répond grand-père en levant les yeux d'une pile de linge de maison mité. Ils sont venus les capturer dans l'après-midi.

— Et la chatte blanche ? La mienne ?

— Tu as toujours su que tu ne pourrais pas la garder. Mieux valait la confier à des gens capables de s'en occuper.

— Comment as-tu pu me faire un truc pareil ? Comment as-tu pu les laisser l'emmener ?

Il tend la main vers moi, mais je recule.

— Lequel de mes frères ? Qui a contacté le refuge ?

J'en balbutie de rage.

— Tu ne peux pas le lui reprocher. C'était la meilleure solution. Ces bestioles ont provoqué de sacrés dégâts dans la grange.

— Qui ?

— Philip, répond grand-père en reconnaissant sa défaite par un haussement d'épaules.

Il parle toujours pour essayer de me convaincre du bien-fondé de cette initiative, mais j'ai cessé de l'écouter.

Je pense à Barron, à Maura, à mes souvenirs subtilisés, à la chatte et aux moyens de faire payer Philip. Pour tous ses actes. Et avec intérêts.

CHAPITRE NEUF

L'attente au refuge m'est extrêmement pénible. Je ne supporte pas les relents d'urine, de merde, de pâtée pour animaux et de journaux mouillés. Les gémissements désespérés des bêtes, les plaintes ininterrompues qui s'élèvent de leurs cages et le sentiment de culpabilité dû au fait que je ne peux pas améliorer leur sort, sont autant de choses qui me rendent fou. Déjà déstabilisé quand j'entre dans le premier abri, je dois en visiter trois avant de la retrouver. La chatte blanche.

Elle me regarde du fond de sa cage, en s'abstenant de feuler et de frotter son museau contre les barreaux, comme ses congénères. Elle a tout d'un serpent lové qui se tient prêt à se détendre pour mordre.

Mais rien en elle ne laisse supposer qu'elle a été un jour humaine.

— Qui es-tu ? Lila ?

Ces mots l'incitent à se redresser et se rapprocher des barreaux nous séparant. Elle miaule, un son plaintif qui me fait frissonner autant de terreur que de répulsion.

Une fille ne peut pas être une chatte.

Le souvenir de la dernière fois où je l'ai vue ressurgit contre mon gré. Je retrouve l'odeur du sang, le sourire qui incurve mes lèvres quand je baisse les yeux sur son cadavre. Même si elles ont été forgées de toutes pièces, ces images me paraissent trop réelles. Je compare ceci – penser qu'elle est toujours en vie, que j'ai encore la possibilité de l'aider – au fait de jouer à faire semblant. C'est un peu comme mentir à soi-même. Comme s'abandonner sciemment à la folie.

Ses yeux vairons me rappellent ceux qu'elle avait autrefois. Elle les lève sur moi, et même si je sombre sans doute dans la démence, même si j'ai conscience que c'est impossible, je suis convaincu que c'est elle.

Je me détourne et elle miaule, encore et encore, alors que j'essaie de ne pas lui prêter attention comme je regagne le comptoir de l'accueil. Là, une femme corpulente en sweatshirt, sur lequel est représenté un schnauzer, bavarde avec un type qui lui demande où il peut placarder des affichettes promettant une récompense à celui ou celle qui lui rapportera son python royal.

— Je voudrais adopter un chat, dis-je.

Elle pousse vers moi un formulaire sur lequel je dois indiquer les coordonnées de mon vétérinaire, depuis combien de temps je réside à mon adresse actuelle et si j'approuve ou condamne l'onycectomie. Je fournis les réponses qui devraient en toute logique la satisfaire et laisse la case véto vierge. Mes mains tremblent et, comme le jour où mon père a eu cet accident de voiture, le temps semble s'écouler bizarrement, trop vite et trop lentement à la fois. Ma seule pensée cohérente, c'est que si je réussis à ressortir de là avec la chatte, j'aurai ensuite tout mon temps pour attendre qu'elle redevienne ce qu'elle a été.

— C'est votre date de naissance ? demande Mme Schnauzer en tapotant la feuille.

Je hoche la tête.

— Vous n'avez que dix-sept ans.

Elle désigne des caractères gras, tout en haut de la page. *Adoptions réservées aux majeurs*. Je relis ces mots. Je prête habituellement attention aux détails de ce genre. Je m'y prépare. Je détermine les variables. Mais j'aspire l'air comme si j'étais un poisson.

— Vous ne comprenez pas, dis-je en voyant ses sourcils se froncer. Il y a eu une erreur. C'est ma chatte... je veux dire, celle que je veux adopter. Quelqu'un a dû vous l'apporter, mais elle m'appartient.

— Elle n'a pourtant ni collier ni tatouage, rétorque la grosse dame.

J'ai un rire gêné. Je suis dans une impasse.

— Elle s'accroche constamment dans quelque chose.

— Il s'agit d'un chat errant qui a élu domicile dans une grange, mon garçon. Il s'est fait ramasser il y a moins de deux heures et s'il avait des maîtres ceux-ci le laissaient crever de faim.

— Elle s'abritait dans une grange, mais je l'ai recueillie.

La femme secoue la tête.

— Je ne sais pas de quoi il retourne, mais je crois le deviner. Tes parents ne t'ont pas autorisé à la garder et ils nous ont passé un coup de fil.

— C'est pas ça du tout !

Je me demande quelle serait sa réaction si je lui disais la vérité, et j'en ris presque.

La sonnette de l'entrée retentit, et un couple entre avec une enfant. La femme au schnauzer étalé sur sa poitrine se tourne vers eux, tout sourire.

— Je voudrais un chiot ! s'exclame la fillette.

Le pourtour de sa bouche est gluant. Ses gants sont mouchetés de marron.

— Attendez ! dis-je, au désespoir. Je vous en supplie.

La femme m'adresse un regard apitoyé mais bref.

— Reviens avec l'un de tes parents, comme cette petite.

J'inspire à pleins poumons.

— Serez-vous là demain ?

Elle a posé une main sur sa hanche, désormais irritée. Sans doute se reproche-t-elle de m'avoir plaint un court instant.

— Non, mais mon remplaçant te dira la même chose. Reviens avec un adulte.

Je hoche la tête, sans plus l'entendre, car ses paroles sont couvertes par les miaulements suraigus que pousse Lila derrière les barreaux de sa cage. Des appels au secours auxquels nul ne répond.

Mon père m'a appris à me détendre, ce qui peut servir avant de pénétrer quelque part par effraction ou de subir un interrogatoire musclé. Il m'avait dit d'imaginer que je suis sur une plage et de concentrer mon attention sur les clapotis de l'eau qui vient lécher mes orteils. Les sensations procurées par le sable qui crisse sous les pieds, les inspirations profondes d'air iodé.

Une méthode totalement inefficace.

Sam décroche à la deuxième sonnerie.

— Je suis en pleine répète, me déclare-t-il en chuchotant. Stavrakis me regarde de travers. Fais vite.

Faute d'avoir quelque chose à lui offrir en échange, je décide de lui faire confiance en sachant à quel point c'est risqué. Je ne sais même pas s'il acceptera.

— J'ai absolument besoin que tu m'aides.

— Tu vas bien ? Tu sembles sérieux.

Je me force à rire.

— Je dois faire sortir une chatte du refuge pour animaux de Rumelt. Une sorte d'évasion.

J'obtiens l'effet escompté et il rit.

— La chatte de qui ?

— La mienne, évidemment. Tu crois peut-être que je vais me mouiller pour une inconnue ?

— Laisse-moi deviner, elle a été victime d'un coup monté. Elle est innocente comme l'agneau qui vient de naître.

— C'est ce que disent tous les détenus. (Je pense à maman et sens un rire dur et sarcastique remonter dans ma gorge.) Ça t'irait, demain ?

— Oui, c'est lui, dit Sam en s'adressant à une tierce personne.

Et sa voix étouffée laisse supposer qu'il a couvert le micro avec sa paume.

— Tu as quelque chose à lui dire ?

Je n'entends pas ce qu'il ajoute.

— Sam !

J'ai ponctué l'exclamation d'une tape sur le tableau de bord.

— Eh, Cassel !

J'ai aussitôt reconnu Daneca, avec son hasch, ses causes à défendre et son incapacité à comprendre que je fais tout pour l'éviter.

— C'est quoi, cette histoire de minet ? Sam dit que tu as besoin d'un coup de main.

— D'une seule personne.

Je n'ai aucune envie de me lancer dans cette aventure avec Daneca.

— Sam dit qu'il te faudra une voiture.

— Son corbillard aurait rendu l'âme ?

Sam conduit un vrai gouffre à essence qu'il a modifié afin qu'il roule à l'huile végétale, sans doute par souci écologique. Il règne toujours dans l'habitacle une agréable odeur de friture.

— Ça se pourrait.

Faute d'avoir le choix, je mordille l'intérieur de ma joue et réponds en souffrant :

— Ce serait super. C'est sympa de ta part, Daneca.

Je raccroche avant de dire des choses que je regretterais sans doute. Puis je cherche désespérément comment m'acquitter de la dette que je viens de contracter. Si toutes les amitiés sont fondées sur des rapports de force, j'ai foiré cette négociation.

Grand-père est furieux, à mon retour. Il se met à hurler dès que je franchis la porte. Il me rappelle que j'ai pris la voiture sans demander la permission, que cette maison est la mienne et que par conséquent c'est à moi de m'en occuper. Il a plein de choses à me raconter sur son grand âge et les infirmités qui vont avec, ce qui me fait rire... une manifestation d'amusement qui l'incite à s'égosiller plus encore.

— *Arrête !*

Sur ce cri, je monte dans ma chambre.

Il n'ajoute rien.

Faire le point sur la transformation de Lila s'impose. Je n'en aurais que pour une minute. Je souhaite simplement mettre au clair deux ou trois choses.

Elle doit sa métamorphose à quelqu'un.

Quelqu'un qui est proche de mes frères.

Quelqu'un qui est nécessairement un faucheur de formes, et donc un des individus les plus puissants d'Amérique.

Il en découle que tout ce que je ferai est foutu d'avance, que je ne pourrai rien y changer.

On voit sur le tableau de Magritte scotché au-dessus de mon lit, un homme vu de dos qui se regarde dans un miroir installé sur le manteau d'une cheminée, une glace qui lui renvoie le reflet de sa nuque. J'ai acheté ce poster, parce que l'idée d'être dans l'impossibilité de voir son propre visage m'a séduit, mais je commence à me demander si ce personnage en a vraiment un.

Mon portable sonne vers 22 heures, ce soir-là. C'est Sam, et je sais tout de suite qu'il a bu.

— Viens me rejoindre, dit-il d'une voix pâteuse. Je fais la fête.

— Je suis crevé.

Je contemple depuis des heures une zone où le plâtre est craquelé et je ne me sens pas le courage de me lever.

— Viens, insiste-t-il. Si je suis ici, tu y es pour quelque chose.

Je bascule sur le flanc.

— Pourquoi ?

— Ces types m'adorent, depuis que je suis leur book. (Il rit.) Gavin Perry vient de m'apporter une bière ! C'est à toi que je le dois, mec, et je ne l'oublierai jamais. Demain, nous récupérerons ton chat puis…

— D'accord, où es-tu ?

Je trouve amusant qu'il se considère mon débiteur alors qu'il se démène comme un beau diable pour défendre mes intérêts. Je finis par m'extraire de mon lit.

Après tout, pourquoi rester cloîtré ? Je ne peux penser qu'à Lila qui miaule dans sa cage, quand je n'use pas mes souvenirs à force de les éplucher.

Il me donne une adresse. La sauterie est organisée par Zoe Papadopoulos. Je suis déjà allé chez elle. Ses parents se déplacent fréquemment pour leur boulot en lui laissant la maison.

Grand-père somnole devant le téléviseur. C'est l'heure du journal et je vois le gouverneur Patton – fervent défenseur de la Deuxième Proposition, cette loi visant à contraindre tous les citoyens à se soumettre au test de dépistage des faucheurs – débiter un interminable discours selon lequel les principaux intéressés devraient soutenir son initiative, pour que tous sachent qu'ils sont les bons Américains respectueux des lois qu'ils prétendent être. Il ajoute que personne ne sera informé des résultats de ces tests, ceux qui s'y sont soumis exceptés. Il affirme qu'il n'a aucunement l'intention de laisser les organismes gouvernementaux accéder librement à leurs dossiers médicaux.

Grand-père ronfle.

Je prends les clés et je m'éclipse.

Zoe habite un des nouveaux lotissements de Neshanic Station, sur un terrain de plusieurs hectares avec bois attenants. La propriété est immense et je constate à mon arrivée que l'allée est encombrée de voitures. Les doubles portes massives sont grandes ouvertes et, sur le porche, une fille que je ne connais pas est secouée par un rire si hystérique qu'elle doit prendre appui contre une imposante colonne corinthienne, une bouteille de vin rouge à la main.

— Qu'est-ce que tu arroses ?

— Ce que j'arrose ? répète-t-elle comme si elle ne comprenait pas le sens de ma question.

Puis ses lèvres s'incurvent lentement.

— La vie !

Répondre à son sourire est au-dessus de mes forces. J'ai des démangeaisons, tant j'aimerais être loin de là. Entrer par effraction dans un refuge pour animaux. *Agir*. Il n'y a rien de pire que l'attente pour celui qui s'apprête à commettre un acte illégal, les heures interminables qui précèdent le début de toute opération douteuse. C'est toujours en ces instants que les nerfs finissent par prendre le dessus.

J'entre dans la maison en priant pour que ça ne m'arrive pas cette fois-ci.

Le séjour est éclairé par des bougies presque entièrement fondues. Il n'y a ici que quelques jeunes assis par terre qui s'envoient des bières. Un môme de première année lance un commentaire, et tous me regardent.

Il a fallu deux ans et demi pour amener les gens à oublier certaines de mes différences, et moins d'un quart d'heure pour les leur rappeler. Ma vie sociale pathétique et bidon va encore empirer.

Je les salue de la tête et me demande si Sam prend des paris sur les rumeurs qui me concernent. Il y aurait intérêt.

Dans la cuisine, quelques seniors se sont regroupés autour de Harvey Silverman qui engloutit une pyramide de petits verres. Je vois la plupart des autres convives à l'extérieur, à côté de la piscine. Il fait trop froid pour plonger, mais un couple tout habillé y barbote malgré tout, les lèvres bleuies par l'éclairage du patio.

Audrey vient glisser son bras sous le mien.

— Cassel Sharpe ! Qu'est-ce que tu fiches ici ?

Elle a un regard et un sourire absents. Je la trouve très belle. Elle lorgne Greg Harmsford qui bavarde avec deux filles de l'équipe de hockey sur gazon, en s'appuyant à une étagère qui croule sous des livres. Je me demande s'ils sont venus ensemble à cette fête.

— Comme toujours, tu te tapis dans l'ombre pour nous épier, me lance-t-elle. Tu surveilles tout le monde. Tu nous juges en silence.

— Certainement pas !

Je ne saurais pas expliquer à quel point je redoute l'opinion que les autres ont de moi.

— J'aimais bien ça quand nous sortions ensemble, ajoute-t-elle avant de laisser sa tête reposer sur mon épaule, par habitude ou parce qu'elle a trop bu.

Mais c'est tellement proche d'une manifestation de tendresse que je joue le jeu.

— J'aimais bien que tu m'observes.

Je résiste à l'envie de lui promettre de ne faire que ce qui lui plaît en moi si elle me donne une liste.

— Ça te plaisait quand on était ensemble ?

Elle a posé cette question d'une voix devenue aussi douce qu'un soupir.

— C'est toi qui as cassé.

Si je n'ai pu m'empêcher de le lui rappeler, ce reproche est tendre.

Je me fiche de ce que je dis. Je veux seulement la garder près de moi, l'inciter à parler. En sa présence, j'ai l'impression de pouvoir me dépouiller de mon ancienne existence pour pénétrer dans la sienne, vivre dans un monde où tout est plus simple et honnête.

— Je n'en ai pas terminé avec toi, déclare-t-elle. Je ne pense pas.

— Oh !

Je me penche et l'embrasse. *Je ne pense pas. Ne pense pas.* Mes lèvres s'écrasent sur les siennes, elles ont un goût de tequila. Mon baiser est plein de rancœur, saturé de frustration. J'ai conscience de tout gâcher, de ne pas savoir faire autre chose que détruire ce qui m'entoure, rendre les situations encore plus pénibles qu'elles ne le sont à l'origine.

Elle lève les mains vers mes épaules.

Elle ne me repousse pas. Ses doigts s'incurvent sur ma nuque, et je souris contre sa bouche. Je modère ma fougue, et tout s'arrange. Le souffle de son soupir pénètre en moi.

Mes doigts glissent le long de sa clavicule, la caressent. Je voudrais l'embrasser dans le cou, laisser mes lèvres et ma langue suivre la route que ses taches de rousseur dessinent sur sa peau laiteuse.

— Eh ! s'exclame Greg. Pas touche !

Audrey recule, titube et manque le percuter. J'ai l'impression de remonter des profondeurs et de souffrir de dépressurisation. J'avais oublié que nous n'étions pas seuls.

— Tu es soûle, marmonne Greg en saisissant le haut du bras d'Audrey qui vacille un peu.

Je serre les poings. Je veux le repousser contre le mur, lui balancer un direct au visage. Je regarde Audrey, attendant son feu vert. J'ai décidé de le frapper au premier signe m'indiquant qu'elle est effrayée ou simplement irritée par son intervention.

Mais elle baisse la tête et se détourne. La rage s'évapore et je m'inspire du dégoût.

— Qu'est-ce que tu fiches ici ? me demande Greg. Je croyais que le doyen avait enfin compris à qui il avait affaire et t'avait mis à la porte.

— J'ignorais que cette soirée était sponsorisée par le bahut.

— Personne n'a envie de te voir rôder dans les parages et envoûter sa petite amie. (Son sourire prétentieux m'écœure.) Tu sais bien que c'est pour toi le seul moyen de sortir avec une fille.

Je pense à Maura et mon champ de vision se réduit. J'ai l'impression de voir Greg à travers un tunnel obscur et je serre tant les poings que mes ongles pénètrent dans le cuir de mes gants. Je le frappe de toutes mes forces et l'envoie s'étaler sur le sol, puis je lui balance un coup de pied dans les côtes juste avant que Rahul Pathak me ceinture et me tire en arrière.

— Calmos, Sharpe !

Mais je me débats pour me soustraire à sa prise. Tout ce que je veux, c'est me défouler sur Greg. Quelqu'un que je ne peux voir saisit mon poignet et me tord le bras dans le dos.

Audrey a disparu.

Greg se relève et s'essuie la bouche.

— J'ai suivi le procès de ta mère dans les journaux, Sharpe. J'ai la preuve que tu es comme elle.

— Si c'était le cas, tu me supplierais de te frapper.

— Flanquez-le à la porte, ordonne quelqu'un.

Rahul me pousse vers le seuil. Le couple qui barbote dans la piscine nous suit des yeux. Plusieurs personnes assises sur des chaises longues se lèvent, sans doute dans l'espoir d'assister à une bagarre générale.

Je tente de me dégager, et lorsqu'ils me lâchent enfin, je ne m'y attends pas et m'étale dans l'herbe.

— Qu'est-ce qui t'a pris ? me demande Rahul, le souffle court.

Je lève les yeux vers les étoiles.

— Désolé.

J'identifie l'autre : Kevin Ford. Petit mais costaud, c'est un lutteur. Il me lorgne en priant probablement le ciel pour que je l'attaque.

— Calme-toi, insiste Rahul. Ce genre de trucs, ça ne te ressemble pas.

— Il m'a poussé à bout.

J'avais oublié que je n'appartenais pas à ce milieu et que je ne lui appartiendrai jamais, que j'avais pu devenir leur book, mais que je ne deviendrais jamais leur ami et que ma vie sociale reposait sur des bases aussi fragiles.

Kevin et Rahul rentrent dans la villa. Kevin murmure quelques mots que je ne peux entendre. Rahul ricane.

Je m'intéresse une fois de plus au ciel. Personne ne m'a appris à identifier les constellations, et ce ne sont pour moi que des points lumineux. Le chaos. Je n'y vois rien d'ordonné. Enfant, j'en ai reconstitué une que je n'ai ensuite jamais pu retrouver.

Quelqu'un avance à pas traînants et se plante au-dessus de moi. Je crois un instant qu'il s'agit d'Audrey, mais c'est Sam.

— Te voilà enfin, dit-il.

Je me lève lentement pendant qu'il se détourne, titube et vomit dans le massif d'hydrangea le plus proche de la fenêtre de la cuisine. Des filles allongées sur des chaises longues éclatent de rire.

— Je suis heureux que tu aies décidé de venir, déclare Sam lorsqu'il a tout rendu. J'ai absolument besoin que tu me ramènes à la maison.

Je lui prends un café dans un *drive-in* auquel j'ajoute une grande quantité de sucre en espérant que cela l'aidera à dessaouler. Mais une fois dehors, il vomit presque tout sur le parking. Il se rince la bouche avec ce qui reste.

Je mets la radio et nous écoutons la musique pendant que son ventre gargouille. Une autre chanson qui a pour thème un envoûtement amoureux. Comme si un lavage de cerveau pouvait être romantique !

— Quand j'étais petit, je me faisais passer pour un faucheur, me confie-t-il.

— On l'a tous fait.

— Même toi ?

— Plus que les autres.

Je lui présente la tasse de café que j'avais prise pour moi. Je n'ai rien mis dedans, mais il devrait être possible de dégoter du sucre quelque part. Il secoue la tête.

— Comment découvre-t-on qu'on est un faucheur ? Quand sait-on qu'on n'en est pas un ?

— Tu as dû vivre la même chose que moi... Tous les parents serinent à leurs mômes de ne pas jouer avec ça. Ma mère est allée jusqu'à dire que les gosses qui pratiquent la magie avant d'être devenus des adultes risquent d'être tués par le rétrochoc.

— Ce n'est pas vrai ?

Je hausse les épaules.

— Pour qu'un rétrochoc soit fatal, il faut être un faucheur de vie très malchanceux... et l'âge n'entre pas en ligne de compte. Mais mes frères ont découvert leurs dons assez tôt. Barron raflait les mises en faisant perdre les autres, tu vois ? Et Philip s'en est toujours trop bien sorti dans les bagarres.

Il a brisé les tibias de trois adversaires bien plus grands que lui et maman a été convoquée par le directeur de son école. Si le rétrochoc l'a rendu malade durant un mois complet, personne n'a déposé plainte. Je ne sais pas comment maman s'y est prise, mais il n'a pas eu d'ennuis. Cependant, j'ai beau chercher un exemple concernant Barron, rien ne me vient à l'esprit.

— Lorsqu'ils savent que tu fais partie de leur communauté, les autres faucheurs te transmettent leurs secrets. Mais je ne peux pas t'en dire plus, vu qu'ils ne les ont pas partagés avec moi.

— As-tu le droit de me parler de tout ça ?

— Non. Mais tu as bien trop bu pour t'en souvenir à ton réveil.

À un moment ou un autre, entre l'instant où je présente des excuses à Mme Yu pour avoir reconduit son fils à cette heure indue et celui où j'enclenche la marche arrière pour ressortir de l'allée de leur grande maison coloniale, je prends conscience d'une chose.

Si Lila est une chatte, c'est qu'il existe aux États-Unis un faucheur de formes. C'est évident, mais je n'ai pas songé plus tôt à ce que ça signifiait. Le gouvernement ne reculera devant rien pour s'assurer ses services. Les familles du crime voudront à tout prix le recruter. C'est sans doute la raison de tous ces mystères. Si Philip sait de qui il s'agit, ces fauchages de souvenirs deviennent logiques.

Il y a dans les parages un individu capable de métamorphoser les gens à sa guise.

Ce qui justifie amplement qu'on me le fasse oublier.

CHAPITRE DIX

Assis sur le capot du corbillard Cadillac Superior modèle 1978 à chargement de cercueil latéral, Sam et Daneca m'attendent sur le parking du bar. Sam a une mine de déterré et boit une gorgée de café après l'autre, comme s'il avait la tremblote. La voiture est impeccable. La peinture noire est immaculée à part le sticker annonçant « Je roule à l'huile 100 % végétale » collé au-dessus du pare-chocs arrière chromé. Sam a mis une chemise blanche et une cravate, mais sa veste de costume étriquée semble avoir été sortie d'un placard au fond duquel elle serait restée suspendue des années.

Daneca a une drôle d'allure sans l'uniforme de l'école. Le bas de son jean est effiloché au-dessus de ses tongs, mais sa chemise blanche a été repassée avec soin.

— Je constate que tu as récupéré ta caisse, dis-je à Sam.

Il ne semble pas comprendre.
— Ma caisse...
— J'ai décidé de venir malgré tout, l'interrompt Daneca.
J'inspire à pleins poumons et essuie mes paumes moites sur mon pantalon, trop tendu pour prêter attention à ses mensonges.
— J'apprécie que vous ayez sacrifié votre samedi pour m'aider, dis-je afin de leur fournir une preuve de mon savoir-vivre.
— Alors, qu'est-ce que cette chatte a de spécial ? veut savoir Daneca.
— C'est une amie de la famille.
J'ai fourni cette réponse dans l'espoir de les dérider.
Sam lève les yeux de sa tasse et je vois des perles de sueur sur son visage. Il a une épouvantable gueule de bois, c'est évident.
— Tu n'as pas dit que c'était *ta* chatte ?
— C'est ça, c'était ma chatte.
Je m'empêtre dans mes explications. J'ai oublié la règle de base de tout mensonge : la simplicité. La vérité est compliquée, et c'est pourquoi les gens lui préfèrent par paresse n'importe quelle craque dès l'instant où elle est acceptable.
— Voilà ce que j'attends de vous... Je présume que vous n'avez pas reçu mon texto ?
— Je fais pas assez classe ? demande Sam en se penchant en arrière pour nous permettre de l'admirer. Ne joue pas au râleur de service.
— T'as un look d'enfer. On croirait un serveur de restaurant ou un voiturier fou.
Il regarde Daneca qui éclate de rire.

— C'est pour ça que tu t'es déguisé en pingouin ?

Sam se rassoit.

— Mon ego en prend un coup.

— Daneca peut s'en charger, dis-je. Elle a le physique de l'emploi.

— Tu m'infliges une humiliation après l'autre, gémit Sam. Daneca fait riche parce qu'elle *est* riche.

— Toi aussi, lui rappelle-t-elle.

Ce qui l'incite à mettre ses lunettes de soleil et geindre une fois de plus. Les parents de Sam possèdent un réseau de vente automobile, et c'est d'ailleurs pour cette raison que conduire un corbillard roulant à l'huile de friture est pour lui le comble de l'ironie.

— Ce ne sera pas difficile, dis-je à Daneca en évitant de penser à toutes les fois où je l'ai snobée. Tu dois te faire passer pour une fille bien sous tous rapports, chargée de s'occuper du chat angora blanc de sa grand-mère. Il s'appelle Noix-de-coco, même s'il a un nom de concours qu'elle... que tu ne connais pas. Le chat en question a également un collier en pierres semi-précieuses qui vaut son pesant de cacahuètes.

Sam se redresse.

— C'est un persan ? J'adore leur petite bouille enfoncée. Ils donnent constamment l'impression d'être en rogne.

— Non, dis-je en contenant mon envie de lui taper sur la tête. Pas mon chat. *Son* chat. Laisse-moi terminer.

— Mais elle n'a pas de chat ! (Mon regard menaçant l'incite à lever les mains.) Continue.

— Tu vas leur dire que Noix-de-coco t'a échappé et que tu voudrais savoir s'ils ne l'ont pas récupérée.

Comme ils te répondront négativement, tu leur demanderas s'ils n'ont pas un autre angora blanc. Tu paniques, vu que ta grand-mère va te tuer dès qu'elle rentrera chez elle, autrement dit lundi. Tu es disposée à refiler cinq cents billets à l'employé s'il te dégote un chat qui lui ressemble... sans poser de questions. (Mes amis me considèrent bizarrement.) Il n'y a pas de caméras, j'ai vérifié.

— Et je leur donne tout ce fric en échange de cette bestiole ? demande Daneca.

— Aucun risque... Ils n'ont pas de chat angora blanc. Le nôtre est à poils ras.

— Je trouve que ton plan laisse à désirer, déclare lentement Sam.

— Faites-moi confiance.

Et, sur cette affirmation, j'arbore le plus irrésistible de mes sourires.

Daneca se rend au refuge pour animaux Rumelt et en revient toute bouleversée.

— Ça s'est passé comment ?

— Je ne sais pas, me répond-elle.

Et je fulmine de ne pas avoir pu tenir ce rôle. Je m'emporte contre ses parents qui ne lui ont pas appris à mentir et embobiner les gens, ce qui me vaut d'être trahi par son inexpérience.

— Tu es tombée sur une bonne femme ?

Je me mordille l'intérieur de la joue.

— Non, un type maigre comme un clou. Dans les vingt ans, à quelque chose près.

— Qu'est-ce qu'il a dit quand tu lui as parlé du fric ? Ou du collier ?

— Rien. Il n'a aucun chat blanc angora à me proposer. Je ne sais pas si j'ai été convaincante. J'étais morte de trouille.

— C'est parfait. (Je prends sa main dans la mienne.) C'est naturel. Perdre la Noix-de-coco de sa mémé a de quoi tournebouler n'importe qui. Dis-moi seulement que tu lui as laissé ton numéro de téléphone.

— C'est bien la seule chose qui a paru l'intéresser. (Elle rit.) Et maintenant ?

— Il ne nous reste qu'à attendre, dis-je en haussant les épaules. Il faut le laisser mijoter une bonne heure... au moins.

Je constate que le regard de Daneca est identique à celui qu'elle m'a lancé lorsque j'ai pour la première fois refusé de signer une de ses pétitions. Une expression proclamant que j'ai trahi les miens. Mais elle ne retire pas sa main gantée de la mienne.

— Quand est-ce que j'entre en scène ? veut savoir Sam.

Ma tension est à son comble. Son rôle est délicat et, s'il commet un impair, il ne me restera qu'à recruter des SDF afin qu'ils tentent d'adopter ce chat.

— Je vais m'en charger.

Tout indique que je l'ai profondément blessé.

— Laisse-moi au moins t'accompagner.

Je sais que je m'en voudrais de lui avoir fait perdre son samedi pour rien.

— Pas de problème. Tu n'auras qu'à calquer ton attitude sur la mienne.

Nous attendons une heure et demie, que nous consacrons à boire du café et du chocolat chaud au point que j'ai des fourmillements dans les extrémités de mes membres. Finalement, je sors un bracelet de sa pochette et le fourre dans ma poche, avant de prélever dans mon sac une liasse d'affichettes. Daneca grignote des grains de café enrobés de chocolat et me regarde bizarrement. Je me demande si je ne leur ai pas révélé trop de choses sur mon compte pour pouvoir remettre un jour les pieds à Wallingford.

Dois-je dire à Daneca que je n'ai plus besoin de ses services, qu'elle peut rentrer chez elle ? Non, il aurait fallu que je donne des explications plus détaillées.

Sam désigne les affichettes.

— Ça va servir à quoi ?

— Tu verras.

Nous traversons la route – une périlleuse aventure impliquant de franchir au pas de course deux voies de circulation au changement de feux –, puis nous suivons une rue latérale jusqu'au refuge. Le samedi, les visiteurs sont nombreux, pour la plupart dans une salle où de gros arbres à chats recouverts de moquette servent de perchoir à des douzaines et des douzaines de félins qui feulent, sommeillent ou affûtent leurs griffes. Je sens mon courage m'abandonner en constatant que Lila n'est pas du nombre. La possibilité qu'une famille l'ait déjà adoptée me panique.

Lila.

Je n'ai plus de doutes à ce sujet.

La chatte blanche est bien Lila.

Sam me regarde comme s'il venait de prendre conscience que je suis désemparé. Le jeunot de la réception lève vers moi deux yeux et dix fois plus de boutons.

— Je peux mettre ça quelque part ?

Je lui montre une de mes affichettes.

On y voit sur fond blanc la photographie téléchargée sur Internet du plus mignon de tous les persans angora que j'ai pu trouver sans collier. La copie conforme de la Noix-de-coco que Daneca lui a décrite deux heures plus tôt. On peut lire au-dessus le mot « TROUVÉ » ainsi qu'un numéro de téléphone. Je pose la feuille sur le comptoir, juste sous le nez du boutonneux.

— Bien sûr, me répond-il.

C'est le gogo idéal. Assez jeune pour souhaiter bénéficier du fric et du prestige qu'apporte le fait d'aider une demoiselle à la fois désespérée et jolie. Je me félicite désormais que Daneca ait souhaité participer à cette aventure.

J'agrafe un autre exemplaire au panneau d'affichage, en priant pour que le môme du comptoir oublie l'agitation générale et jette enfin un coup d'œil à mon avis. Une dame d'un certain âge l'interroge sur un pit-bull au pedigree incertain, ce qui le distrait. Près de moi, Sam ne tient plus en place. Je laisse tomber le prospectus, comme par maladresse, et le ramasse.

Finalement, la femme repart.

— Merci de m'avoir autorisé à afficher ça, dis-je pour capter l'attention de M. Acné qui baisse enfin les yeux sur l'affichette. Et je crois voir des engrenages se mettre en mouvement derrière ses yeux.

— Eh, z'avez trouvé ce chat ?

— Ouais, et j'espère le garder.

Les gens sont toujours ravis de pouvoir aider leur prochain, car ça leur donne bonne conscience. Les cinq cents dollars ne sont, en quelque sorte, que la cerise sur le gâteau.

— Ma petite sœur en fait des bonds de joie. Il y a longtemps qu'elle veut avoir un chat.

Sam me dévisage, quand je dis « bonds de joie. » Il a raison, je ne devrais pas exagérer.

Je glisse la main dans ma poche et en sors le bracelet qui renvoie mille feux sous les néons.

— Regardez ce collier, dis-je en riant. Qui pourrait offrir un truc pareil à ce genre de minette ?

— Je crois le savoir, répond le type dont les yeux brillent autant que les strass.

Mais il m'est arrivé de voir pire.

— Oh, non ! Ma sœur va être terriblement déçue ! (Je soupire.) Enfin, dites à son maître de me téléphoner.

C'est l'instant de vérité, et je n'ai qu'à lorgner mon pigeon pour constater que je l'ai ferré. Il n'est pas malhonnête, non, mais l'appât des cinq cents dollars est irrésistible. Sans oublier le collier.

Et le prétexte idéal pour contacter une fille qui ne le laisse visiblement pas indifférent.

— Attendez, vous n'avez qu'à m'apporter cet animal. Je connais son propriétaire. Il s'appelle Noix-de-coco… Le chat, évidemment.

Je me tourne vers la porte, puis de nouveau vers lui.

— Je n'aurais jamais dû en parler à ma sœur, mais ça lui faisait tellement plaisir… Enfin, je présume que vous n'avez pas un chat que je pourrais lui rapporter ? Je lui ai seulement dit qu'il était blanc...

— Mais si, bien sûr !

Je souffle, sans avoir à feindre le soulagement qui me transfigure.

— Oh, super ! J'aimerais tant lui faire plaisir !

Il sourit. Comme je l'ai déjà dit, les gens adorent rendre service... surtout quand ils ont tout à y gagner.

— Cool. Donnez-moi les formulaires à remplir. L'angora en question se trouve chez mon ami et on va aller vous le chercher.

J'ai désigné Sam qui déclare :

— Cette bestiole a dû infester de puces le canapé de ma mère, à l'heure qu'il est.

Son intervention tombe à pic et j'aimerais le lui dire, mais je dois me contenter de lui exprimer du regard ma gratitude.

Le gogo me remet le formulaire et je sais cette fois ce qu'il ne faut pas faire. J'écris 19 dans la case de l'âge, je fournis le nom d'un véto et je m'identifie sous un nom sans aucun rapport avec le mien.

— Vous avez des papiers d'identité ? me demande le boutonneux.

— Bien sûr.

Je plonge la main dans ma poche revolver pour y pêcher mon portefeuille que j'ouvre d'une pichenette sur la pochette de mon permis de conduire... qui ne s'y trouve pas.

— Oh, zut ! C'est pas mon jour de chance, dites donc !

— Où l'avez-vous laissé ?

— Aucune idée. Bon, je comprends que ce soit contraire au règlement. Il me reste un endroit où aller placarder ces affichettes et ensuite je me mettrai à la recherche de mes papiers. La personne que vous connaissez n'aura qu'à me passer un coup de fil, et j'irai lui rendre son chat. Ma sœur se fera une raison.

Le regard scrutateur du pigeon semble se prolonger jusqu'à la fin des temps.

— Avez-vous de quoi régler les droits d'adoption ?

Je m'intéresse au formulaire, en sachant déjà ce qui y est écrit.

— Cinquante dollars ? Bien sûr.

La porte s'ouvre en tintant, mais l'employé s'humecte les lèvres sans me quitter des yeux.

Je sors les billets et les étale sur le comptoir. Entre le règlement des gains aux parieurs et mes frais inconsidérés, j'ai sérieusement entamé mon pécule. Je devrai surveiller mes dépenses pour vivre avec Lila sur ce qui reste.

— C'est bon, j'ai confiance en vous, dit le gogo boutonneux en ramassant l'argent.

— Oh, cool ! Merci.

Je prends soin de ne pas en faire trop.

— Et pour ce chat angora ? demande Sam.

Je me fige et me concentre pour lui interdire télépathiquement de s'en mêler. Mais c'est insuffisant pour l'empêcher de demander :

— Vous ne téléphonez pas à son propriétaire ?

— Rien ne presse, répond M. Acné en rougissant. Je préfère qu'elle ait la surprise.

Une femme approche du comptoir en agitant un formulaire, rongée par l'impatience. Il est temps de se bouger.

— L'autre chat, on peut le prendre tout de suite ? (Je pose le bracelet sur le comptoir.) Oh, votre amie voudra certainement récupérer son collier !

Il nous regarde à tour de rôle, puis finit par refermer la main sur le bracelet et disparaître dans l'arrière-boutique. Il en revient quelques minutes plus tard avec un panier à animaux en carton.

C'est d'une main tremblante que je le prends. Sam est visiblement stupéfait, mais je n'ai qu'une chose à l'esprit : je viens de récupérer Lila. J'ai réussi ! Je la tiens. Je lorgne par les évents et je la vois, tournant comme une ourse en cage. Un frisson me glace, tant sa captivité dans ce corps miniature est contre nature.

— J'en aurai pour une petite heure, dis-je au jeune gogo que j'espère de tout cœur ne jamais revoir.

C'est l'instant qui me déplaît le plus.

Celui où l'arnaqueur laisse le pigeon attendre une chose qui ne se produira jamais, le début du compte à rebours pendant lequel l'espoir cède progressivement la place au doute, puis à la honte qu'engendre une crédulité excessive.

Mais je serre les dents, prends la boîte contenant Lila et me dirige vers la porte.

Quand j'ouvre la cage sur le parking du bar, la première chose qu'elle fait c'est me mordre la main. La deuxième, c'est ronronner.

D'après maman, imposer des émotions aux gens lui permet de savoir ce qu'ils pensent. Elle soutient que j'en serais capable moi aussi, si j'avais hérité de son don. L'état de faucheur conduit parfois au mysticisme, mais je pense qu'elle découvre cela en étudiant attentivement les visages. Elle sait interpréter des mimiques fugaces, des micro-expressions qui révèlent beaucoup de choses. Sans doute relève-t-elle ces détails de façon inconsciente. J'en suis capable, moi aussi.

Pendant que je retourne vers le bar avec la chatte dans les bras, je sais par exemple que Sam est terrifié par ce que nous venons de faire, le rôle qu'il a joué, mes machinations. Je m'en aperçois malgré ses sourires.

Mais je ne suis pas ma mère. Je ne sais pas imposer la moindre émotion à qui que ce soit. Savoir qu'il panique ne m'est d'aucune utilité, puisque je ne peux pas modifier son humeur.

Je pose la chatte sur une des tables du café et utilise une serviette en papier pour essuyer le sang qui a coulé sur mon poignet. Des élancements parcourent ma main. Daneca sourit à la chatte, comme si c'était une ménagère en argent massif tombée d'un camion.

Lila miaule et le barman nous lance un regard pardessus sa machine à espresso. La chatte remet ça avant de laper la mousse qui déborde du gobelet en carton de Daneca.

Je me contente d'étudier le félin et de contenir une étrange plainte qui voudrait s'élever des profondeurs de ma gorge.

— Non, ordonne Daneca en agitant l'index devant Lila, qui feule puis se couche sur la table pour se lécher la patte.

— Tu n'arriverais pas à le croire, si tu savais comment il s'y est pris pour embobiner ce type, déclare Sam à Daneca.

Je m'intéresse au barman, aux autres clients puis de nouveau à cet homme. Nous attirons bien trop l'attention. Lila décide de mâchonner ses poils entre ses griffes.

— Sam…

J'ai chuchoté son nom pour l'inciter à plus de discrétion, mais il se contente de regarder autour de nous.

— Tu as des capacités vraiment intéressantes, Sharpe. Même si t'es parano.

Je souris, mais ça touche là où ça fait mal. J'avais veillé à ne jamais révéler cette facette de ma personnalité aux élèves de notre école, et il m'a fallu moins d'une demi-heure pour tout détruire.

Daneca incline la tête.

— C'est trop craquant. Se donner tant de mal pour une minette.

Elle caresse le sommet de la tête de Lila puis la gratte derrière les oreilles.

Dans ma poche, mon portable vibre. Je me lève et laisse tomber la serviette tachée de sang dans la poubelle de table.

— Allô ?

— T'aurais intérêt à me ramener ma bagnole avant que j'appelle les flics, me menace grand-père.

— Je suis désolé, dis-je, tout contrit.

Puis je percute et j'éclate de rire.

— Une seconde... Tu as parlé de porter plainte ? J'aimerais bien voir ça !

Grand-père grogne, et sans doute est-il autant amusé que moi.

— Va directement chez Philip... Il nous invite à dîner. Maura se charge du repas. Tu crois qu'elle sait faire la cuisine ?

— Si j'allais chercher une pizza ?

J'ai lancé cette proposition en regardant la chatte, qui se frotte contre la main de Daneca.

— J'aimerais mieux rentrer me détendre à la maison.

Je ne me sens pas prêt à rencontrer Philip sans lui cracher au visage.

— Trop tard, petit tire-au-flanc ! Ton frère est passé me chercher et j'aurai besoin de quelqu'un pour me ramener à la maison, alors rapplique.

Le temps de trouver une repartie, il a raccroché.

— Des ennuis ? demande Sam.

À son intonation, je le suspecte de chercher un prétexte pour se défiler en cas de réponse positive.

Je secoue la tête.

— Réunion de famille, et je suis en retard.

Je voudrais leur exprimer ma gratitude, leur dire que je regrette de les avoir mêlés à mes salades, mais je mentirais. Je m'apitoie sur mon sort. Ce qui m'ennuie, c'est qu'ils aient découvert des choses que j'aurais préféré leur cacher. J'aimerais pouvoir leur imposer l'oubli. Un court instant, je ressens ce désir de trafiquer leurs souvenirs jusqu'au tréfonds de mon être.

— Heu… Est-ce que l'un de vous pourrait garder cette chatte quelques heures ?

— Allons, Sharpe, grogne Sam. Ça rime à quoi, tout ça ?

— Je la prends, propose Daneca. À une condition.

— Je peux la laisser dans la voiture, notez bien.

Je voudrais plonger mon regard dans ses étranges yeux de félin et lui demander si elle est bien Lila. J'en suis convaincu, mais j'aimerais néanmoins obtenir une confirmation.

— Tu plaisantes ! rétorque Daneca. Elle va crever de chaud.

— Oui, t'as raison.

Je lui adresse un sourire, proche du rictus, avant de secouer la tête comme pour me débarrasser d'un masque. Toujours sous le choc, je me sens pris au dépourvu.

— Pourrais-tu la garder toute la nuit ?

Lila pousse un petit grognement.

— Aie confiance en moi, lui dis-je. Je sais ce que je fais.

Daneca et Sam me dévisagent comme si j'avais disjoncté.

Je n'ai pas envie de l'abandonner, mais j'ai besoin de temps pour aller récupérer ce qui subsiste de mon pécule à la bibliothèque et me procurer une voiture. De quoi nous permettre de quitter la ville. C'est le seul moyen d'assurer sa sécurité.

— Avec plaisir, répond Daneca en haussant les épaules. Je retourne à l'école dans la soirée, car mes parents doivent aller assister à une conférence dans le

Vermont. Mais vu que ma coloc n'est pas allergique, tout devrait bien se passer.

Lila souffle, mais je me lève en les imaginant tous ensemble. Je me demande quels rêves fera Daneca.

— Merci, dis-je machinalement pendant que mon esprit s'emballe.

— Une seconde, j'ai parlé d'une condition !

— Oh, oui... Bien sûr !

— Je veux que tu me ramènes.

— Je peux... commence Sam.

— Non, je tiens à ce que ce soit Cassel, et qu'il entre une minute.

Je soupire. Je sais que sa mère tient à me parler, sans doute parce qu'elle me prend pour un faucheur renégat.

— Je n'ai pas trop le temps. Je suis attendu chez mon frère.

— Ne dis pas de conneries. Tu n'es pas à une minute près.

Un autre soupir.

— D'accord.

La maison de Daneca est très proche de la rue principale de Princeton, une vieille demeure coloniale élégante avec une allée encadrée d'hydrangeas vert et ambre. Tout ici a l'odeur des vieilles fortunes et des privilèges qui vont avec, dont une éducation permettant aux membres de l'élite de ne pas perdre ce statut. Je ne suis jamais entré par effraction dans une maison de ce genre.

Il va de soi que Daneca y pénètre comme si de rien n'était. Elle lâche son sac de bouquins dans l'entrée, pose la cage du chat sur le parquet ciré et s'éloigne dans un corridor décoré d'eaux-fortes anciennes représentant des coupes de cerveaux humains.

La chatte miaule doucement dans sa cage.

— M'man, appelle Daneca. *M'man.*

Je m'arrête dans la salle à manger où un vase bleu et blanc débordant de fleurs à peine flétries est posé sur une table encaustiquée, entre deux chandeliers en argent.

Mes doigts me démangent, tant ils voudraient fourrer ces objets dans mon sac.

Je regarde machinalement du côté de l'entrée et vois un garçon blond – il semble avoir dans les douze ans – debout dans l'escalier. Il me surveille comme s'il savait que je suis un voleur.

— Heu, salut ! lui dis-je. Je suppose que tu es le frère de Daneca ?

— Va te faire mettre, me lance cet adorable enfant avant de remonter les marches.

— Je suis là, répond la mère de Daneca.

Je me dirige vers cette voix.

Daneca m'attend à côté d'une porte entrouverte donnant dans une pièce où des livres s'alignent du sol au plafond. Mme Wasserman est assise sur un petit canapé, à côté d'un bureau.

— Tu t'es perdu ? me demande Daneca.

— Cette maison est immense.

— Amène-le-moi, dit Mme Wasserman à sa fille, qui me fait entrer puis se laisse choir dans le fauteuil en bois du bureau de sa mère et le fait pivoter d'une poussée des orteils.

Il ne me reste que le bord d'une ottomane en cuir marron pour m'asseoir.

— Je suis ravi de vous rencontrer, dis-je.

— Vraiment ?

Mme Wasserman a une masse de cheveux châtains bouclés qu'elle ne semble pas vouloir coiffer. Ses pieds nus sont glissés sous un jeté de canapé beige visiblement douillet.

— Je m'en félicite. J'ai entendu dire que vous vous méfiez de nous.

— Je ne voudrais pas vous décevoir, mais je ne suis pas un faucheur, lui dis-je. Il doit s'agir d'un malentendu.

— Connaissez-vous les origines du mot faucheur ?

Elle s'est penchée en avant, sans relever mes propos vaseux.

— Ça remonte à loin…

— Bien moins que vous ne le pensez. Il y a longtemps, très longtemps, on nous qualifiait de théurges. Mais du XVIIe siècle jusqu'aux années trente, on nous a appelés des manipulateurs. Le terme faucheurs est apparu dans les camps de concentration. Quand l'Interdiction a été promulguée, nul ne savait comment l'appliquer, et les autorités nous ont regroupés en attendant de nous faire passer en jugement. Le gouvernement a mis du temps pour établir comment mener de tels procès et certains ont attendu plusieurs années avant d'être fixés sur leur sort. C'est dans ces camps que se sont formées les grandes familles. C'est là qu'elles ont entamé leur recrutement. C'est à l'Interdiction que nous devons le crime organisé tel que nous connaissons de nos jours. En Australie, par exemple, là où le fauchage n'a jamais été déclaré illégal, on ne trouve aucun syndicat du crime aussi puissant que nos familles. En Europe, ces dernières sont si bien implantées qu'elles sont comparables à des maisons royales.

— Certains assimilent les faucheurs aux représentants d'une nouvelle noblesse, dis-je en pensant à ma mère. Et si leurs activités n'ont jamais été déclarées illégales en Australie, c'est parce que ce pays avait été fondé par des ensorceleurs ou des manipulateurs – le nom qu'on leur donne importe peu – exilés dans ce qui était à l'époque une colonie pénitentiaire.

— Je constate que vous avez de solides notions d'histoire, mais j'ai certaines choses à vous montrer.

Mme Wasserman pose devant moi une importante pile de photos en noir et blanc. Des hommes et des femmes aux mains tranchées, avec des bols en équilibre sur la tête.

— Voilà ce qu'ont subi des faucheurs du monde entier... et qui est toujours d'actualité en certains lieux. On a dit qu'ils abusaient de leurs capacités, qu'ils manipulaient les gens et que les rois étaient leurs marionnettes, mais la plupart d'entre eux vivaient dans de simples hameaux. Bon nombre y sont encore, et nul ne se soucie des actes de violence dont ils font l'objet.

Elle a raison sur ce point. Il est difficile de prendre la défense de ceux qui sont censés bénéficier de tous les avantages. Je m'intéresse de nouveau aux clichés. Mon regard s'attarde sur les chairs déchiquetées, les cicatrices sombres et probablement cautérisées.

Elle m'observe.

— Le plus étonnant, c'est que certains d'entre eux ont appris à utiliser leurs pieds pour remplacer leurs mains.

— Vraiment ?

Je lève les yeux et elle sourit.

— Je me demande si les gants seraient toujours aussi prisés, si tous en étaient informés. L'habitude d'en porter remonte à l'Empire byzantin... À l'époque, ils servaient à protéger de ce qu'ils appelaient le *contact*. Tous croyaient que des démons se déplaçaient parmi les hommes et qu'il suffisait d'être effleuré par l'un d'eux pour qu'en résulte chaos et terreur. Les faucheurs étaient assimilés à des envoyés de l'enfer avec lesquels il était possible de pactiser pour obtenir de sérieux avantages. Si votre enfant était un faucheur, c'était parce qu'un démon vous possédait. L'empereur Justinien a regroupé tous ces enfants dans une énorme tour afin de disposer d'une armée que nul ne pourrait arrêter.

— Pourquoi me racontez-vous tout ça ? Tout le monde sait que les faucheurs ont été victimes de préjugés complètement absurdes.

— Parce que Zacharov et les autres pontes des familles du crime en font autant. Leurs recruteurs traînent dans les gares routières des grandes métropoles pour attendre les fugueurs. Ils leur proposent un toit et un petit boulot, et avant qu'ils aient compris ce qui leur arrive. Ces mômes ont le même statut que les jeunes démons de Byzance, ils sont tellement endettés que leur sort serait identique s'ils étaient des bagnards ou des prostitués.

— Nous en avons recueilli un, intervient Daneca. Il s'appelle Chris, et il a été chassé par ses parents.

Mme Wasserman lance un regard sévère à sa fille et je pense au gamin blond vu dans l'escalier.

— Lui seul a le droit de parler de ce qu'il a vécu.

— Il faut que j'y aille, dis-je en me levant, mal à l'aise.

J'ai l'impression que mon enveloppe charnelle est trop petite pour moi, et je dois m'extirper au plus vite de cette conversation.

— Je souhaitais simplement vous dire de ne pas hésiter à me joindre, le jour où vous y serez disposé. Vous avez la possibilité d'éviter à bon nombre de malheureux de se retrouver relégués dans ces tours.

— Je ne suis pas l'individu pour lequel vous me prenez. Je ne suis pas un faucheur.

— Ce n'est pas une nécessité, déclare Mme Wasserman. Vous savez des choses, Cassel. Des choses qui pourraient aider des enfants tels que Chris.

— Je te raccompagne, me lance Daneca.

L'air s'est raréfié et je ressens le besoin urgent de m'enfuir au plus vite.

— Inutile, on se revoit demain, lui dis-je en me dirigeant vers l'entrée d'un pas rapide.

CHAPITRE ONZE

La forte odeur de mouton piqué d'ail m'assaille dès que j'ouvre la porte de l'appartement de Philip et Maura. Bien qu'il m'ait débité des salades pour que je rapplique aussitôt, grand-père sommeille dans une chaise longue. Sa main gauche retient un verre de vin rouge en équilibre précaire sur son ventre, légèrement incliné vers sa poitrine. Face à lui, sur l'écran de télévision, un prédicateur fondamentaliste parle des faucheurs qui se présentent spontanément pour se faire tester, afin que tous puissent à l'avenir se serrer la main sans mettre de gants. Il dit que nous sommes des pécheurs en puissance, que la tentation est trop grande… et que les faucheurs finiront par y céder si nul ne les surveille.

Je n'oserais pas affirmer qu'il se trompe, sauf en ce qui concerne le fait de serrer la main d'inconnus. C'est vraiment n'importe quoi.

J'entends des cliquetis d'assiettes. Philip sort de la cuisine. Je tressaille. C'est un peu comme si j'avais un don de double vue surréaliste. Philip, mon frère. Philip qui vole mes souvenirs et ceux de Barron.

— Tu arrives bien tard, me dit-il.

— Qu'est-ce qu'on fête ? Je constate que Maura a sorti le grand jeu.

Barron se matérialise derrière lui, tenant deux verres de vin. Je le trouve amaigri, depuis notre dernière rencontre. Il a les yeux injectés de sang et ses cheveux courts d'étudiant en droit ont poussé et se sont emmêlés. Je remarque même qu'ils rebiquent çà et là.

— Elle perd les pédales. Elle répète qu'elle n'a encore jamais organisé un pareil repas. Tu ferais mieux d'y retourner, Philip.

Je pense à tous les mémos qu'il laisse à sa propre intention et je voudrais le plaindre, mais la petite cage métallique posée sur un sol que la pisse a rendu poisseux se superpose à cette image. Je l'imagine montant le volume de la chaîne hi-fi pour couvrir les miaulements de Lila.

Philip lève les mains.

— Maura fait toujours une montagne de rien.

Il repart vers la cuisine.

— Qu'est-ce qu'on célèbre ?

Je me suis adressé à Barron, qui sourit.

— L'appel de maman. Tout est en place. Il ne reste qu'à attendre le verdict. Il sera rendu sous peu.

— Ils vont la libérer ?

Je prends le verre qu'il me tend et le vide d'un trait. Je commence à paniquer. Si elle sort de prison, maman retrouvera sa place dans nos existences et se mêlera de tout ce qui nous concerne. Un véritable enfer.

Puis je me dis que je ne serai plus là. En venant, j'ai renoncé à me procurer une voiture. Je compte utiliser un des ordinateurs de l'école afin de prendre un billet de train pour le sud du pays.

Barron regarde grand-père, puis moi.

— La décision n'a pas encore été prise, mais je suis optimiste. J'ai travaillé sur cette affaire en tant que sujet d'étude, et les professeurs de droit qui ont planché là-dessus avec moi estiment que c'est gagné d'avance… Ce serait du tout cuit, d'après eux.

— Super ! dis-je en me demandant si j'ai les moyens de m'offrir une couchette.

Grand-père ouvre les yeux et je comprends qu'il a feint de s'être assoupi.

— Arrête de débiter des conneries, Barron. Cassel est trop malin pour gober ton boniment. Mais votre mère va sortir de prison et – si Dieu le veut – elle sera heureuse de trouver une maison propre et accueillante. Le petit a fait du bon boulot.

Maura tourne la tête vers nous, depuis l'autre pièce.

— Oh, tu es là !

Elle a enfilé un survêt rose. Je peux voir ses clavicules saillir juste au-dessus de la fermeture à glissière de son sweat à capuche.

— Parfait. Assieds-toi. Nous allons passer à table.

Barron entre dans la cuisine. Je vais pour le suivre, quand grand-père me retient par le bras et me demande :

— Qu'est-ce que vous mijotez, vous tous ?

— Que veux-tu dire ?

— Je sais que vous me cachez quelque chose.

Son haleine est avinée, mais il paraît lucide.

Je voudrais tout lui raconter, mais c'est impossible. Il est loyal et je ne peux croire qu'il ait participé au rapt de la fille de son patron, mais ce n'est pas une raison suffisante pour accorder aveuglément sa confiance.

— Il n'y a rien du tout, dis-je.

Je lève les yeux au ciel et vais m'asseoir.

Maura a étalé une nappe blanche sur la table de la cuisine et ajouté deux chaises pliantes. Je reconnais les chandeliers en argent qu'un type connu sous le sobriquet de M. Monopoly a offert à Philip pour son mariage, des objets provenant à coup sûr d'un cambriolage. La clarté vacillante des bougies embellit la pièce. Un rôti d'agneau piqué de gousses d'ail qui dépassent de la chair comme des esquilles d'os repose sur un plat garni de carottes et de navets. Grand-père boit son verre que Barron ne cesse de remplir. Moi-même, j'ai assez de vin pour me sentir agréablement éméché. Même le bébé veut participer aux réjouissances en faisant claquer son hochet contre le plateau et en se barbouillant avec de la purée de pommes de terre.

Je reconnais également les assiettes. J'ai donné un coup de main à maman pour les subtiliser.

Je nous observe dans la glace de l'entrée et j'ai l'impression de regarder la scène dans un miroir déformant d'attraction foraine, d'assister à une parodie de fête de famille. Je nous vois célébrer nos activités criminelles. Je nous vois rire. Je nous vois mentir.

Maura apporte le café, quand le téléphone sonne. Philip va décrocher, revient quelques minutes plus tard et me tend le combiné.

— Maman, me dit-il.

Je prends l'appareil et regagne le séjour.

— Félicitations, dis-je dans le micro.

— Tu n'as répondu à aucun de mes appels, me reproche ma mère qui paraît néanmoins plus amusée qu'irritée. Ton grand-père m'a dit que tu reprenais du poil de la bête, et il est convaincu qu'un garçon ne se confie à sa mère que lorsque tout va mal. Est-ce exact ?

— J'ai la pêche. Je pète la forme.

— Mm… et tu dors bien ?

— Même dans mon lit.

— Très drôle. (Le souffle d'une exhalaison m'indique qu'elle fume.) C'est bien… que tu fasses encore de l'esprit.

— Désolé. Plein de choses se bousculent dans ma tête.

— Ton grand-père m'en a parlé. Il m'a dit que tu es obsédé par qui nous savons. Mais les pensées risquent de s'accompagner de paroles, Cassel. Tes proches ont été là pour te soutenir quand tu as eu besoin d'eux, alors rends-leur la pareille et oublie tout ça.

— Qui te dit que c'est possible ?

J'ignore ce qu'elle sait et dans quel camp elle se place, mais mon côté optimiste espère encore qu'elle m'aidera.

Je perçois une brève hésitation.

— Elle nous a quittés, mon petit. Tu ne dois plus lui permettre d'influencer…

— Maman.

Je l'ai interrompue et je m'éloigne de la cuisine, vers la baie vitrée du séjour et la porte d'entrée.

— Anton est un faucheur de quelle catégorie ?

Sa voix se réduit à un murmure.

— Anton est le neveu de Zacharov, son héritier. Reste à l'écart de ce type et laisse tes frères veiller au grain.

— Est-il un faucheur de souvenirs ? C'est la seule chose que je veux savoir. Réponds par oui ou par non.

— Passe-moi Philip.

— M'man, je t'en supplie ! Dis-le-moi. Je suis ton fils, même si je ne suis pas comme vous.

— Passe-moi ton frère, Cassel. *Tout de suite !*

J'envisage de raccrocher ou de jeter le combiné sur le sol pour le faire voler en éclats. Mais je sais qu'aucune de ces réactions ne m'apportera guère plus qu'une brève satisfaction.

Je traverse la maison et pose le téléphone à côté de l'assiette à dessert contenant une part de tarte.

Grand-père s'est lancé dans un de ses discours.

— De mon temps… De mon temps, les faucheurs étaient respectés. Nous maintenions le calme dans notre quartier. Nos activités étaient illégales, certes, mais les flics n'y trouvaient rien à redire dès l'instant que nous facilitions leur travail.

Manifestement, il avait trop bu.

Barron et grand-père vont regarder la télé dans le séjour, pendant que Philip discute avec maman au téléphone. Devant l'évier, Maura gratte les restes de nourriture qui tombent dans le broyeur vrombissant. Elle s'acharne sur un dépôt tenace en grimaçant tel un chien qui retrousse ses babines avant de planter ses crocs dans un mollet.

Je voudrais lui parler des souvenirs effacés, mais je ne sais pas comment aborder ce sujet sans qu'elle se braque.

Je me contente donc de lui dire :

— C'était drôlement bon.

Elle pivote sur ses talons et se détend. Son expression devient songeuse.

— J'ai pourtant laissé brûler les carottes.

Je fourre mes mains dans mes poches, ne sachant quoi en faire.

— Délicieux.

Elle fronce les sourcils.

— Tu as quelque chose à me demander, Cassel ?

— Non, je voulais simplement te remercier. Pour l'autre jour.

— Parce que j'ai accepté de mentir aux responsables de ton école ? (Elle m'adresse un sourire entendu.) Ils n'ont pas téléphoné.

— Ils le feront.

Je prends un torchon et essuie un couteau.

— Vous n'avez pas de lave-vaisselle ?

— Ça émousse les lames, dit-elle en récupérant le couteau pour le ranger dans un tiroir. Et les carottes avaient attaché au fond de la casserole. Il existe des corvées qu'il vaut mieux faire à l'ancienne.

Je pose le torchon sur le comptoir, brusquement décidé.

— J'ai quelque chose pour toi.

Je me dirige vers ma veste suspendue dans l'entrée et glisse la main dans une poche intérieure, quand Barron me lance :

— Eh, viens t'asseoir avec nous !

— Je vous rejoins dans une seconde.

Je regagne la cuisine d'un pas rapide et ouvre la main pour montrer à Maura l'amulette en onyx.

— Prends. Je sais ce que tu as dit sur le fait d'être l'épouse d'un faucheur et…

— C'est trop gentil, répond-elle.

La pierre brille comme une goutte de goudron sous les spots encastrés.

— Tu es comme ton frère. Qu'on puisse aider quelqu'un sans rien attendre en retour te dépasse.

— Trouve une aiguille et couds cette amulette dans ton soutien-gorge. C'est promis ?

— Charmant. (Elle incline la tête.) Tu lui ressembles, tu sais ? Je parle de Philip.

— Logique. Nous sommes frères.

— Tu es mignon comme tout, avec tes cheveux bruns en bataille et ton sourire en coin. Est-ce que tu t'entraînes pour avoir cette expression ?

Ce sont des compliments, mais je ne me sens pas flatté.

— C'est naturel.

— Tu n'es pas aussi irrésistible que tu le crois.

Elle s'approche de moi, au point que je sens son haleine chaude et aigre sur mon visage. Je recule d'un pas et heurte le plan de travail.

— Moins que lui, en tout cas.

— D'accord, mais promets-moi de porter cette amulette en permanence.

— Pourquoi ? Qu'est-ce qui peut bien avoir tant d'importance ?

Je jette un œil vers la porte. J'entends la télévision à côté. C'est un jeu télévisé que grand-père ne raterait pour rien au monde.

— Il s'agit d'un charme mémoriel, dis-je à voix basse. Il est plus efficace que joli. Dis-moi que tu le porteras.

— C'est entendu.

Je tente de lui adresser un sourire un peu moins en coin que d'habitude.

— Nous devons nous serrer les coudes, nous autres les non-faucheurs.

— Que veux-tu dire ? (Elle ferme à demi les yeux.) Tu me crois idiote ? Tu es comme eux... Ça, je ne risque pas de l'oublier.

Je secoue la tête, sans savoir quoi répondre. Mieux vaut attendre que le charme fasse effet avant d'essayer de la convaincre de choses secondaires.

— Grand-père est ivre mort, donc tu devras passer la nuit ici, me déclare Barron quand j'entre dans le séjour. Je ne pense pas non plus pouvoir conduire.

Il bâille.

— Je le ramènerai à la maison.

Tout ce que je ne peux pas lui dire me fait suffoquer, toutes les machinations dont je suspecte mes frères. Il faut absolument que je rentre boucler mes bagages.

— Qu'as-tu dit à maman ? me demande-t-il. Il m'a fallu du temps pour la calmer.

Il boit du café noir dans une des plus belles tasses de Maura, celles qui ont des soucoupes assorties.

— Seulement qu'elle sait une chose qu'elle me cache.

— Si j'avais reçu un dollar pour chacune de ses cachotteries, je serais millionnaire.

— Et moi milliardaire.

Je m'assieds sur le canapé. Je ne peux pas m'en aller sans avoir tenté une petite expérience.

— Je peux te poser une question ?

— Bien sûr. Accouche.

— Est-ce que tu te rappelles ce jour où nous sommes allés sur la plage du côté de Carney, quand on était mômes ? Il y avait des crapauds dans les buissons. Tu en as attrapé un tout petit, qui t'échappait des mains. Du coup, j'ai tant serré le mien qu'il a dégueulé ses boyaux. Je l'ai cru mort, mais il a disparu dès que nous l'avons laissé tranquille. Comme s'il avait ravalé ses entrailles. Tu t'en souviens ?

— Ouais, répond Barron en haussant les épaules. Pourquoi ?

— Et quand vous avez trouvé ces piles de *Playboy* dans la benne à ordures, Philip et toi ? Vous avez découpé les nichons des filles pour en recouvrir un abat-jour qui a fini par prendre feu. Tu te rappelles que tu m'as donné cinq dollars pour que je ne dise rien à maman et papa ?

Il éclate de rire.

— Qui pourrait oublier un truc pareil ?

— Et quand tu as fumé de l'herbe et que tu es tombé dans la baignoire. Tu refusais d'en sortir parce que tu étais persuadé que ton occiput resterait au fond, et j'ai dû te raconter des histoires pour te changer les idées. J'ai lu le seul bouquin qu'il y avait dans la salle de bains – un des romans à l'eau de rose de maman, *L'Anémone* –, de la première à la dernière page.

— Je peux savoir à quoi riment toutes ces questions ?

— *Tu t'en souviens ?*

— Bien sûr que je m'en souviens. Tu l'as lu jusqu'à la dernière page. Maintenant, où veux-tu en venir avec cet interrogatoire ?

— Rien de tout ce que j'ai dit ne t'est arrivé. Tu n'étais pas là le jour du crapaud, et c'est mon camarade de chambre qui m'a raconté l'anecdote de l'abat-jour à nichons incendié… et c'est lui qui a soudoyé sa petite sœur pour qu'elle la boucle. Quant à la troisième histoire, elle est arrivée à un pensionnaire du bahut, un certain Jace. Et comme personne n'avait *L'Anémone* sous la main, nous avons dû nous relayer – moi, Sam et un autre – pour lui lire *Le Paradis perdu* à travers la porte verrouillée. Je crains d'ailleurs que Milton ne l'ait rendu encore plus parano.

— C'est pas vrai…

— Il m'a *semblé* encore plus parano, en tout cas. Depuis, il se comporte bizarrement dès qu'on lui parle des anges.

— Tu te crois drôle ? lance Barron en se redressant sur son siège. Je t'ai fait marcher, parce que je me demandais où tu voulais en venir. Tu n'es pas près de m'avoir, Cassel.

— Je viens pourtant d'y arriver. Tes souvenirs s'effacent et tu veux le dissimuler. J'en ai perdu quelques-uns, moi aussi.

Le regard qu'il m'adresse est étrange.

— Tu parles de Lila.

— C'est de l'histoire ancienne.

Il reporte son attention sur grand-père.

— Je n'ai pas oublié que tu étais jaloux parce qu'elle sortait avec moi. Tu avais flashé sur elle et tu essayais constamment de me convaincre de la larguer. Jusqu'au jour où je suis descendu dans le sous-sol de chez grand-père et que je l'ai vue sur le sol, gisant à tes pieds alors que tu avais cette expression hébétée.

Je le suspecte de me tenir ces propos pour m'asticoter, pour se venger de l'embarras dans lequel je viens de le mettre.

— Et un couteau à la main, dis-je pour compléter le tableau.

Ce qui me tracasse le plus, c'est qu'il passe sous silence ce qui m'a le plus marqué : mon abominable rictus.

— Exact, un couteau. Tu as déclaré que tu ne te souvenais de rien, mais ce qui s'était passé était évident. (Il secoue la tête.) L'idée que Zacharov l'apprenne terrifiait Philip, mais l'eau la plus limpide ne peut diluer les liens du sang. Nous t'avons protégé, nous avons fait disparaître le corps, nous avons menti.

Il y a quelque chose qui cloche dans sa façon d'exposer les faits. C'est un peu comme s'il récitait ce qu'il a lu dans un livre et non comme s'il avait vécu ces événements. Et qui parlerait de liens du sang qui se diluent dans la plus limpide des eaux en se référant à un drame de ce genre ?

— Tu l'aimais, pas vrai ?

Il répond à ma question par un geste… un mouvement des mains que je suis incapable d'interpréter.

— Elle sortait de l'ordinaire. Tu devais également le penser.

Il avait nécessairement su qui il gardait à son domicile dans cette cage. Il ne pouvait ignorer qui était la chatte qui miaulait et mangeait ce qu'il lui donnait, qui souillait son parquet avec ses déjections.

— Je suppose qu'il y a du vrai dans… « Je l'ai trop aimé pour ne le point haïr ».

— Ce qui veut dire ?

— C'est de Racine. J'aurais pu également parler de la mince frontière qui sépare l'amour de la haine.

— Tu l'aurais tuée parce que tu l'aimais trop ? À moins que tu ne parles plus de la même chose ?

— Je n'en sais trop rien. Je pense à haute voix, c'est tout. Tu devrais être prudent…

Je m'interromps en voyant Philip apparaître sur le seuil.

— Ça y est, maman a enfin raccroché. J'ai deux mots à dire à Cassel, en privé.

Barron nous lorgne tour à tour.

— Qu'est-ce qui se passe, d'après toi ? De quoi devrais-je me méfier ?

Je hausse les épaules.

— Je serai le dernier à l'apprendre.

Philip regagne la cuisine, s'assied à la table et croise les mains sur la nappe blanche désormais tachée. Il reste autour de lui quelques assiettes et plusieurs verres de vin presque vides. Il prend une bouteille de Maker's Mark et verse l'alcool ambré dans une des tasses à café que nous avons utilisées.

— Assis.

J'obéis et il m'observe en silence.

— C'est quoi le problème ?

J'ai posé cette question, mais mes doigts se tendent malgré moi pour masser mon mollet, là où j'ai enchâssé les cailloux sous ma peau. La souffrance est rassurante et aussi addictive que passer le bout de sa langue sur sa gencive à l'emplacement toujours sensible qu'occupait une dent.

— J'ai vraiment dû mettre maman en rogne.

— J'ignore ce que tu crois savoir, mais je te rappelle que tout ce que j'essaie de faire – tout ce que j'ai fait –, c'est pour te protéger, pour assurer ta sécurité.

Quelle tirade ! Je secoue la tête sans le contredire.

— D'accord. Me protéger de quoi ?

— De toi-même, dit-il en me regardant droit dans les yeux.

Un court instant, je vois celui que tous redoutent… ses mâchoires sont serrées et ses cheveux obscurcissent ses traits. Mais au moins me regarde-t-il en face, pour la première fois depuis bien des années.

— Tu te prends pour qui ? Je ne suis plus un gosse.

— Tout devient difficile en l'absence d'un père. Les écoles de droit coûtent cher. Tout comme Wallingford, d'ailleurs. À eux seuls, les frais de justice de maman sont vertigineux. Grand-père avait quelques économies, mais il n'en reste rien. Je dois gérer la situation et j'essaie d'être à la hauteur. Je fais le nécessaire pour que vous ne manquiez de rien, tout en assurant l'avenir de mon fils.

Il boit une autre gorgée de bourbon puis s'autorise un rire. Ses yeux brillent lorsqu'il me regarde, et je me demande ce qu'il a déjà ingurgité. Assez d'alcool pour délier sa langue, en tout cas.

— Je vois, lui dis-je.

— Ce qui signifie prendre des risques. Et si je te disais que j'ai besoin de toi ? Que nous avons besoin de toi, Barron et moi ?

Je pense à Lila qui réclame mon aide en s'immisçant dans mes rêves. La superposition de souvenirs me donne le tournis.

— Vous auriez besoin *de moi* ?

— Tu dois absolument nous faire confiance.

Convaincu de me dispenser une leçon, il incline la tête pour m'adresser son sourire condescendant de frère aîné.

— Avoir confiance en ses proches est la moindre des choses, non ?

J'ai réussi à dire cela en expurgeant de ma voix toute intonation sarcastique.

— Parfait.

Je décèle de la tristesse et de la lassitude dans l'affaissement de ses épaules, une posture qui évoque moins de cruauté que de résignation. Ce qui m'étonne. Je pense à notre enfance, quand nous étions ensemble et que j'étais aux anges chaque fois qu'il me prêtait attention… même si c'était pour me donner des ordres. J'étais ravi d'aller lui prendre une bière dans le frigo, de la décapsuler comme un barman puis d'attendre en souriant qu'il daigne me remercier d'une inclination désinvolte de la tête.

Et je me retrouve là, à chercher une explication qui me permettrait de ne plus voir en lui le méchant de service, à attendre qu'il admette que j'existe. Tout cela parce qu'il m'a finalement regardé dans les yeux.

— La situation sera sous peu très différente, nous n'aurons plus à batailler.

Il gesticule et renverse un verre. Bien qu'il soit presque vide, le peu de vin qu'il contient se répand sur le tissu blanc, telle une marée rose, sans qu'il semble le remarquer.

— Qu'est-ce qui va changer ?

— Il est encore trop tôt pour te le dire, déclare-t-il avant de regarder vers le séjour puis de se lever en titubant un peu. Pour l'instant, fais profil bas et évite de mettre maman en rogne. Tu dois me le promettre.

Je soupire. Nous tournons en rond, tout ceci est inutile. Il veut que je lui accorde ma confiance quand il me refuse la sienne. Mais puisqu'il souhaite que je lui obéisse, je décide de mentir :

— D'accord, tu as ma parole. J'ai compris qu'il faut se serrer les coudes.

En me levant, je remarque que le verre qu'il a renversé ne s'est pas entièrement vidé, comme je l'avais supposé. Il subsiste un peu de lie, tout au fond. Je me penche et passe mes doigts dans ce dépôt qui ressemble à du sucre, et je tente de me rappeler qui était assis là.

Malgré les protestations de Maura et l'insistance de Barron, je traîne pratiquement grand-père jusqu'à la voiture. Mon cœur bat à tout rompre lorsque je refuse leur proposition de dormir dans le bureau ou sur le sofa. J'affirme ne pas me sentir fatigué. J'invente un rendez-vous que grand-père aurait pris dans la matinée avec une veuve joueuse de loto. Grand-père est si ivre et drogué qu'il réagit à peine.

Drogué par Philip. La raison m'échappe, mais je sais à quoi attribuer le dépôt vu au fond du verre.

— Tu devrais rester, insiste Barron pour la centième fois.

— Tu vas le lâcher, gronde Philip. Fais un peu plus attention, bon sang !

— Alors, aide-moi !

Philip écrase son mégot de cigarette sur le bardage en aluminium et glisse son épaule sous l'aisselle de grand-père pour le soutenir.

— Ramenez-le à l'intérieur, nous lance Barron.

Ils échangent un regard, et Barron fronce les sourcils.

— Cassel, comment tu comptes t'y prendre quand vous serez là-bas, pour sortir grand-père de la voiture ?

— Il aura dessoûlé d'ici là.

— Et dans le cas contraire ?

Philip se dirige vers la portière. Je crois un instant qu'il veut me barrer le passage. Je me demande comment réagir lorsqu'il l'ouvre pour me permettre d'installer grand-père à l'arrière et de boucler sa ceinture de sécurité.

En sortant de l'allée, je jette un coup d'œil à Philip, Barron et Maura dans le rétroviseur. Le soulagement m'envahit. Je suis libre. Je suis presque tiré d'affaire.

Le téléphone sonne, et je sursaute. Grand-père ne bronche pas, bien que le volume soit au maximum. Je m'assure que sa poitrine se gonfle et s'affaisse, qu'il respire toujours.

— Allô ?

Je ne me suis même pas donné la peine de regarder qui veut me joindre. Je me demande à quelle distance se trouve l'hôpital le plus proche, et si je dois m'y rendre ou non.

Je sais que mes frères n'ont pas voulu tuer grand-père, et que si c'était malgré tout le cas, Philip ne l'empoisonnerait pas dans sa cuisine puis n'essaierait pas de me convaincre de laisser le corps dans sa chambre d'amis.

Je ne cesse de me le répéter.

— Eh, tu m'entends ? C'est Daneca… murmure-t-elle. Et Sam.

Je ne pourrais pas dire depuis combien de temps elle s'adresse à moi.

Je regarde l'heure sur le tableau de bord.

— Qu'est-ce qui vous prend ? Il est presque 3 heures du mat.

Elle me le dit, mais je l'entends à peine. Mon esprit passe au crible tout ce qu'on peut administrer à quelqu'un pour le mettre KO. Les somnifères figurent en tête de liste. Ils ont des effets foudroyants, accompagnés d'alcool.

Je remarque le silence qui règne à l'autre bout du fil.

— Quoi ? Tu peux répéter ?

— J'ai dit que *ta chatte est vraiment dégueu*, répète-t-elle lentement.

— Est-ce qu'elle va bien ? Il ne lui est rien arrivé, au moins ?

Sam se met à rire.

— Oh, elle pète la forme, mais on ne peut pas en dire autant de la bestiole qu'elle a décapitée ! Ton chat a buté *notre* souris.

— Sa queue ressemble à un bout de ficelle, intervient Daneca.

— *La* souris ? Le célèbre rongeur sur lequel tant d'élèves ont misé un fric fou depuis six mois ?

— Que se passe-t-il quand personne n'a gagné ? veut savoir Sam. Qui faut-il payer ?

— On s'en fiche ! gronde Daneca. Ce que je me demande, c'est ce que je vais faire. Ta chatte me dévisage avec du sang sur les babines. C'est la personnification de la mort de centaines de rongeurs et d'oiseaux... Je les vois s'aligner pour entrer dans sa gueule en suivant un tapis de langues rouges comme dans un vieux dessin animé. Je crois qu'elle s'est mis en tête de me bouffer à mon tour.

— Caresse-la, ma vieille, lui dit Sam. Elle vient de t'apporter ton casse-croûte et elle attend que tu la félicites.

— Tu es la plus impitoyable des machines à tuer, roucoule Daneca.

Je décide d'interrompre leur duo.

— Qu'est-ce qu'elle fait ?

— Elle ronronne ! me répond Daneca qui paraît soudain aux anges. Gentille minette. Qui c'est-y qui n'est qu'une féroce exterminatrice ? Oui ! C'est toi ! Tu es une petite lionne sanguinaire ! Si, si !

Sam rit au point de s'en étrangler.

— Qu'est-ce qui ne tourne pas rond, chez toi ?

— Elle apprécie mes compliments !

— Ça m'ennuie de te priver de tes illusions, dit Sam. Mais elle ne comprend pas un traître mot de ce que tu lui racontes.

— Peut-être bien que si, interviens-je. Elle ronronne, non ?

— C'est secondaire, mec. Alors, on garde le fric ?

— Sauf si tu préfères aller acheter une autre souris et la lâcher dans le bâtiment.

— Entendu, on rafle les mises.

Je roule jusqu'à la maison, déboucle la ceinture de sécurité de grand-père et le secoue vigoureusement. Cette méthode étant inefficace, je le gifle assez fort pour qu'il grogne et entrouvre imperceptiblement ses paupières.

— Mary ? demande-t-il.

Je suis terrifié, car c'est le prénom de ma grand-mère morte il y a très longtemps.

— Prends appui sur mon épaule, lui dis-je.

Mais ses jambes sont en coton et ses piètres efforts pour m'aider sont à peu près vains. Nous nous déplaçons très lentement. Je le guide vers la salle de bains et le laisse s'affaisser sur le carrelage, pendant que je vais préparer un cocktail d'eau oxygénée et d'eau courante.

Lorsqu'il commence à dégueuler, je me félicite que les cours de chimie suivis à Wallingford m'aient servi à quelque chose. Je me demande si ce serait un argument valable à fournir au doyen Wharton pour plaider ma réintégration.

CHAPITRE DOUZE

— Eh, debout ! m'ordonne quelqu'un.

Je cligne des yeux, surpris. Je suis allongé sur le canapé du rez-de-chaussée et Philip me surplombe.

— Je t'ai cru mort.

— Les morts ne ronflent pas, le reprend Barron. Eh, vous avez fait du bon boulot, ici. Le séjour est super. Je ne l'avais encore jamais vu si bien rangé.

L'angoisse me serre la gorge et gêne ma respiration.

Je regarde grand-père allongé dans le transat, toujours dans les vapes avec un seau à portée de la bouche. Il a été malade durant des heures, mais il paraissait aller un peu mieux quand il s'est enfin endormi. Plus cohérent. Je m'étonne que ce boucan ne l'ait pas réveillé.

— Qu'est-ce que vous lui avez donné ?

J'ai posé cette question en dégageant une jambe de sous le plaid.

— Il ne risque rien, déclare Philip. Promis. Les effets auront disparu avant midi.

La poitrine de grand-père se gonfle et se rétracte, ce qui me rassure. Pendant que je le regarde dormir, je crois voir battre ses paupières.

— Tu te fais trop de souci, marmonne Barron. Puisqu'on te dit que tout baigne. Pourquoi es-tu si nerveux ?

Philip le foudroie du regard.

— Fiche-lui la paix. La famille veille sur la famille.

— C'est bien pour ça qu'il ne devrait pas se biler. Nous sommes là pour les protéger, dit Barron en riant avant de se tourner vers moi. Tu aurais intérêt à te préparer, monsieur l'éternel anxieux. Tu sais qu'Anton a horreur d'attendre.

Faute d'être informé des autres possibilités, j'enfile mon jean et un sweat à capuche sur le T-shirt dans lequel j'ai dormi.

Mes frères me semblent plutôt détendus. Si décontractés, qu'en réfléchissant à ce qu'a dit Barron, je parviens à la conclusion nébuleuse que tout ceci a déjà eu lieu. Ce n'est pas la première fois qu'ils viennent me chercher à la maison – peut-être à mon école – pour me faire tout oublier ensuite. Ai-je déjà cédé à la panique ? C'est à présent le cas.

Mes mains tremblent sous les effets conjugués de l'adrénaline et de la peur… au point qu'enfiler mes gants devient difficile.

— Fais voir tes poches, me dit Philip.

— Quoi ?

Je lève les yeux sur lui, sans nouer mon lacet, et il soupire.

— Retourne-les.

Je m'exécute en pensant à l'entaille douloureuse de mon mollet, aux amulettes enchâssées sous la peau en cours de cicatrisation. Il frotte le tissu, à la recherche de ce qu'il pourrait dissimuler, puis il tapote tous mes vêtements. Je serre tant les poings, en m'interdisant de lui en balancer une, que mon bras me fait également souffrir.

— Tu cherches un bonbon ?

— On veut savoir ce que tu emportes, c'est tout.

L'adrénaline a chassé la fatigue. Me voici bien éveillé, et fou de rage.

Philip regarde Barron, qui tend vers mon bras sa main nue.

J'ai aussitôt un mouvement de recul.

— Ne me touche pas !

C'est surprenant, l'instinct. J'ai grondé ces mots à voix basse. Parce qu'il s'agit toujours pour moi d'une affaire de famille. Crier au secours ne me viendrait pas à l'esprit.

— Eh, comme tu voudras ! s'exclame Barron en s'écartant. Il faut quelques minutes pour que tout se stabilise. Réfléchis. Nous sommes embarqués dans la même galère. Nous appartenons au même camp.

C'est alors que je comprends qu'ils ont utilisé leur magie sur moi juste avant de me réveiller. Horrifié, je frissonne et respire profondément pour ne pas céder à la panique et fuir loin de mes frères, de cette maison. J'opine du chef, pour gagner du temps. J'ignore ce qu'ils pensent avoir implanté dans mon esprit.

Je vois Barron renfiler son gant et refermer le poing pour tendre le cuir.

Je sais pourquoi il avait la main nue.

Ce n'est pas à Philip que je dois mes absences, pas plus qu'à Anton.

Les trous de mémoire de Barron ne sont pas attribuables à un tiers, et ils ne sont pas non plus d'origine naturelle. Chaque fois qu'il efface un souvenir dans mon esprit, celui de Maura ou de toute autre personne, le rétrochoc emporte un des siens. J'explore mon passé pour chercher une occasion où il a tenu un rôle de faucheur de chance, sans en trouver une seule. J'ai seulement la vague impression d'avoir toujours « su » qu'il avait ce statut. Je ne pourrais même pas préciser depuis quand je le crois.

À présent que j'analyse ses origines, cette conviction manque de consistance. Elle est fugace, elle m'échappe, comme la pâle copie d'une copie.

— Tu es prêt ? me demande Philip.

Je me lève, mais mes jambes vacillent. Suspecter mon frère de m'avoir ensorcelé est une chose, mais devoir le côtoyer après en avoir obtenu la preuve en est une autre. *Je suis le roi des arnaqueurs, dans cette famille,* me dis-je pour me rassurer. *Je sais mentir. Je peux donner le change jusqu'au moment de passer à l'action.*

Mais une autre partie de mon esprit hurle et se démène pour tenter de dénicher d'autres souvenirs bidon. Je sais qu'il est impossible de trouver ce qui n'existe pas, mais j'essaie quand même, et je passe en revue ces derniers jours – semaines, années – comme si je m'attendais à trébucher sur une multitude d'ornières.

Combien d'événements de mon existence ont été forgés de toutes pièces ? La panique me glace comme une maladie.

Nous descendons calmement l'escalier puis nous dirigeons vers la Mercedes garée contre le trottoir. Anton est au volant, et il laisse le moteur tourner au ralenti. J'ai l'impression qu'il a beaucoup vieilli depuis la dernière fois que je l'ai vu, et je remarque une cicatrice sur sa lèvre supérieure… assortie aux marques chéloïdiennes de son cou.

— Qu'est-ce qui vous a retardés comme ça ? demande-t-il en allumant une cigarette.

Il jette l'allumette dans la rue pendant que Barron se glisse près de moi sur la banquette arrière.

— Rien ne presse, non ? Nous avons toute la nuit devant nous. Notre petit frère n'a pas cours demain matin.

Il ébouriffe mes cheveux.

Je repousse sa main gantée. Mon irritation est si familière qu'elle en devient surréaliste. Barron se comporte comme si nous partions pique-niquer en famille.

Philip s'installe sur le siège du passager, tourne la tête vers nous et sourit.

Je dois me souvenir de ce que je suis censé savoir. Je dois me montrer plus malin qu'eux. Tout indique qu'ils s'attendent à me voir un peu déboussolé mais pas totalement ignorant.

— Qu'est-ce que vous avez prévu, pour aujourd'hui ?

— La répétition générale, répond Anton. L'assassinat, c'est pour mercredi.

Je suis certain d'avoir sursauté. Mon cœur s'est emballé. Quel assassinat ?

— Après quoi, vous en bloquerez le souvenir, dis-je d'une voix que je voudrais posée.

Je n'ai pas oublié ce qu'Annie l'Embrouille m'a dit sur cette technique, afin que le blocage puisse être retiré et le processus inversé. Je me demande si nous n'avons pas déjà procédé à plusieurs de ces répétitions. Si c'est le cas, je suis foutu.

— Pourquoi effacez-vous ma mémoire ?

— Pour te protéger, répond machinalement Philip.

Exact.

Je me penche sur mon siège.

— Mon boulot reste le même ?

Une question assez vague pour susciter une réponse sans révéler pour autant mon ignorance.

Barron le confirme de la tête.

— Tout ce qu'on te demande, c'est d'aller jusqu'à Zacharov pour toucher son poignet et transmuer son cœur en pierre.

Je déglutis et tente de garder une respiration régulière. J'ai nécessairement mal compris.

— Lui tirer une balle entre les deux yeux ne serait pas plus simple ?

Une question que je n'ai pu m'empêcher de poser, tant tout ceci est ridicule. Anton me considère durement.

— Vous êtes sûrs qu'il sera à la hauteur ? Tous ces traficotages mémoriels... Ce môme est instable, et mon avenir dépend de lui.

Son avenir. C'est exact. Il est le neveu de Zacharov. S'il arrive quoi que ce soit au grand patron, c'est lui qui reprendra le flambeau.

— Ne nous fais pas faux bond. (Philip s'est adressé à moi avec son intonation à la « n'oublie pas que ma patience à ses limites ».) Ça va aller comme sur des roulettes. Nous avons tout prévu depuis longtemps.

— Que sais-tu sur le Résurrecteur ? me demande mon autre frère.

— C'est le diamant qui devait apporter l'immortalité à Raspoutine, ou un truc de ce genre. (Je reste volontairement dans le vague.) Zacharov l'a acheté à Paris lors d'une vente aux enchères.

Barron fronce les sourcils, surpris par l'étendue de mon savoir.

— Le Résurrecteur est une pierre de trente-sept carats aussi grosse que l'ongle de mon pouce. Il a de légers reflets rouges, comme une goutte de sang diluée dans l'eau.

Je me demande une nouvelle fois s'il ne récite pas un texte appris par cœur, par exemple un extrait du catalogue de chez Christie's. Me concentrer sur les détails, comme si c'était un puzzle, devrait me permettre de ne pas perdre pied.

— Non seulement il a protégé Raspoutine de nombreuses tentatives d'assassinat, mais il a également été bénéfique à ceux auxquels il a appartenu ensuite. On parle d'armes à feu qui n'étaient pas chargées et de poison versé dans la propre tasse de l'empoisonneur. On a tiré sur Zacharov à trois reprises, sans jamais le toucher. Celui qui détient cette pierre est quasiment invulnérable.

— Je croyais que c'était un mythe. Une légende.

— Oh, je constate que votre petit frère est devenu un expert en fauchage de vie, rit Anton.

Mais les yeux de Barron sont brillants.

— J'ai fait des recherches sur ce diamant.

Je me demande de quoi il se souvient, si tout cela n'a pas été filtré et qu'il n'en subsiste que quelques phrases. Peut-être n'a-t-il pas puisé ses citations dans le catalogue de Christie's mais dans ses notes.

— Ces répétitions, elles ont débuté il y a longtemps ?

— Sept ans, me répond-il, désormais irrité.

Sur le siège avant, Philip renifle.

— Zacharov ne s'était pas encore procuré ce diamant, alors ?

— C'est moi qui lui en ai parlé.

Barron a l'expression décidée des gens sûrs d'eux, cependant il me semble déceler de l'angoisse sur son visage. Il ment, mais il ne l'admettra jamais. Rien au monde ne pourrait l'inciter à renoncer à une de ses revendications. S'il le faisait, il devrait admettre que la plupart de ses souvenirs se sont dissipés.

Philip et Anton ricanent. Ils ont eux aussi conscience qu'il joue la comédie. C'est comme lorsque j'allais au cinéma avec eux, les étés où nous étions tous à Carney chez nos grands-parents respectifs. Cette situation est si familière que je me détends malgré tout.

— J'ai donc accepté de bosser pour vous ?

Les rires provoqués par ma question m'incitent à redoubler de prudence.

— Mais si le Résurrecteur fait échouer toute tentative d'assassinat, je n'ai aucune chance de réussir ?

Cette question devrait correspondre à ce que je suis censé ignorer, ou encore à des hésitations légitimes. Anton me sourit dans le rétroviseur.

— Tu n'es pas un faucheur de vie. Quels que soient ses pouvoirs, ce diamant ne peut rien contre ta magie.

Ma magie.

Cœur en pierre.

Moi ?

Je serais un faucheur de formes ?

Qui t'a ensorcelée ? avais-je demandé à la chatte de mon rêve.

Toi.

J'ai peur de me mettre à vomir. Non, j'en ai la certitude. Je ferme les yeux, tourne la tête vers la vitre et y colle mon front pour me rafraîchir, tout en me concentrant pour ne pas dégueuler.

Il ment. Nécessairement.

— Je…

Je suis un faucheur. Je suis un faucheur. Je suis un faucheur.

Cette pensée ricoche à l'intérieur de ma tête comme une balle rebondissante.

Je me croyais prêt à faire n'importe quoi pour entrer dans le cercle des faucheurs, mais je me retrouve confronté à une épouvantable parodie de ce désir d'enfance.

Dès l'instant où on lâche la bride à son imagination, autant se prendre pour quelqu'un d'exceptionnel, un faucheur hors du commun. L'ennui, c'est qu'il s'agit désormais d'une réalité.

— Ça va aller ? me demande Barron.

— Bien sûr. J'ai seulement un petit coup de pompe. Il est tard et j'ai mal au crâne.

— On va s'arrêter pour boire un café, décide Anton.

Il pile et je réussis à renverser la moitié de ma tasse sur ma chemise. La chaleur de ce breuvage brûlant est la première sensation qui me permet de me sentir presque normal.

L'entrée du restaurant – le Koshchey's – est si tarabiscotée que l'établissement semble avoir surgi d'une autre époque. La porte principale brille autant qu'un panneau d'or massif. Les plumes des loriots de pierre qui la flanquent ont été peintes en bleu ciel, orange et rouge vif.

— Un vrai modèle de bon goût ! commente Barron.

— Eh ! On respecte tout ce qui appartient à la famille, le reprend Anton.

Barron hausse les épaules. Philip secoue la tête.

En raison de l'heure plus que matinale, tout est calme dans les parages, et cette sérénité apporte au restaurant un air étrangement majestueux. Mais il n'est pas à exclure que mon sens de l'esthétique laisse à désirer.

Anton fait tourner une clé dans la serrure et ouvre la porte. Nous entrons dans la salle obscure.

— Tu es absolument certain qu'il n'y a personne ? demande Philip.

— Le jour n'est pas encore levé. Qui pourrait se trouver là ? Me procurer les clés n'a pas été facile.

— D'accord, déclare Barron. Il y aura donc ici des tables et des gens influents. Des richards venus s'encanailler avec la pègre. Peut-être quelques faucheurs des familles Volpe et Nonomura, avec lesquelles nous avons scellé une alliance.

Il se dirige vers un énorme lustre aux grosses pendeloques bleues et transparentes. Le luminaire miroite, même sous la faible clarté ambiante.

— Il y aura également un podium, ainsi que des discours interminables et inintéressants.

Je regarde autour de moi.

— En quel honneur ?

— Une collecte de fonds pour soutenir la cause du « Votez non à la 2e Proposition ». C'est Zacharov qui a tout organisé.

Barron me regarde bizarrement et je me demande si j'étais censé le savoir.

— Et je vais l'aborder comme ça, devant tout le monde ?

— Décompresse, me dit Philip. Je te répète pour la énième fois que nous avons tout prévu. On ne va pas se planter au dernier moment après avoir attendu si longtemps l'instant propice, pas vrai ?

— Mon oncle a ses habitudes, déclare Anton. Il maintient ses distances avec ses gardes du corps pour qu'aucun membre de son entourage ne puisse penser qu'il redoute quoi que ce soit. Il n'a pas de gorilles mais des faucheurs qui se relaient. Philip et moi prendrons la relève à 22 h 30 pour veiller sur lui.

Je hoche la tête mais laisse mon regard s'attarder sur les tableaux suspendus aux murs : des représentations de maisons juchées sur des pattes de poulet qui décampent, à côté de femmes chevauchant des chaudrons dans le ciel, le tout étant multiplié par de très grands miroirs. Nos moindres mouvements s'y réfléchissent, et je crois constamment voir quelqu'un se déplacer à ma hauteur alors qu'il s'agit seulement de mon reflet.

— Tu devras nous tenir à l'œil et attendre que Zacharov se dirige vers les toilettes. Il ne veut avoir personne autour de lui lorsqu'il les utilise. Nous serons seuls quand tu le toucheras.

— Où est-ce ?

— Il y en a deux pour les hommes, explique Anton en tendant le doigt. Les premières ont une fenêtre, et il optera pour les autres. On va te montrer tout ça.

Barron et Philip se dirigent vers une porte noire sur laquelle est représenté un cavalier doré. Je suis le mouvement.

— Nous entrerons avec Zacharov, précise Philip. Tu attendras une minute puis tu viendras nous rejoindre.

— Je resterai avec toi, intervient Barron. Pour m'assurer que tout se passe comme prévu.

Je pousse la porte et entre. Une fresque murale sur le carrelage occupe la totalité de la paroi opposée : un gigantesque oiseau rouge, orange et or, vole devant d'étranges choux… sans doute des arbres au feuillage stylisé. Le sèche-mains fixé au mur a été doré, lui aussi, pour l'assortir au reste. Des boxes s'alignent d'un côté, des urinoirs de l'autre, avec un plan de marbre dans lequel sont encastrés des lavabos en cuivre rutilants.

— Je vais tenir le rôle de Zacharov, déclare Anton.

Il se place devant une vasque puis me regarde, comme conscient que je veux effectivement l'assassiner.

— Non, mieux vaut que je joue mon propre rôle. Barron, tu remplaceras mon oncle.

Ils intervertissent leurs positions.

— C'est bon, tu peux y aller, me dit Anton.

— Qu'est-ce que je dois faire ?

— Donner l'impression que tu as trop bu, juste assez pour faire comprendre que tu ne devrais pas te trouver là, dit Barron.

Je quitte le seuil pour aller vers lui en titubant.

— Sortez-le d'ici ! ordonne Barron avec un accent russe bidon.

— C'est un honneur, m'sieu, dis-je d'une voix traînante d'ivrogne tout en tendant ma main gantée.

Barron me considère longuement.

— Vous ne trouvez pas qu'il exagère un peu ?

— Bien sûr que non ! lui répond Anton. À cet instant, Philip déclarera à Zacharov que Cassel est son petit frère. On reprend tout.

— C'est un honneur, m'sieu. J'apprécie tout l'mal que vous vous donnez pour qu'les faucheurs puissent continuer d'exploiter les autres types.

Je lui tends la main.

— Arrête de te prendre pour un comédien, lance Philip. Concentre-toi sur la façon dont tu pourras le toucher.

— Je n'aurai qu'à passer ma main sous sa manche. Après avoir fendu mes gants. Un contact du majeur suffira.

— Le vieux truc de maman, commente Barron en riant. Comme avec cet imbécile sur le champ de courses, vous vous souvenez ?

Je garde pour moi une repartie sur la fiabilité de nos souvenirs communs et me contente de hocher la tête, les yeux baissés.

— Vas-y, montre-moi, dit Anton.

Je tends la main droite et, quand Barron la prend, je referme la gauche autour de son poignet et immobilise son bras. Ainsi, même s'il se débat, il ne pourra pas se dégager à temps. Les yeux d'Anton s'écarquillent sous l'effet de la peur. Je sais interpréter les détails de ce genre.

Tout comme je sais ce que je lui inspire. Il se reproche sa réaction et me tient rigueur d'en être la cause.

— C'est un honneur, m'sieu.

Anton hoche la tête.

— Au même instant, tu transmueras son cœur en pierre et ça passera pour…

— C'est diablement poétique.

— Quoi ?

— Cette histoire de cœur de pierre. L'idée est de qui ?

— Ça aura tout d'une crise cardiaque... jusqu'à l'autopsie, déclare Anton sans me répondre. Et c'est ce que nous ferons croire. Tu attendras ici la fin du rétrochoc, et c'est seulement ensuite que nous avertirons un médecin.

— Tu n'as pas l'air assez ivre, fait remarquer Barron.

— Je donnerai le change.

Barron se regarde dans le miroir, lisse un sourcil puis tourne la tête pour admirer son profil. Il s'est rasé de si près qu'on pourrait croire qu'il utilise un coupe-chou. Il est séduisant. Un vrai démarcheur à domicile.

— Tu devrais dégueuler.

— Quoi ? Tu voudrais que je me fourre un doigt dans le gosier ?

— Pourquoi pas ?

— Tu me le demandes ?

Je m'adosse à la paroi et étudie mes frères. Il n'y a personne que je connaisse mieux en ce bas-monde, et pour l'instant, ils ne sont pas sur leurs gardes. Philip se balance sur ses talons, la mine sinistre. Il croise et décroise les bras. C'est un faucheur loyal et la perspective d'éliminer le chef de son clan le met mal à l'aise, même si cette trahison doit le rendre riche et puissant en une seule nuit. Même si cela va hisser son ami d'enfance au sommet de la hiérarchie et faire de lui quelqu'un d'indispensable.

Barron, lui, paraît trouver la situation amusante. Je ne sais pas ce qu'il espère obtenir, mais il veut garder le contrôle. Il est évident qu'il s'est rendu indispensable aux yeux d'Anton et Philip. S'il lui a fallu pour cela sacrifier une partie de ses souvenirs, il exerce en contrepartie son autorité sur chacun de nous.

Il peut naturellement n'être motivé que par l'appât du gain, car les sommes en jeu sont considérables lorsqu'on est à la tête d'une des familles du crime organisé.

— Tu crains de ne pas y arriver ? me lance Barron.

Je me souviens qu'il m'a demandé de vomir.

— Réfléchis... Le plus délicat, c'est de franchir cette porte. Tout sera plus facile si tu as la main sur la bouche, ce qui te permettra de t'engouffrer dans un box, refermer la porte derrière toi et gerber. Il est probable que Zacharov rira quand tu ressortiras. Ce qui fera de lui une proie idéale.

Philip l'approuve de la tête.

— C'est pas une mauvaise idée.

— Je ne me suis jamais fait vomir. Je ne sais pas si c'est long...

— Pourquoi ne pas régler la question tout de suite ? intervient Barron. Tu vas dégueuler dans la cuisine, on met le vomi en bouteille et on le planque derrière les toilettes. Si quelqu'un le découvre d'ici là, tu devras improviser, mais autrement ça t'évitera de te stresser.

— C'est dégueu !

— Obéis, ordonne Anton.

— Non. Je peux convaincre n'importe qui que je suis ivre mort. J'y arriverai.

Je n'ai pas l'intention de commettre le moindre assassinat, même si j'ignore encore ce que je ferai pour me soustraire à cette obligation. C'est un problème sur lequel je me pencherai au matin. Pour l'instant, je me cantonne à mon rôle de simple observateur.

— Dégueule, ou tu vas le regretter ! me menace Anton.

Je lui montre mon cou, ma peau toujours intacte.

— Aucune marque. Je ne fais pas partie de ta famille, et tu n'as pas d'ordres à me donner.

— Tu as pourtant intérêt à me considérer comme ton boss, gronde Anton en agrippant le col de ma chemise pour m'attirer vers lui.

— Ça suffit ! s'emporte Philip en s'interposant entre moi et son ami, qui me lâche aussitôt. Cassel, va dans la cuisine et fourre-toi un doigt dans la gorge sans faire ta chochotte.

Puis il pivote vers Anton.

— Et toi, fiche la paix à mon frère. Il est bien assez tendu comme ça.

Je remarque que Barron a un petit sourire en coin, quand Anton se détourne et se défoule en assénant un coup de poing dans la porte d'un box.

Plus nous nous affrontons, plus Barron renforce sa position.

Je passe près d'Anton et franchis les doubles portes vers ce que je présume être les cuisines, un lieu plongé dans l'obscurité où règne une forte odeur de paprika et de cannelle.

J'explore le mur à tâtons et trouve l'interrupteur. Les néons se reflètent sur des casseroles cabossées en inox et en cuivre. Je pourrais filer par la porte du fond, mais ce serait reculer pour mieux sauter. Je dois les convaincre que je suis inoffensif, car il ne faudrait pas qu'ils découvrent les amulettes que j'ai introduites dans mon mollet, même si je dois m'abaisser à un acte aussi pénible et dégradant que vomir dans un bol. J'ouvre un des réfrigérateurs industriels, prends une brique de lait et en bois quelques gorgées pour tapisser mon estomac.

La doublure de mes gants est moite de sueur, lorsque je les enlève. Mes mains sont livides sous les tubes fluorescents.

Je pense à l'eau oxygénée que j'ai administrée à grand-père et me demande si je ne subis pas une punition karmique. Je pose l'index sur ma langue pour me faire une vague idée de ce qui m'attend. Je trouve ma peau salée.

— Eh ! lance quelqu'un.

Je me tourne. Ce n'est pas Anton, Philip ou Barron, mais un inconnu en veston qui braque sur moi une arme de poing.

La brique glisse de mes doigts et le lait en jaillit.

— Qu'est-ce que tu fiches ici, toi ?

Mon esprit s'emballe.

— Oh ! Un pote m'a refilé la clé. Il bosse ici.

— À qui tu causes ?

Cette nouvelle voix appartient à un type au crâne rasé qui vient nous rejoindre. Je vois un collier de cicatrices sous le col de son T-shirt. Il me dévisage.

— C'est qui ?

— Eh, mec…

Je lève les mains et m'invente une histoire, une autre identité, avant de me mettre dans la peau d'un jeune faucheur qui vient de débarquer de sa campagne natale et cherche un boulot, ainsi qu'un endroit ou crécher... Quelqu'un m'a parlé de ce resto, parce qu'il appartient à Zacharov.

— J'ai seulement piqué un peu de bouffe. Je veux bien faire la plonge, tout ce que vous voudrez, pour vous dédommager.

Puis la porte que j'ai empruntée se rouvre sur Anton et Philip qui entrent à leur tour.

— C'est quoi, ça ? demande Tête d'œuf.

— Laissez-le, ordonne Philip.

Complet veston braque son arme sur mon frère.

Je dirige ma main vers le canon, comme s'il était possible de dévier la balle. Le métal est plus chaud que je ne l'aurais cru, et quelque chose se déclenche en moi – instinctivement, comme lorsque j'ai tendu le bras – pour provoquer une *transmutation* du métal.

C'est comme si je pouvais voir jusqu'aux atomes qui le composent, si ce n'est qu'il n'est pas solide mais en fusion. Il ne me reste qu'à choisir le moule.

Je lève les yeux et constate que l'homme tient ce qui vient de me traverser l'esprit : un serpent qui se love autour de ses doigts, avec des écailles vertes aussi brillantes que les ailes du phénix trônant à l'entrée du restaurant.

Complet veston panique, hurle et secoue son bras comme s'il s'était embrasé.

Le reptile ondule, comprime la spirale de son corps. Il ouvre et ferme sa gueule, comme s'il s'étranglait. Une seconde plus tard une balle en tombe, rebondit sur le plan de travail et roule sur l'inox.

Deux coups de feu résonnent.

Il y a quelque chose qui cloche… à l'intérieur de mon corps.

Ma poitrine se contracte et mes épaules tressautent. Je crois un instant avoir été atteint par un projectile avant de baisser les yeux sur mes doigts et constater qu'ils se transforment en racines noueuses. Je fais un pas et mes genoux cèdent. Une de mes jambes se couvre de poils et le genou plie du mauvais côté, vers l'arrière. Je cille et vois tout ce qui m'entoure par des douzaines d'yeux. Je découvre ce qu'il y a derrière moi comme si j'avais également des yeux sur ma nuque, mais je ne vois qu'un carrelage craquelé. Je tourne la tête. Les deux inconnus gisent sur le sol. Leur sang se mélange au lait et le pistolet vient vers moi en ondulant et en dardant sa langue fourchue pour laper l'air ambiant.

J'ai des hallucinations. J'agonise. La terreur comprime ma gorge et m'empêche de hurler.

— Qu'est-ce qu'ils fichaient ici, bordel ? Descendre des membres de la famille n'était pas prévu au programme, s'emporte Anton. Ça n'aurait jamais dû se produire !

Les troncs d'arbres de mes bras deviennent des accoudoirs de canapé, avant de devenir des rouleaux de corde qui se tortillent.

Aidez-moi. Aidez-moi, par pitié !

Anton me désigne.

— Tout ça, c'est sa faute !

Je tente de me lever, mais la partie inférieure de mon corps est celle d'un poisson. Mes yeux se déplacent dans ma tête. Je veux protester, mais seuls des gargouillis franchissent ce qui me sert de lèvres.

— Nous devons nous débarrasser des cadavres, déclare Barron.

J'entends alors d'autres sons, des craquements d'os et un éclaboussement sonore. J'essaie de tourner le cou pour voir ce qui s'est passé, mais j'ai oublié comment procéder.

— Faites-le taire ! beugle Anton.

Serais-je à l'origine de ces bruits ? Je ne m'entends même pas.

Des mains se referment sur moi et me soulèvent, me déplacent à l'intérieur du restaurant. Ma tête bascule en arrière et je remarque sur le plafond la représentation d'un vieillard nu qui brandit un cimeterre, monté sur un cheval alezan dévalant une colline. Les longs cheveux de l'homme et la crinière de sa monture flottent au vent. Je ris, ce qui se traduit par un sifflement de bouilloire.

— C'est le rétrochoc, me murmure Philip. Ça va passer.

Il me dépose dans le coffre de la voiture d'Anton et le referme. Ça pue l'essence et autre chose, mais je le remarque à peine. Je me débats dans le noir pendant que quelqu'un met le contact, et mon corps cesse alors de m'appartenir.

Quand je me ressaisis enfin, nous roulons à vive allure. Les faisceaux des phares des véhicules qui nous suivent pénètrent dans la malle et soulignent ses contours. Ma tête heurte le logement moquetté de la roue de secours à chaque cahot et je sens le châssis vibrer sous moi. Je change de position et touche des sacs en plastique à la fois souples et tièdes.

J'envisage de m'en servir comme oreiller avant qu'une sensation poisseuse me révèle leur nature.

Des sacs-poubelle.

Je hoquette dans le noir et tente de m'en éloigner le plus possible. Je me blottis contre la paroi opposée, sans pouvoir aller plus loin. Le métal me meurtrit le dos et j'essaie de caler tant bien que mal mon cou sur mon bras. Je reste recroquevillé ainsi tout au long du trajet.

Quand le véhicule tangue et s'arrête, je suis ankylosé et j'ai des vertiges. Des portières claquent, des chaussures crissent sur du gravier et on ouvre le coffre. Anton me regarde. Nous sommes dans l'allée, devant chez moi.

— Pourquoi tu as fait ça ? beugle-t-il.

Je secoue la tête. Je ne saurais pas dire pour quelle raison j'ai métamorphosé cette arme, et encore moins comment je m'y suis pris. Je regarde ma main et constate qu'elle est rouge foncé.

Ma main nue.

— Ça devait rester secret. Personne ne doit savoir que tu existes.

Puis il remarque ma main. Ils ont dû oublier mes gants au restaurant.

Il serre les dents.

— Je suis désolé.

Je me mets debout, pris de vertiges. Je suis sincère.

— Comment te sens-tu ? me demande Barron.

— Vaseux.

Mais ce n'est pas le trajet en voiture qui me donne envie de gerber. Je tremble, et je sais que rien ne pourrait y remédier.

— Si j'ai dû descendre ces types, c'est à cause de toi ! m'accuse Anton. Tu as leur sang sur tes mains. Moi, je veux seulement que tout redevienne comme à l'époque où être un faucheur avait un sens. Quand nos dons suscitaient de l'envie et non du dégoût. Quand nous avions les politiciens et les flics dans notre poche. Nous étions les rois de cette ville, et nous le redeviendrons. On nous qualifiait de manipulateurs, de gens habiles, d'*experts*. Quand je serai le patron, je ferai le nécessaire pour rétablir notre réputation et tous trembleront devant moi. Voilà un objectif valable.

Je décide de riposter :

— Et comment comptes-tu l'atteindre ? Tu crois que le gouvernement va revenir sur ses positions, parce que tu te seras hissé par le meurtre à la tête d'une famille du crime ? Tu t'imagines que Zacharov aurait pu devenir le maître du monde mais qu'il a dit « Non merci, ça ne m'intéresse pas ? ».

Anton me balance un direct à la mâchoire, et ma tête explose. Je recule en titubant et me maintiens debout par miracle.

Philip le repousse aussitôt.

— Eh ! Cassel a seulement une grande gueule.

Je repars vers Anton. Barron me retient par le bras.

— Ne fais pas le con, me dit-il en rabaissant mes manches sur mes mains.

— Tiens-le, lui ordonne Anton avant de me regarder. J'en ai pas terminé avec toi, petit.

La prise de Barron s'affermit.

— Qu'est-ce que tu fiches, Anton ? demande Philip sur un ton se voulant conciliant. Nous n'avons pas de temps à perdre en enfantillages, sans oublier les risques d'ecchymoses. Réfléchis !

Anton secoue la tête.

— Ne t'en mêle pas, gronde-t-il. Je ne devrais pas avoir à te rappeler qui est le patron, ici.

Philip nous regarde à tour de rôle, comme pour mettre dans la balance la rage d'Anton et ma stupidité.

— Eh !

Je tente de me dégager de la prise de Barron, mais je suis bien moins fort que lui. Ce qui ne m'empêche pas de m'exprimer.

— Qu'est-ce que tu vas me faire, Anton ? Me tuer à mon tour ? Comme ces hommes ? Comme Lila ? Qu'avait-elle fait ? Elle s'est rebellée, c'est ça ? Elle t'a insulté ? Elle a refusé de ramper devant toi ?

Parfois, je me comporte comme le roi des imbéciles, et j'ai sans doute bien cherché ce qui m'arrive. Le poing d'Anton atteint ma pommette et un éclair de blancheur m'éblouit. L'impact ébranle les racines de mes dents.

— Ferme-la ! gueule-t-il.

Ma bouche a le goût cuivré des vieilles pièces de monnaie. Mes joues et ma langue ont la consistance d'un steak haché cru. Je crache du sang.

— Ça suffit, lance Philip. Ça suffit comme ça !

— C'est à moi d'en décider, rétorque Anton.

— D'accord, excuse-moi. J'ai compris la leçon. Inutile de me taper dessus. Mes paroles ont dépassé ma pensée.

Je lève les yeux vers Philip qui allume une cigarette et se détourne pour souffler la fumée pendant qu'Anton me balance un crochet à l'estomac.

Je tente de l'esquiver, mais je suis trop mal en point et mon autre frère m'immobilise toujours. La souffrance est telle que je m'affaisse. Je remercie mentalement Barron lorsqu'il me lâche enfin, ce qui me permet de glisser jusqu'au sol où je me recroqueville en position fœtale. Je ne veux plus bouger. Je voudrais pouvoir rester ainsi aussi longtemps que possible.

— Balance-lui un coup de pied, ordonne Anton d'une voix tremblante. Prouve-moi ta loyauté ou je renonce à toute l'opération.

Je fais un effort pour m'asseoir et tenter de me redresser. Tous baissent les yeux sur moi, comme si j'étais une merde collée sous leur semelle. Le mot « pitié » se fraie un chemin dans mon esprit, mais je me contente de dire :

— Pas dans la figure.

Barron me réexpédie au sol. Deux ou trois coups de pied supplémentaires me font perdre connaissance.

CHAPITRE TREIZE

Je m'interdis de bouger, car le simple fait de respirer me déchire les côtes. Les ecchymoses sont plus douloureuses au matin que la nuit précédente. Allongé sur le lit de ma chambre, j'explore mes souvenirs pour y chercher des trous. Un exercice qui me rappelle l'enfance, quand je sondais mes gencives avec ma langue après avoir perdu une dent. Mais la scène de la nuit dernière est toujours très nette dans mon esprit : mes frères qui me surplombent, Barron qui s'acharne sur moi. Je n'ai pas non plus oublié la métamorphose du pistolet qui s'est lové autour du poignet de l'homme. La seule chose qui manque, c'est comment je suis revenu dans mon lit. Ce que j'attribue à ma perte de connaissance.

— Oh, Seigneur !

Je passe la main sur mon visage puis je l'examine, pour m'assurer qu'elle n'a pas changé, qu'elle a toujours ses contours habituels.

Je palpe ensuite mon mollet et les amulettes. Je découvre sous mes doigts le renflement d'une pierre restée intacte et les fragments d'une autre qui a volé en éclats. Mon épiderme tressaute, embrasé par la souffrance. Je n'ai pas rêvé. Un de mes charmes s'est brisé en absorbant le sort que Barron a utilisé contre moi.

Barron.

C'est lui, le faucheur de souvenirs. C'est lui qui a altéré le contenu de nos esprits.

Mon ventre se contracte et je bascule lentement sur le flanc, en redoutant de rendre et de m'étouffer dans mon vomi. Pris de vertiges, je vois la chatte blanche assise sur une pile de linge, les yeux réduits à deux fentes.

— Qu'est-ce que tu fiches ici ?

J'ai murmuré ces mots d'une voix pouvant laisser supposer que des éclats de verre sont coincés en travers de ma gorge.

Elle se redresse, étire ses pattes pour pétrir le pull sur lequel elle était couchée. Ses griffes pénètrent dans les mailles comme des aiguilles, et elle fait le gros dos.

— Tu les as vus lorsqu'ils m'ont ramené ?

Sa langue rose lèche sa truffe.

— Arrête de te foutre de moi !

Elle se ramasse sur elle-même puis bondit. Je sursaute et gémis.

— Je sais ce que tu es. Je sais de quoi je me suis rendu coupable.

Toi seul peux m'en délivrer. Logique.

Son poil est doux sur mon bras et je tends la main vers elle. Elle me laisse caresser son dos. Mais j'ai menti. J'ignore ce qu'elle est. Je crois savoir *qui* elle a été, mais pas ce qu'elle est devenue.

— Je ne connais pas la méthode à employer pour te rendre ton corps. Je sais que je t'ai métamorphosée, mais pas comment j'ai procédé.

Elle se raidit. Je me tourne pour enfouir mon visage dans sa fourrure. Je sens les coussinets râpeux de ses pattes. Ses petites griffes sont acérées sur ma peau.

— Je n'ai pas de piège à rêves, rien pour te contrer. Tu interviens dans mes songes, c'est ça ? Tu m'as fait sortir sous l'orage et sur ce toit. Tu as conservé tous tes pouvoirs.

Son ronronnement évoque un grondement de tonnerre dans le lointain.

Je ferme les yeux.

Quand je me réveille, je souffre toujours autant au milieu d'une flaque de sang dans laquelle je dérape en tentant de me lever. Philip, Barron, Anton et Lila se penchent au-dessus de moi.

— Il ne se souvient de rien, déclare Lila.

Lorsqu'elle sourit, ses canines montrent leurs pointes. Très belle et terrifiante, elle paraît avoir bien plus de quatorze ans. Je me fais tout petit devant elle.

Elle rit.

— Qui a été blessé ?

— Moi, répond-elle. Tu as oublié ? Je suis morte.

Je me mets à genoux et me retrouve sur la scène du centre d'art dramatique de Wallingford. Seul. Les lourds rideaux bleus sont fermés devant moi et j'entends les bourdonnements de la foule massée au-delà. Quand je baisse les yeux, le sang a été remplacé par une trappe béante. Je me relève tant bien que mal, glisse et manque tomber au niveau inférieur.

— Il faut que tu te maquilles, me déclare quelqu'un.

Je tourne la tête et constate qu'il s'agit de Daneca. Elle est bardée d'une armure scintillante et vient vers moi en brandissant une houppette avec laquelle elle me tapote le visage. Un nuage de poudre de riz s'élève autour de moi.

— Je rêve, dis-je à voix haute, ce qui a des effets moins positifs que je ne l'aurais cru.

Je rouvre les yeux et ne suis plus sur la scène de Wallingford mais dans l'allée d'un vieux théâtre majestueux. Les parois lambrissées sont recouvertes de poussière, au sol, un tapis écarlate. Les lustres ruissellent de pendeloques et le plafond est décoré de fresques dorées. Sur les alignements de sièges disposés en gradins en face de la scène, des chats élégamment vêtus s'éventent avec des programmes en échangeant des miaulements discrets. Je regarde de tous côtés et quelques félins se tournent vers moi. Leurs yeux renvoient la lumière des lustres.

En trébuchant, je suis une rangée de sièges inoccupés et m'assieds à l'instant où s'ouvre le rideau cramoisi.

Lila s'avance sur la scène. Elle porte une longue robe blanche victorienne aux nombreux boutons de nacre. Elle est suivie par Anton, puis viennent Philip et Barron. Chacun porte une tenue d'un siècle différent : Anton a un *costume* violet des années quarante et un chapeau à plumes démesuré, Philip est vêtu comme un seigneur de l'époque élizabéthaine avec fraise et pourpoint, et Barron s'est affublé d'une longue robe noire. Je me demande s'il est censé appartenir au clergé ou à la magistrature.

— Saperlipopette ! s'exclame Lila en levant le revers de son poignet à son front. Je suis une jouvencelle qui aime fort se distraire !

Barron s'incline bien bas.

— Il se trouve que je sais me montrer distrayant.

— Et il se trouve que Philip et moi éliminons des gêneurs dans un but lucratif, intervient Anton en aparté. Je ne puis me permettre que son père l'apprenne. J'ai la ferme intention de prendre à brève échéance la tête de ses affaires.

— Hélas, malheur et affliction ! déclame Lila.

Barron sourit et se frotte les mains.

— Il se trouve que je suis également cupide.

Philip regarde dans ma direction, comme si j'étais le personnage auquel il s'adresse.

— Anton représente pour nous l'opportunité rêvée de nous élever en société. Je pense par ailleurs avoir engrossé ma petite amie, et si j'agis ainsi, c'est dans notre intérêt commun, le comprends-tu ?

Faute d'en être capable, je secoue la tête.

Lila geint et rapetisse. Elle n'est pas plus grosse qu'une souris, quand la chatte blanche bondit d'un des balcons. Sa robe se déchire sur les éclats de bois de la scène, et je ne vois plus que son corps velu lorsqu'elle happe Lila et la décapite d'un coup de dents. Le sang gicle d'un bout à l'autre du décor.

— Lila ! dis-je. Arrête. Arrête ces petits jeux.

La chatte déglutit le reste de la pseudo-souris puis me regarde. Les projecteurs pivotent vers moi, et je cille. Je me lève. Le félin approche d'un pas majestueux. Ses yeux – ses yeux bleu et vert – sont en tous points identiques à ceux de Lila. En trébuchant, je bats en retraite à reculons dans l'allée.

— Tu dois me trancher la tête, me déclare-t-elle.

— Non !

— M'aimes-tu ?

Ses crocs sont des poignards d'ivoire.

— Je ne sais quoi répondre.

— Si tu m'aimes, tu dois me décapiter.

Je me retrouve je ne sais trop comment avec une épée dans les mains que je brandis. La chatte se transforme comme Lila, mais en sens inverse. Elle grandit, devient monstrueuse. Les applaudissements des spectateurs enthousiastes m'assourdissent.

Des élancements me parcourent les côtes, mais je puise dans ma volonté pour basculer mes jambes hors du lit. Je gagne la salle de bains, pisse puis mâchonne une poignée de cachets d'aspirine. En découvrant dans le miroir mes yeux injectés de sang et une multitude d'ecchymoses sur mes côtes, je pense à ce rêve, à la chatte qui me domine.

Tout cela est ridicule, mais je n'ai aucune envie d'en rire.

— C'est toi ? lance grand-père du bas de l'escalier.

— Ouais.

— Tu as fait la grasse matinée, dis donc !

Puis je l'entends grommeler, sans doute des commentaires sur ma paresse.

— Je suis plutôt vaseux. Je crains de ne pas pouvoir t'aider pour le ménage, aujourd'hui.

— Je ne suis pas non plus au mieux de ma forme. La nuit dernière a été rude, hein ? J'ai tellement bu que j'ai presque tout oublié.

Je descends les marches en me tenant inconsciemment les côtes. Je trébuche. Rien ne me paraît normal. La peau qui me recouvre ne semble pas m'appartenir. Je suis l'Humpty Dumpty d'Alice. Ni les sujets du roi ni ses chevaux n'ont réussi à recoller mes morceaux.

— Est-ce qu'il s'est passé un truc dont tu aimerais me parler ? lance grand-père.

Je pense à ses yeux qui cillaient dans le noir, la nuit dernière. Je me demande ce qu'il a entendu. Ce qu'il suspecte.

— Non, rien.

Je me sers une tasse de café sans sucre. La chaleur qui se répand dans mon ventre est bien la première chose qui améliore mon état depuis longtemps.

Grand-père incline la tête vers moi.

— T'as une mine de déterré.

— Je t'ai dit que je ne me sens pas bien.

Le téléphone sonne dans l'autre pièce, un son suraigu qui ébranle mes nerfs.

— Tu dis tant de choses, rétorque grand-père avant d'aller répondre.

Je vois la chatte dans l'escalier, d'une blancheur spectrale dans un rayon de soleil. Son image se brouille. Si mes frères étaient mal à l'aise en ma présence, ce n'était pas pour les raisons que je croyais. Ils ne me laissaient pas à l'écart parce que j'étais un assassin ou un étranger à leur milieu, mais parce que je jouais un rôle plus important que le leur dans leurs machinations. Pendant un moment, je voudrais hurler et casser tout ce qui m'entoure. Je brûle du désir d'utiliser mes pouvoirs récemment découverts pour tout transmuer.

Le plomb en or.

La chair en pierre.

Les bâtons en serpents.

Je lève la tasse et pense à la gueule du pistolet qui fond et se déforme dans ma main, mais j'ai beau me concentrer, le récipient reste un récipient. Je peux toujours lire le slogan publicitaire : « Transports Amherst, on roule pour vous » sur un fond marron.

— Qu'est-ce que tu fabriques ? me demande grand-père.

Je sursaute et renverse du café sur ma chemise. Il me tend le téléphone.

— C'est pour toi. Philip. Il dit que tu as oublié quelque chose.

Je secoue la tête.

— Prends-le, gronde grand-père.

Il semble exaspéré et je ne trouve aucune excuse pour me défiler.

— Oui ?

— Qu'est-ce que tu lui as fait ?

Sa voix est faussée par de la colère… et autre chose. De la panique ?

— À qui ?

— Maura. Elle est partie en emmenant mon fils. Il faut que tu me dises où elle est allée.

— Moi ?

La nuit dernière, il a laissé Barron me balancer des coups de pied dans le ventre jusqu'au moment où j'ai perdu connaissance, et voilà qu'il ose m'accuser d'avoir aidé sa femme à le plaquer ? La colère brouille mon champ de vision et je serre le combiné avec tant de force que je crains de le broyer.

Il devrait me présenter des excuses. Il devrait implorer mon pardon.

— Je sais que vous vous êtes parlé. Qu'est-ce que tu lui as raconté ? Que lui as-tu fait ?

— Désolé... dis-je, ivre de fureur. *J'ai tout oublié.*

Je raccroche en ressentant une si vive satisfaction qu'un moment m'est nécessaire pour prendre conscience de mon incommensurable stupidité.

Puis il me vient à l'esprit que je ne suis plus le frère cadet à l'origine de tant de déceptions, mais un faucheur qui pratique la plus puissante et la plus rare des magies.

Non, je ne fuirai pas cette ville avec Lila. Non, je ne partirai pas.

Et tous devront me redouter.

Une heure plus tard, grand-père décide d'aller faire des courses. Il me demande si je veux quelque chose. Je réponds que je n'ai besoin de rien et il me dit de fourrer quelques vêtements dans un sac en attendant son retour.

— Pourquoi ?

— Je compte faire un saut à Carney, me répond-il.

Je hoche la tête, me tiens les côtes et le regarde s'éloigner.

Lila me considère depuis le monticule de papiers, vêtements et assiettes trônant sur la table de la salle à manger. Elle mange quelque chose. Je me rapproche et constate qu'il s'agit d'un bout de bacon, dont la graisse a imbibé un foulard.

— Grand-père t'a donné ça ?

Assise sur son arrière-train, elle se lèche les babines.

Mon portable sonne. *Daneca.*

— Tu lui as faussé compagnie, dis-je à Lila. Es-tu vraiment revenue jusqu'ici toute seule ?

Lila bâille en exhibant ses crocs.

Je sais que je dois procéder à sa transformation avant le retour de grand-père, avant que mes côtes me torturent de nouveau et m'empêchent de me concentrer.

Si seulement je savais comment m'y prendre !

Ses yeux brillent alors que je me dirige vers elle.

J'ai été ensorcelée. Un sortilège que toi seul peux défaire.

Je tends la main et la caresse. Ses os sont légers, fragiles, comme ceux d'un oiseau. Je pense au moment où le canon de l'arme s'est couvert d'écailles et j'essaie de reconstituer ce qui a déclenché la transmutation.

Rien.

Je me représente Lila, la chatte qui s'allonge, devient une jeune fille. Je prends alors conscience d'ignorer à quoi elle devrait désormais ressembler. Je chasse cette idée et tente de réaliser une synthèse entre la fille que j'ai connue et celle de mes songes. À l'impossible nul n'est tenu, et j'imagine qu'elle se transforme… jusqu'au moment où j'en tremble. Mais c'est toujours une chatte qui se trouve devant moi.

Un félin qui gronde dans les profondeurs de sa gorge.

Je tire une des chaises de la salle à manger et m'y installe à califourchon, pour caler mon front au sommet du dossier.

Quand j'ai transmué l'arme à feu, je n'y ai pas accordé la moindre pensée. Mon instinct a pris le dessus. C'était l'équivalent d'un réflexe conditionné, comme si je mettais à contribution une partie de mon cerveau à laquelle je n'avais accès qu'en cas d'urgence.

Bien que je me sois fréquemment mis en colère, il ne m'est jamais arrivé de métamorphoser qui que ce soit en quoi que ce soit. Les émotions n'entrent donc pas en ligne de compte.

Je pense à la fourmi que je n'ai pas transformée en brindille, à en croire Barron. Je ne me souviens pas de ce qui m'a alors traversé l'esprit.

Je regarde autour de moi. L'épée se trouve là où je l'ai laissée, appuyée contre une étagère pleine de livres. Je la prends, la soupèse et remarque la rouille sur la lame en ayant l'impression d'être sorti de mon corps. Cette arme est lourde. Il ne s'agit pas d'un fleuret d'escrime comme ceux que nous utilisons à l'école.

Si tu m'aimes, tu dois me décapiter.

— Lila, je ne sais pas comment te rendre ton corps.

Elle s'avance jusqu'au bord de la table puis saute sur le sol. C'est surréaliste. Tout est surréaliste, d'ailleurs. Rien de ce que je vois ne peut être réel.

— J'ai pensé à une situation qui devrait m'obliger à utiliser mon don. Un acte de folie... pour me contraindre à employer cette magie.

C'est complètement débile. Il faut m'empêcher de faire une chose pareille. *Elle* doit intervenir.

Mais elle frotte ses bajoues contre la lame, les yeux clos. Puis c'est la totalité de son corps qu'elle déplace en avant et en arrière. En avant et en arrière.

— Tu crois vraiment que ça tient la route ?

Elle acquiesce d'un miaulement, remonte sur la table d'un bond et s'y assied pour attendre la suite.

Je me penche et la caresse.

— Je vais abattre cette épée vers ton cou, d'accord ?

Arrête-moi !

— Ne bouge pas.

Elle me regarde en restant immobile, à l'exception de sa queue qui oscille.

Je lève l'épée puis l'abats vers elle en y mettant toutes mes forces.

Oh, Seigneur, je vais la tuer une fois de plus !

Puis tout se fluidifie et je sais que je peux transformer l'épée que je tiens en corde enroulée, en rideau de pluie, en nuage de poussière. La chatte cesse d'être un assemblage de poils et d'os fragiles. Je discerne le sortilège que j'ai grossièrement tissé pour dissimuler celle qu'elle était. Une simple traction mentale sur un fil suffit pour le défaire.

C'est désormais vers la silhouette accroupie d'une fille nue que j'abats ma lame. Je retiens mon coup et perds l'équilibre.

Je tombe et l'épée qui m'échappe des doigts va percuter avec fracas un coffre vénitien aux couleurs passées, de l'autre côté de la salle à manger.

Lila est une masse de cheveux frisés couleur paille, la peau halée par le soleil. Elle tente en vain de se lever. Peut-être a-t-elle oublié comment procéder.

Cette fois, quand je subis le rétrochoc, tout mon corps se déchire.

— Cassel, murmure-t-elle.

Elle est penchée sur moi et porte une chemise bien trop ample pour elle. Je n'ai qu'à tourner la tête pour voir la quasi-totalité de ses jambes nues.

— Cassel, quelqu'un vient ! Réveille-toi !

J'ai une fois de plus les côtes en bouillie. Je ne sais pas si je dois me réjouir ou pleurer. Je veux seulement m'endormir, car je sais qu'à mon réveil je serai à Wallingford où Sam s'aspergera de litres d'eau de toilette et où tout redeviendra normal.

Mais elle me gifle, sans ménagement.

J'inspire à fond et rouvre les yeux. Ma joue me picote. Je vois la poignée de l'épée, ainsi que les débris d'un vase qui a volé en éclats en tombant du coffre. Le sol est jonché de livres et de feuilles de papier.

— Quelqu'un vient, insiste-t-elle.

Sa voix, grinçante et rauque, ne correspond pas aux souvenirs que j'en garde.

— Mon grand-père, lui dis-je. Il revient des courses.

— Ils sont deux.

Je trouve les traits de Lila à la fois familiers et étranges. En la regardant, j'ai des crampes d'estomac. Je tends la main vers elle. Elle a un mouvement de recul.

Qu'elle craigne que je la touche est logique, compte tenu de ce que je lui ai fait subir.

— Grouille !

Je me mets debout tant bien que mal.

— Oh !

Je viens de me rappeler la stupidité des propos que j'ai tenus à Philip. Avoir cru pouvoir me moquer ainsi de lui me sidère.

— Le placard ! dis-je.

La penderie déborde de manteaux de fourrure et de laine mités. Nous repoussons du pied les cartons posés sur le sol et nous tassons dans le réduit. Le seul moyen d'y tenir sans nous appuyer à la porte consiste à nous glisser sous la tringle et les cintres. Mon bras heurte la barre et Lila pénètre derrière moi dans l'espace exigu, avant de nous y enfermer. Comprimée contre mes côtes endolories, elle prend de brèves inspirations rapides. Son haleine a une odeur d'herbe, à laquelle s'ajoute une senteur plus forte et mystérieuse. Un souffle chaud qui caresse ma gorge.

Je ne peux voir Lila, seulement les rais de lumière qui dessinent le pourtour de la porte. Le col d'un des manteaux de vison de ma mère chatouille mon menton et j'y relève de légères traces de parfum.

J'entends la porte d'entrée s'ouvrir.

— Cassel ? Grand-père ?

C'est Philip. J'ai un mouvement de recul instinctif. Il est presque imperceptible, mais il incite Lila à planter ses ongles dans mes biceps.

— Chuuut ! Ne dis rien.

Par réflexe, je referme mes mains sur ses épaules. Dans le noir, elle n'est plus qu'un fantôme. Elle n'a rien de réel. Je la sens trembler légèrement sous mes doigts dénudés comme les siens. Une situation choquante.

Elle se penche vers moi.

Puis sa bouche effleure la mienne. Ses lèvres s'entrouvrent, douces et souples. Je constate qu'elle a le goût de mes pensées les plus intimes. C'est le baiser que j'ai imaginé à quatorze ans, puis très souvent par la suite, même quand je savais qu'il était ridicule d'entretenir la moindre illusion… C'est le baiser que j'ai tant attendu sans jamais l'obtenir, et à présent que mon souhait se réalise enfin, je ne puis l'interrompre. Mes épaules sont comprimées contre le mur. Pour me stabiliser, je tends une main que je referme avec tant de force sur un manteau de laine que je sens le vêtement élimé se déchirer.

Lila mordille ma langue.

— Il n'est pas ici, déclare Barron. Et je ne vois pas la voiture.

Lila détourne la tête, et ses cheveux chatouillent mon visage.

— Qu'a-t-il pu raconter à grand-père ? demande Philip.

— Rien du tout. Tu paniques pour rien.

— Tu n'as pas entendu ce qu'il m'a dit au téléphone. Il s'est souvenu de… je ne sais quoi. Mais il est incontestable qu'il se sait victime d'un faucheur de souvenirs.

Quelque chose craque sous leurs semelles. Compte tenu du grand nombre d'objets qui jonchent le sol, il peut s'agir de n'importe quoi.

— Il est malin, mais tu es parano.

Le souffle de Lila réchauffe mon cou.

Les craquements des marches de l'escalier m'informent qu'ils montent me chercher à l'étage.

Nous sommes si proches qu'il serait impossible d'éviter le moindre contact, et je sais par ailleurs qu'elle a dû me toucher pour m'imposer ces rêves.

— Cette nuit-là, à Wallingford… es-tu venue dans ma chambre ?

— Ce n'était pas la première fois. Ils ont souvent eu besoin de moi pour te joindre, pour t'inciter à aller jusqu'à eux en dormant.

Je me représente une silhouette blanche sur les marches, le chien du concierge qui va pour aboyer avant qu'elle ne l'expédie lui aussi dans les bras de Morphée.

— Pourquoi m'as-tu embrassé ?

— Pour que tu te taises ! Qu'est-ce que tu crois ?

Nous restons silencieux. Au-dessus de nous, les gémissements des lames du parquet m'indiquent que mes frères se déplacent. Je ne peux déterminer s'ils se trouvent dans leurs anciennes chambres ou s'ils sont dans la mienne passant mes affaires au crible, comme je l'ai fait chez Barron.

— Merci beaucoup, dis-je finalement, sarcastique.

Mon cœur a tout d'une crécelle.

— Tu ne te souviens vraiment de rien ? Je m'en doutais. Barron m'a dit que tu avais ri quand il t'a appris que j'étais dans une cage. J'espère que c'est faux.

— Absolument. Ils ne m'ont jamais dit que tu étais toujours en vie.

Son rire est bizarre, proche d'un gargouillis.

— Comment croyais-tu que j'étais morte ?

Je pense à la cage et à ses trois années de captivité. De quoi la rendre folle. Plus encore que n'importe qui. Moi, par exemple.

— J'étais certain de t'avoir poignardée.

Ma voix se brise, même si je sais désormais que ce souvenir est fictif.

Elle ne dit mot. Les seuls sons audibles sont les martèlements de mon cœur.

— *J'en garde le souvenir.* Le sang. Mes pieds qui glissent dans la flaque, et la joie qui m'envahit comme si j'étais libéré d'un grand poids. Baisser les yeux sur ton cadavre et ressentir cela... ça me paraît toujours aussi réel. Comme une chose impossible à inventer parce qu'elle est trop épouvantable. Et ma réaction... j'ai cru devenir dingue. L'idée qu'un tel acte ait pu me procurer de la joie est bien pire encore.

Je me félicite que nous soyons dans le noir. Je ne pourrais pas dire de telles choses, si je la voyais.

— Ils avaient décidé de m'éliminer, précise Lila. Nous étions dans le sous-sol de la maison de ton grand-père, Barron et moi, quand ton frère m'a immobilisé les bras. J'ai cru qu'il voulait plaisanter, que c'était un jeu, quand vous êtes descendus nous rejoindre. Philip te parlait et tu secouais la tête.

Je voudrais rétorquer que c'est faux, que la scène qu'elle décrit n'a jamais eu lieu, mais rien ne m'y autorise.

— J'implorais Barron de me lâcher, mais il ne me regardait même pas. Philip a sorti un couteau, et c'est apparemment ce qui t'a incité à changer d'avis. Tu t'es précipité vers moi et tu as baissé les yeux, mais c'était comme si tu ne me voyais pas... comme si tu ne savais plus qui j'étais. Barron s'est redressé et je me suis sentie soulagée, avant que tu saisisses mes poignets pour les plaquer sur le sol... encore plus brutalement que lui.

Je ravale ma salive et ferme les yeux, tant je redoute ce qui va suivre.

Des pas dans l'escalier la réduisent au silence.

— Dis-le-moi.

J'ai chuchoté ces mots, mais ils sont plus sonores que je ne l'aurais souhaité. Pas assez, cependant, pour attirer l'attention de mes frères.

— Raconte-moi le reste.

Elle couvre ma bouche avec sa main nue.

— Silence !

Elle a dit cela en un murmure, mais l'ordre est impérieux.

Si je résiste, mes frères m'entendront.

— Tu ne dois pas en parler à Anton, déclare Philip.

Il est si proche que Lila sursaute. Je tente de glisser ma main vers le haut de son bras afin de la rassurer, mais mon initiative semble avoir l'effet inverse.

— Que voudrais-tu que je lui dise ? Que Cassel risque de craquer ? Je ne tiens pas à ce que tout tombe à l'eau.

— Je ne veux surtout pas que ça dégénère. D'autant qu'Anton est de plus en plus instable.

— On s'occupera de lui en temps voulu. Cassel n'est pas en danger. Tu le maternes trop.

— J'estime seulement que ce que nous faisons est risqué et que le mettre au parfum serait la moindre des choses. Je crains surtout que tu oublies d'effacer certains éléments de son esprit.

— Tu veux savoir ce que j'en pense ? Le seul problème, c'est ta bonne femme. Je t'ai dit cent fois de la larguer.

— Ferme-la !

Je perçois la colère qui couve sous le calme apparent de Philip.

— Comme tu voudras, mais je les ai vus ensemble après dîner, l'autre soir. Et tout indique qu'elle a compris suffisamment de choses pour décider de se tirer.

— Mais Cassel...

— Il n'y a pas de Cassel qui tienne. Elle lui a fait part de ses soupçons, et il est allé à la pêche pour tenter de déterminer si c'était vrai, voir ta réaction. Il ne sait toujours rien, et il n'apprendra pas grand-chose sauf si tu paniques. C'est aussi simple que cela. Affaire classée. Maintenant, on repart.

— Et pour Lila ?

— On la retrouvera. C'est une chatte. Que veux-tu qu'elle fasse ?

J'entends la porte d'entrée claquer. Nous attendons une dizaine de minutes puis nous nous baissons pour passer sous la tringle et rouvrir la porte du placard. Tout est en désordre, mais pas plus qu'auparavant.

Lila sort derrière moi et grimace lorsque je la regarde. Elle se tourne vers la salle de bains.

Je la retiens par le poignet.

— Pourquoi fais-tu ça ? Dis-le-moi. Comment as-tu échappé à Barron ? Pourquoi m'as-tu attiré sur le toit de Smythe Hall en m'imposant ce rêve bizarre ?

— J'avais décidé de te tuer.

Son sourire s'élargit. Je lâche sa main, comme si elle était soudain brûlante.

— Quoi ?

— Je n'ai pas pu passer aux actes. Tu m'inspirais encore plus de haine que tes frères, mais t'inciter à sauter de ce toit était au-dessus de mes forces. C'est plutôt sympa, non ?

J'ai l'impression qu'elle vient d'expulser tout l'air de mes poumons.

— Non, pas vraiment.

La porte de la cuisine s'ouvre en craquant et Lila se plaque contre le mur en m'adressant un regard d'avertissement. Il est évident que nous n'aurons pas le temps de regagner notre refuge, alors je m'avance pour tenter de protéger Lila.

Sur le seuil, Philip me sourit.

— Je savais que tu étais là.

— Je viens d'arriver, dis-je en sachant qu'il n'est pas dupe.

Il avance d'un pas tandis que je recule. A-t-il l'intention de me tuer ? Je lève mes mains. Elles sont toujours dénudées, mais il ne semble même pas le remarquer.

— Il faut absolument que tu lui transmettes un message, déclare Philip.

Pendant un moment, je me demande de qui il parle.

— Dis à Maura que j'ai été faible. Dis-lui que je regrette et que je ne sais pas comment redresser la situation.

— Je t'ai dit que j'ignore où elle est.

— Comme tu voudras. On se revoit mercredi soir. Cassel, tu dois être en rogne et avoir des tas de questions à poser, mais sache que ce que nous avons entrepris en vaut la peine. Fais-nous confiance et tu auras bientôt tout ce que tu peux désirer.

Il ressort et descend la colline vers la voiture qui tourne au ralenti. Lila entre dans la pièce et place la main sur mon épaule, que je déplace pour me dégager.

— Nous devons partir d'ici, déclare-t-elle. Tu as besoin de repos.

Elle sort une veste et des gants du placard.

CHAPITRE QUATORZE

Le soleil de fin d'après-midi se déverse par la fenêtre et je me réveille avec la tête calée contre des boucles blondes et une peau tiède. J'en suis si surpris que je me demande qui est la fille couchée près de moi, et pourquoi elle est si peu vêtue.

Sam referme la porte de la chambre.

— Eh, vieux ! me murmure-t-il.

Lila esquisse un geste de protestation avant de se tourner vers le mur, et je sens son corps frotter le mien, son T-shirt se plisser. Elle écrase l'oreiller sur sa tête.

Je me rappelle vaguement m'être rendu jusqu'à la supérette la plus proche pour demander un taxi puis l'avoir attendu assis sur le trottoir, avec Lila blottie contre moi. J'estimais que ma chambre de Wallingford resterait inoccupée pendant deux heures. Nul autre refuge ne m'était venu à l'esprit.

— Ne t'inquiète pas, ajoute Sam. Valerio ne rôde pas dans les parages. Mais mets une chaussette sur la porte la prochaine fois.

— Une chaussette ?

— D'après mon frère, c'est un signal universel… le meilleur moyen d'inviter son colocataire à modifier ses projets pour la soirée et éviter de le voir entrer sans crier gare.

— Oh, ouais ! (Je bâille.) Désolé. Une chaussette. J'essaierai de m'en souvenir.

— C'est qui ? murmure-t-il en désignant Lila du menton. Je peux savoir si elle est inscrite dans cette école ou si tu as perdu tout sens commun ?

Lila se retourne et lui adresse un sourire ensommeillé.

— Votre uniforme est pas trop mal, déclare-t-elle de sa voix rauque.

Sam rougit.

— Je m'appelle Lila, et tu as bien raison, Cassel est complètement cinglé. Mais tu dois le savoir depuis longtemps. Il avait déjà un grain quand je l'ai rencontré, et ça n'a fait qu'empirer depuis.

Sa main gantée ébouriffe ma chevelure, et je grimace.

— C'est une vieille amie. Une amie de ma famille.

— Les autres reviennent, déclare Sam en haussant un sourcil. Vous auriez intérêt à changer d'air.

Lila se redresse sur un coude.

— Tu te sens mieux ?

Être à moitié nue avec une jambe collée contre moi ne semble pas la gêner. Peut-être s'est-elle accoutumée à la nudité lorsqu'elle était un félin, mais ce n'est pas mon cas.

— Ouais.

Si mes côtes sont encore endolories, la souffrance paraît moins vive.

Lila bâille, s'étire et se penche sur le côté. J'entends ses vertèbres craquer.

C'est comme si le monde entier avait été chamboulé. Aucune de ses règles n'est encore en vigueur.

— Eh ! Tu sais un truc ? dis-je à Sam en songeant que, si le monde a sombré dans la folie, rien ne m'interdit de céder à tous mes caprices. Je suis un faucheur.

Il me dévisage, bouche bée. Lila s'est levée d'un bond.

— Tu ne dois pas le lui dire ! me reproche-t-elle.

— Pourquoi ? (Je me tourne vers Sam.) Je n'en avais pas la moindre idée jusqu'à hier. C'est dingue, non ?

— Quel genre de faucheur ?

— Si tu le lui dis, je devrai vous tuer tous les deux, m'avertit Lila.

— Je retire ma question, s'empresse de déclarer Sam avant de lever les mains en signe d'apaisement.

Il me reste des vêtements dans les tiroirs et le placard. Je me munis de tout ce dont j'ai besoin avant de me diriger vers la bibliothèque pour faire une nouvelle ponction dans le fonds de roulement de mon agence de paris.

Nous allons ensuite dans la boutique où les élèves de Wallingford vont piquer des chewing-gums. Lila prend une bouteille de shampooing, du savon, une maxi-tasse de café et trois barres chocolatées. Des achats que je tiens absolument à régler.

Le propriétaire, M. Gazonas, me sourit avant de déclarer à Lila :

— C'est un brave garçon. Bien élevé et honnête. Ce n'est pas un voleur comme les autres. Ne laissez pas filer cet oiseau rare.

J'en ris, puis m'adosse au mur sitôt à l'extérieur.

— Tu veux joindre ta mère ?

Elle secoue la tête.

— Avec tous les colporteurs de ragots qui infestent Carney ? Certainement pas. Seul mon père doit être informé de mon retour.

— Alors, on va le contacter.

— Prendre une douche est plus urgent, déclare-t-elle en enroulant les poignées du sac en plastique autour de son poignet.

Elle a retroussé le bas des jambes d'un pantalon que je lui ai prêté, ce qui lui donne des airs de SDF avec la chemise trop ample et les chaussures dénichées au fond de mon placard.

Je compose l'indicatif de la compagnie de taxi.

— Nous n'avons nulle part où nous débarbouiller, dis-je.

— Les hôtels, c'est pas pour les chiens.

Il y en a un non loin de là, un établissement spartiate mais propre, où des parents en visite s'installent à l'occasion, mais je l'élimine aussitôt.

— Ils ne nous loueront jamais une chambre, crois-moi. Ils sont nombreux, les élèves qui ont essayé.

Elle répond par un haussement d'épaules, et je raccroche au nez de la standardiste.

— D'accord.

Il m'est revenu à l'esprit que les portes sont ouvertes lorsqu'ils font le ménage. Nous n'obtiendrons jamais une chambre, mais si la chance veut nous sourire nous pourrons en squatter une le temps de faire un brin de toilette.

Nous repartons sur le parking quand je vois Audrey en compagnie de deux de ses amies : Stacey et Jenna. Jenna lui donne un coup de coude pendant que Stacey m'adresse un doigt d'honneur. Regarder ailleurs serait plus raisonnable, mais il est bien connu que je manque de sagesse. Audrey redresse la tête, les yeux cernés.

— Tu la connais ? me demande Lila.

— Ouais.

J'ai marmonné ce mot en virant vers l'hôtel.

— Plutôt mignonne.

— Ouais.

Je fourre mes mains dans mes poches.

Lila jette un coup d'œil par-dessus son épaule.

— Je parie qu'elle a pu se doucher, elle !

Ma mère m'a appris à ferrer un pigeon. Il faut commencer par gagner sa confiance, ce qui est toujours plus facile quand une tierce personne se charge de préparer le terrain. C'est pour cette raison que l'intervention d'un complice est requise pour bon nombre d'abus de confiance.

— Cassel m'a tout raconté à ton sujet, déclare Lila à Audrey.

Et son sourire la fait passer du statut de SDF à celui de fille quasi normale, malgré ses cheveux sales et emmêlés.

Audrey nous dévisage et semble se demander si c'est pour une caméra cachée.

— Qu'est-ce qu'il t'a dit ? demande Jenna avant de boire une gorgée de son Coke light.

Je décide d'intervenir et désigne Lila de la tête.

— Ma cousine arrive d'Inde. Ses parents vivaient dans un ashram. Je lui ai parlé de Wallingford.

Audrey a placé ses mains sur ses hanches.

— C'est ta cousine ?

Lila fronce les sourcils, avant d'arborer un large sourire.

— Oh ! Tu me trouves plutôt pâlotte, c'est ça ?

Stacey tressaille. Audrey me regarde pour déterminer si je me sens offensé. À Wallingford, la moindre allusion aux origines de qui que ce soit est politiquement incorrecte. Absolument. Les cheveux noir de jais sont censés être aussi transparents que les roux ou les blonds, les peaux olivâtres aussi jolies que celles marmoréennes et striées de bleu pâle.

— Non, non, ça ne pose aucun problème, ajoute Lila. Nous sommes cousins par alliance. Ma mère s'est remariée avec le frère de sa mère.

Alors que je n'ai aucun oncle du côté maternel.

Mais je ne cille pas.

Je ne souris même pas.

Je refuse d'admettre que faire prendre des vessies pour des lanternes à une fille dont je suis peut-être toujours amoureux dope mon rythme cardiaque.

— Audrey, dis-je en jouant un rôle que je connais par cœur. Est-ce que je pourrais te parler en privé une minute ?

— Cassel, intervient Lila. Il faut que je me coupe les cheveux et que je prenne une douche. Viens.

Elle sourit à Audrey et me prend par le bras.

— Ravie de t'avoir rencontrée.

Je ne quitte pas Audrey des yeux. J'attends qu'elle réagisse.

— Vous aurez le temps de vous dire des tas de trucs quand Cassel aura réintégré l'école, lance Jenna.

— Elle pourrait utiliser les douches de notre bâtiment, suggère alors Audrey.

Ce qui démontre que je suis un ignoble manipulateur.

— Pendant qu'on parle de tout ça ? Ce serait super.

— Bien sûr, confirme-t-elle sans me regarder.

Nous repartons vers Wallingford, et Lila me sourit.

— Comme sur des roulettes, articule-t-elle.

Je me suis assis avec Audrey sur les marches du centre d'expression artistique. Son cou est couvert de taches rouges, comme toujours lorsqu'elle est nerveuse. Elle ne cesse d'écarter ses cheveux roux de devant son visage pour les glisser derrière une oreille où ils resteront jusqu'au prochain souffle de vent.

— Je suis vraiment désolé pour ce qui s'est passé à cette soirée, lui dis-je.

Je voudrais caresser sa chevelure, la lisser, mais je m'en abstiens.

— Je suis une fille indépendante et j'assume mes choix.

Ses mains gantées tiraillent ses collants gris.

— Je voulais seulement te dire que…

— Je sais à quoi tu penses. J'avais bu et tu n'aurais pas dû en profiter pour me rouler une pelle… surtout devant mon petit ami. Ça manque d'élégance.

— Tu sors avec Greg ?

Je comprends enfin sa réaction.

Elle mordille sa lèvre inférieure et hausse les épaules.

— Et, pour couronner le tout, voilà que je le frappe au lieu de lui jeter un gant pour l'affronter en duel au petit matin ! (J'ai ajouté cela pour la dérider.) Tu dois être terriblement déçue. Je manque vraiment d'esprit chevaleresque.

Elle sourit, soulagée que je m'abstienne de l'interroger.

— Je ne te le fais pas dire.

— J'ai pourtant bien plus d'humour que Greg.

La conversation me semble facile, à présent que je me sais innocent du meurtre de la dernière fille dont j'ai été amoureux. Je n'avais pas eu conscience du poids qui pesait sur mes épaules avant de m'en débarrasser.

— Mais il m'aime bien plus que tu ne m'as jamais aimée.

— Il faudrait pour ça qu'il ait un cœur démesuré.

Je dis ces mots en plongeant mon regard dans ses yeux, et j'en suis récompensé par la rougeur qui envahit ses joues.

Elle m'assène un coup de poing au bras.

— Oh ! T'es pas croyable !

— Dois-je en déduire que j'ai encore une chance avec toi ?

Elle se penche en arrière et s'étire.

— Je ne sais pas trop. Vas-tu revenir à l'école ?

— J'y compte bien.

— Je pourrais t'oublier d'ici là.

Je souris.

— L'absence calme les médiocres passions et nourrit les grandes.

— Tu as bien appris ta leçon, dit-elle en semblant reporter son attention sur quelque chose derrière moi.

— Ai-je précisé que je suis également bien plus malin que Greg ?

Comme elle ne réagit pas, je me tourne pour voir ce qui a capté son attention.

Lila approche sur le campus vêtue d'une longue jupe et d'un pull qu'on lui a prêtés. Elle a tant coupé ses cheveux qu'ils sont à présent encore plus courts que les miens, un simple calot clair aux reflets argentés. Elle a gardé mes chaussures, et ses lèvres sont roses et brillantes. Un bref instant, j'en reste sans voix.

— Une sacrée métamorphose, commente Audrey.

Le sourire de Lila s'élargit, alors qu'elle vient me prendre par le bras.

— Encore merci pour m'avoir permis d'utiliser ta douche.

— Ravie d'avoir pu te rendre service, déclare Audrey.

Elle nous observe comme si elle trouvait soudain tout ceci pas très catholique. Peut-être est-ce simplement dû à cette nouvelle métamorphose de Lila, qui me lance :

— Nous avons un train à prendre, Cassel.

— Exact. Je te contacterai.

J'ai lancé ces mots à Audrey qui hoche la tête, dépassée par les événements.

Lila et moi nous dirigeons vers le trottoir, et je reconnais bien cette sensation. La tension qui se relâche enfin. Que les enjeux soient ou non importants, c'est la même chose.

En fait je n'ai rien en commun avec mon père, je suis exactement comme ma mère.

La gare est pratiquement déserte, sans les banlieusards des jours de semaine. Un mec de mon âge est assis sur un banc en bois peint et discute avec une fille aux yeux enflés et rougis. Une femme âgée traîne un chariot débordant de produits d'épicerie. Debout dans l'angle opposé, deux filles aux étroites coupes rose vif à l'Iroquois gloussent au-dessus d'une Gameboy.

— On devrait téléphoner à ton père. (Je sors mon portable de ma poche.) Pour nous assurer qu'il sera là à notre arrivée.

Lila contemple la vitrine d'un distributeur automatique avec une expression indéchiffrable. Son reflet oscille un peu, peut-être tremble-t-elle.

— Nous n'irons pas à New York. Nous devons faire en sorte qu'il me retrouve ailleurs.

— Pourquoi ?

— Parce que personne d'autre que lui ne doit être informé de ma réapparition. Nous ignorons qui est de mèche avec Anton.

— D'accord.

Sa paranoïa est justifiée après tout ce qu'elle vient de subir.

— J'ai entendu tout ce qu'ils se sont dit. Je connais leurs projets.

— D'accord, je répète.

— Promets-moi de ne pas lui dire ce qui m'est arrivé, ajoute-t-elle en baissant la voix. Je ne veux pas qu'il apprenne que j'ai passé les trois dernières années dans la peau d'une chatte.

— D'accord. Je ne lui dirai rien sans avoir ton feu vert, mais on doit lui fournir *une explication*.

Mon soulagement me gêne, car je redoutais sa réaction. J'ai beau être fou de rage contre Barron et Philip, Zacharov signera leur arrêt de mort s'il apprend de quoi ils se sont rendus coupables. Et malgré la haine qu'ils m'inspirent, je ne suis pas certain de vouloir leur mort.

Lila tend la main vers mon téléphone.

— Mais tu ne viendras pas. J'irai seule.

J'ouvre la bouche. Son regard menaçant me fait changer d'avis.

— Autorise-moi à t'accompagner. Je disparaîtrai dès que tu seras en sécurité.

— Je n'ai besoin de personne, lance-t-elle d'une voix évoquant un feulement.

— J'en suis parfaitement conscient.

Je lui tends l'appareil.

— Tant mieux.

Elle l'ouvre d'une pichenette.

Je grimace pendant qu'elle enfonce les touches. Ne rien dire à Zacharov n'est pas une solution, même si cela permet de reporter toute prise de décision. La vie de son père est menacée et il faut établir un plan d'action.

— Tu ne penses tout de même pas qu'il t'adressera des reproches ? C'est de la folie.

— En fait, je pense qu'il se sentira désolé pour moi.

Un téléphone sonne, loin de là.

— Il se dira que tu as été très courageuse.

— Mais aussi que je suis incapable de me débrouiller toute seule.

J'entends une voix féminine. Lila lève le téléphone à son oreille.

— Je voudrais parler à M. Ivan Zacharov.

L'attente se prolonge. Ses lèvres pincées dessinent une ligne étroite.

— Non, ce n'est pas une plaisanterie. Je sais qu'il sera ravi de me parler.

Elle donne au mur un coup de chaussure bien trop grande pour elle.

— Passez-le-moi !

Je hausse les sourcils. Elle couvre le micro avec sa paume.

— Ils vont le chercher, articule-t-elle.

Puis, en fermant les yeux :

— Salut, papa.

Et, un peu plus tard.

— Non, je ne peux pas le prouver. Comment voudrais-tu que je m'y prenne ?

La voix de son père est un bourdonnement lointain de plus en plus sonore.

— Je ne sais pas. Je ne m'en souviens pas. Ne me traite pas de menteuse. Je suis Lillian !

Elle mordille sa lèvre inférieure et finit par me tendre le téléphone.

— Parle-lui.

— Que dois-je lui dire ?

Je me suis exprimé à voix basse, mais mes mains sont déjà moites à la perspective de m'entretenir avec M. Zacharov.

Elle se penche vers un présentoir de brochures touristiques et m'en désigne une.

— Demande-lui de nous retrouver là-bas.

J'y jette un coup d'œil.

— Il a une chambre au *Taj Mahal*, ajoute-t-elle.

Je prends le téléphone.

— Hum, allô...

Il beugle toujours autant, jusqu'au moment où il remarque que son interlocuteur a changé.

— Où est-elle ? demande-t-il sur le ton d'un homme habitué à donner des ordres exécutés aussitôt. Où êtes-vous ? C'est la seule chose que je veux savoir.

— Lila souhaite vous retrouver à Atlantic City. Au *Taj Mahal*, où elle dit que vous avez une chambre.

Le silence qui suit est si profond que je soupçonne Zacharov de m'avoir raccroché au nez.

— Dans quel genre de guêpier vais-je me fourrer ? demande-t-il finalement.

— Elle désire seulement vous rencontrer. Seul. Soyez sur place à 21 heures, ce soir. Et, surtout, vous ne devez en parler à personne.

Faute de savoir comment l'empêcher de discutailler, je referme mon mobile.

Je regarde Lila.

— Tu crois qu'on y sera dans les temps ?

Elle déplie les horaires de train.

— Ouais, on a de la marge. C'est parfait.

Je glisse avec soin un billet de vingt dans la machine et saisis notre destination. La monnaie m'est rendue en pièces qui tombent en tintant comme dans le bac d'une machine à sous.

Il n'existe aucune ligne directe reliant le cœur du New Jersey à Atlantic City. Il faut obligatoirement passer par la gare de la 30e Rue de Philadelphie. Sitôt assise dans la voiture, Lila déchire les sachets et dévore ses barres chocolatées en quelques bouchées. Puis elle essuie son visage avec son poing, en faisant glisser ses jointures de la joue vers le nez. Ce geste n'a rien d'humain, ou plus exactement ce n'est pas ainsi que procèdent nos semblables.

Mal à l'aise, je regarde à travers la vitre sale et rayée la mer de maisons indistinctes qui défilent sur les côtés, abritant toutes de nombreux secrets.

— Explique-moi ce qui s'est passé cette nuit-là, lui dis-je. Quand je t'ai métamorphosée.

— D'accord. Mais je dois d'abord te dire pourquoi mon père ne doit pas tout savoir. J'ai beau être l'aînée, je suis une fille. Dans les familles comme la nôtre, les traditions sont sacrées. Les femmes peuvent être des faucheuses efficaces, mais il est très rare qu'elles se retrouvent à la tête du clan. Tu saisis ?

Je le confirme d'un geste.

— Si papa découvre ce qui s'est passé, il se vengera sur Anton et tes frères... peut-être même sur toi. Mais il sera ensuite convaincu que j'ai besoin d'être protégée et sa succession me passera sous le nez. Non, il est indispensable que je règle mes comptes et sauve mon père pour lui prouver que je suis sa digne héritière.

Elle croise les jambes et place ses pieds à côté des miens. Mes chaussures sont énormes pour elle, et un des lacets s'est défait.

J'ai du mal à l'imaginer à la tête de la famille Zacharov, mais j'opine de nouveau. Je revois Barron me balancer des coups de pied dans les côtes, je pense à Philip qui se contentait de regarder pendant que je gigotais. La colère m'envahit, dévastatrice et dangereuse.

— Tu auras besoin de moi pour y parvenir.

— Ça te pose un problème ?

J'ai beau les haïr, ce sont mes frères.

— Je te demande de laisser Philip et Barron en dehors de ça.

Je vois sa bouche se pincer, sa mâchoire se crisper.

— J'ai droit à ma vengeance.

— Inflige ce que tu veux aux membres de ta famille, mais laisse-moi me charger des miens.

— Tu ne sais même pas ce qu'ils t'ont fait.

Brusquement angoissé, j'en ai la chair de poule.

— Je compte sur toi pour me l'apprendre.

— Tu veux savoir ce qui s'est passé cette nuit-là ? Je t'ai expliqué qu'ils discutaient, et qu'Anton avait chargé Barron de se débarrasser de moi. Tu étais censé me transformer en... objet. Un truc en verre qu'il pourrait briser en menus morceaux. Une chose inerte, sans vie. Voilà le genre de trucs qu'ils se disaient pendant que tu me clouais au sol. Philip t'avait dit qu'ils devraient m'éliminer en usant de méthodes bien plus douloureuses pour moi si tu refusais. Barron te serinait de te rappeler ce que je t'avais fait, alors que je ne savais même pas de quoi il parlait.

Elle garde un moment les yeux baissés. Un signe révélateur et universel.

— Pourquoi Anton voulait-il que tu meures ?

— Pour prendre la tête de la famille. Il craignait que papa ne l'écarte du pouvoir tant que je serais dans les parages. Anton a toujours rêvé de se débarrasser de moi. Il lui fallait seulement trouver comment s'y prendre sans attirer des soupçons. L'excuse, c'était que Barron m'avait demandé d'intervenir dans les rêves de certaines personnes pour les inciter à sortir de chez elles en dormant. Je les effleurais pendant le jour et, la nuit venue, un rêve les attirait sur leur pelouse. Il leur arrivait de se réveiller et les effets du sortilège disparaissaient aussitôt, mais ce n'était pas systématique. Barron déclarait que ces gens devaient de l'argent à mon père et que cela lui permettait de les raisonner, de leur offrir un moyen de s'acquitter de leur dette sans se faire mutiler. Quand Anton a découvert que Barron utilisait mes pouvoirs pour son compte, il lui a dit qu'il fallait absolument m'éliminer, sinon…

— Sinon quoi ? Provoquer des crises de somnambulisme n'est tout de même pas très grave, non ?

Je me penche en arrière et j'entends crisser le vinyle de la banquette.

— Hum, tes frères… Ils éliminent des gens. C'est ça, leurs activités.

— Ils les assassinent ?

J'ai dit cela d'une voix trop forte. J'ignore pourquoi je suis si choqué. Que Philip et Barron soient des criminels et qu'ils accomplissent des choses répréhensibles, ça n'est pas un scoop. Mais je supposais que leurs activités étaient moins graves, que Philip se contentait de briser les rotules des mauvais payeurs.

Lila grimace et regarde autour d'elle, mais nul ne semble s'intéresser à nous, même après mon éclat. Elle baisse la voix, presque en un murmure, comme pour compenser mon manque de discrétion.

— *Ils* ne tuent personne. C'est leur petit frère qu'ils chargent du sale boulot. C'est lui qui transforme leurs victimes en objets qu'ils n'ont ensuite qu'à mettre à la poubelle.

— Quoi ?

J'ai parfaitement entendu ce qu'elle vient de dire, mais je ne peux le croire.

— Ils se servent de toi comme système de recyclage pour êtres humains.

Elle joint ses pouces et ses index pour former un cadre à travers lequel elle me regarde.

— Portrait d'un jeune tueur en série.

Bien que nous soyons dans un train et que je n'aie nulle part où aller, je me lève.

— Cassel ?

Elle se penche vers moi et je recule.

J'entends comme un grondement dans mes oreilles. J'en suis ravi, car je crains de ne pas pouvoir encaisser d'autres révélations.

— Je suis désolée. Mais tu devais te douter…

J'ai des nausées et je crains de vomir.

Je me faufile entre les lourdes portes et me retrouve dans le soufflet. Les plaques séparant les voitures vont et viennent sous mes pieds. Je me dresse au-dessus des attelages et conduites qui assemblent les éléments de ce convoi pour les métamorphoser en énorme serpent de métal. L'air frais de la campagne repousse mes cheveux et le souffle chaud des moteurs agresse mon visage.

Je reste là, les mains sur l'acier qui se déplace, le temps de me calmer.

Je sais pourquoi tant de faucheurs ont été capturés et abattus. Je comprends la peur qu'ils inspirent.

Nous ne sommes, pour la plupart, que la somme de nos souvenirs. C'est pour cela qu'il nous est si difficile de rompre nos habitudes. Celui qui se sait menteur n'envisage pas de dire la vérité. Celui qui se considère honnête s'efforce de le rester.

Pendant trois jours, j'ai cessé de voir en moi un assassin. Lila est revenue du royaume des morts et son retour a calmé la haine et le dégoût que je m'inspire. Mais une pile de cadavres menace de basculer sur moi, pour m'étouffer sous le poids de la culpabilité.

J'ai toujours souhaité bénéficier de la confiance de mes frères. J'aurais voulu qu'ils me racontent leurs secrets, qu'ils voient en moi un égal, surtout Philip.

Même après avoir été roué de coups de pied par Barron, mon instinct m'incitait à plaider leur cause.

Désormais, je ne rêve plus que de vengeance.

N'ont-ils pas déjà fait de moi un meurtrier ? Nul ne s'attend à voir un tueur en série mettre de but en blanc un terme à sa carrière. Je serre la main courante, et mes doigts se crispent sur la barre de métal comme si c'était la gorge de Philip. Je ne veux pas être un monstre, mais n'est-il pas trop tard pour changer quoi que ce soit ?

La porte s'ouvre sur le contrôleur qui atteint la plate-forme et passe près de moi.

— Vous ne pouvez pas rester là, me lance-t-il par-dessus son épaule.

— Compris.

Il ouvre la porte de la voiture suivante pour aller poinçonner d'autres billets. Il est évident qu'il s'en fiche, que rien ne m'empêche d'attendre son retour.

Je respire un bon coup puis retourne auprès de Lila.

— Très réussi sur le plan de l'intensité dramatique, commente-t-elle quand je m'assieds. Je parle de ton départ en trombe et de ce qui va avec.

Elle a les yeux cernés et, avec un stylo, elle dessine des gribouillis sur sa jambe, au-dessous du genou.

Je me sens gêné, mais je ne lui présente aucune excuse.

— Tu as raison, je suis du genre à tout dramatiser. Un mec hypertendu.

Ce qui lui arrache un bref sourire.

— Tu m'inspirais de la haine quand je te voyais dans ton lit confortable… occupé à penser à tes notes et aux filles, et jamais à ce que tu m'avais fait.

— Tu as dormi dans mon lit. Tu le trouves vraiment confortable ?

Un autre rire, plus proche cette fois d'un sanglot.

Je regarde par la fenêtre. Nous traversons des forêts.

— Je n'aurais pas dû dire ça. Tu étais dans une cage. Je suis un salopard, Lila. (J'hésite.) Mais… contrairement à ce que tu dis, ce que je croyais t'avoir infligé me tourmentait constamment. J'ai pensé à toi chaque jour, et tu ne peux imaginer à quel point je regrette tout ça.

— Je ne veux pas de ta pitié.

Sa voix s'est cependant adoucie.

— Dommage.

Elle m'adresse un sourire en coin et me balance un léger coup de pied avec ma propre chaussure.

— J'aimerais que tu me racontes le reste. Comment je t'ai métamorphosée, comment tu as recouvré ta liberté. Je te promets de ne plus craquer et de t'écouter jusqu'au bout.

Elle hoche la tête et se penche vers sa jambe pour reprendre le tracé des spirales qui s'éloignent en tourbillonnant d'un point central d'encre bleue.

— D'accord. Bon. Tu es donc sur moi et tu me plaques au sol. Ton regard de cinglé prouve que tu es fou de rage. Mais une expression bizarre modifie soudain tes traits. Je suis terrifiée, vraiment terrifiée, parce que je me dis que tu vas exécuter leurs ordres.

Et voilà que tu te penches pour me murmurer à l'oreille : *Décampe.* Je te cite.

— Décampe ?

— Je sais. C'est surprenant, vu que tu m'immobilises. Mais c'est alors que débute ma métamorphose.

Le stylo s'enfonce dans sa jambe et l'égratigne.

— Ma peau me démange partout, et j'ai l'impression qu'elle se distend. Mes os se gauchissent et je me recroqueville, je rétrécis. Ma vision se brouille et je peux me dégager de ta prise. N'avoir jamais couru sur quatre pattes ne m'empêche pas de prendre la fuite. Je t'entends hurler, mais je ne regarde pas derrière moi. Vous faites un boucan de tous les diables, toi et tes frères. Finalement, ils me rattrapent sous des buissons. J'ai pu sortir de la maison… sans pour autant m'éloigner assez vite.

Elle cesse de tracer des courbes sur sa jambe pour la piquer avec la plume.

— Eh !

Je viens de placer ma main gantée sur la sienne.

Elle cille très rapidement, comme si elle avait oublié où elle se trouvait.

— Barron m'a enfermée dans une cage et m'a mis un collier électrique… ces machins utilisés pour apprendre aux chiens à ne plus aboyer. Il m'a dit que c'était préférable à la mort. J'avais été éliminée, mais il comptait m'utiliser pour imposer mes volontés aux dormeurs, sachant qu'il est facile pour un chat d'entrer dans une maison et effleurer quelqu'un. Je t'ai même contraint à aller rejoindre tes frères pendant ces crises de somnambulisme.

Je vois ses narines se dilater.

— Tu me regardais comme si je n'existais pas. Un animal. Je me suis dit que si tu avais tenté de me sauver, tu t'étais ensuite complètement désintéressé de mon sort.

Je ne sais quoi dire. J'éprouve des regrets que je ne peux exprimer. Les mots me manquent. Je voudrais la serrer contre moi, la caresser, mais je sais que je n'en suis pas digne.

Elle secoue la tête.

— J'ai conscience que Barron a utilisé ses pouvoirs sur toi. Si je suis ici, à présent, c'est à toi que je le dois. Je n'aurais pas dû t'adresser ces reproches.

— Ne t'excuse pas. J'ai un tas de choses à me faire pardonner.

— J'aurais dû me douter que tu étais victime d'un sortilège. Barron consacre tant d'efforts à imposer ses souvenirs trafiqués et à effacer les autres, qu'il ne remarque même pas que son cerveau part en couilles. Il veut tirer toutes les ficelles, mais c'est de plus en plus difficile parce qu'il ne sait plus par où elles passent. La solitude rend fou. Il lui arrivait d'oublier de me donner à manger et à boire, et je miaulais, miaulais, miaulais encore.

Elle s'interrompt et regarde défiler le paysage.

— Je me racontais des histoires pour rompre mon ennui. Des contes de fées. Des passages de livres. Mais ces choses n'ont qu'un temps. J'ai tout d'abord cherché à m'évader, au propre comme au figuré, pour finir par me retrouver sans espoir.

Lila baisse la voix et se penche vers moi. Elle est si proche que son souffle agite quelques cheveux sur ma nuque.

— Quand j'ai entendu leurs conversations et compris que vous alliez vous en prendre à mon père, j'ai su que la fuite n'y changerait rien et qu'il fallait impérativement que je te tue.

— Je te remercie de t'en être abstenue.

Je repense à mes pieds nus qui glissaient sur les ardoises.

Elle sourit.

— Mais Barron me surveillait moins étroitement qu'avant et j'avais usé la lanière en nylon du collier. M'en débarrasser n'a pas été facile, mais j'y suis parvenue.

Je revois le sang qui tachait son pelage, la première fois.

— Est-ce que je t'inspire toujours de la haine ?

— Je n'en sais trop rien. Un peu, sans doute.

Mes côtes me font souffrir le martyre. Je voudrais fermer les yeux. Quelque part un nourrisson se met à pleurer. L'homme d'affaires assis deux sièges devant nous téléphone.

— Je ne veux pas de sorbet, dit-il. J'ai horreur des sorbets. Je veux une glace normale !

Si je subis des épreuves, sans doute sont-elles amplement méritées.

CHAPITRE QUINZE

Les lumières d'Atlantic City miroitent le long des promenades et illuminent les lieux comme en plein jour. Nous descendons finalement du taxi devant le *Taj Mahal*, à la fois somnolents et ankylosés par le voyage.

Je regarde ma montre. Il est à peu près 21 h 15. Nous sommes en retard.

— À partir de maintenant, je pense pouvoir me débrouiller seule, me déclare Lila.

Je bâille et prends le stylo qu'elle a utilisé pour faire des gribouillis sur sa jambe. Je note mon numéro de téléphone sur son bras, juste au-dessus de son gant.

Elle lorgne les chiffres qui s'alignent sur sa peau, les paupières mi-closes. Je me demande ce que j'éprouverais si je l'embrassais sous ces lampadaires.

Mais je me contente de lui murmurer :

— Appelle-moi dès que tout sera réglé.

Elle s'intéresse à l'indicatif.

— Tu comptes rentrer chez toi ?

Je secoue la tête.

— J'ai besoin de me dégourdir les jambes puis de grignoter quelque chose. Je n'irai nulle part avant d'avoir reçu ton appel.

— Souhaite-moi bonne chance.

— Bonne chance.

Je la regarde s'éloigner d'un pas énergique vers l'entrée de l'hôtel. J'attends deux minutes puis je franchis les portes du casino.

À l'intérieur, je sens les odeurs éventées et familières des cigarillos et du whisky. Les machines à sous chantent et cliquettent. Des pièces crépitent dans le lointain. Les clients sont tout voûtés, tenant d'une main de grands gobelets en plastique et de l'autre des jetons. Certains semblent garder la pose depuis très longtemps.

Deux membres du service de sécurité se décollent du mur pour venir vers moi.

— Eh, petit ! lance l'un d'eux. Attends une seconde.

Sans doute ont-ils compris que je n'ai pas l'âge légal.

— Je m'en vais, leur dis-je en franchissant la porte du fond.

L'air marin cingle mon visage.

Je flâne sur les planches grisâtres érodées, les mains dans les poches, en pensant à Lila qui est là-haut avec son père. Quand j'étais enfant, Zacharov était un personnage redouté, une légende, un vrai croque-mitaine. J'ai dû le rencontrer à trois occasions, dont celle où je m'étais fait expulser de la fête d'anniversaire de sa fille.

Il riait, je ne suis pas près de l'oublier.

Derrière le *Taj Mahal*, quelques femmes âgées se penchent sur une rambarde pour lancer des objets volants non identifiés sur le sable en contrebas. Des types en survêt fument près de l'entrée et interpellent les passantes. Un homme aux cheveux argentés portant un manteau en cachemire scrute l'océan.

Je tâte ma poche et le téléphone qui s'y trouve. Je devrais contacter mon grand-père, mais je ne me sens pas d'humeur à présenter des excuses.

L'inconnu d'un certain âge se tourne vers moi. En regardant alentour, je remarque deux colosses qui tentent de passer inaperçus en manifestant un vif intérêt pour la vitrine d'un confiseur.

— Cassel Sharpe, m'appelle M. Zacharov dont le léger accent donne une touche exotique à mon nom.

Bien que la nuit soit tombée, il a des lunettes de soleil. Une grosse pierre rougeâtre miroite sur son épingle de cravate.

— Je crois que quelqu'un m'a contacté en utilisant ton portable.

Maman a donc raison au sujet des téléphones.

Je décide de jouer la carte de la désinvolture.

— C'est exact.

Il regarde de tous côtés, comme s'il espérait voir Lila dans la foule.

— Où est-elle ?

— Là-haut, dans votre chambre, comme prévu.

Un miaulement sonore m'incite à pivoter et je grimace de souffrance. J'avais oublié ce que mes muscles avaient déjà subi.

— Les chats ! rit Zacharov. Il y a des douzaines de chats faméliques sous cette promenade. Lila adorait les chats, si tu t'en souviens.

Je ne dis mot.

— Mais si elle était dans ma chambre, j'en aurais été immédiatement averti. (Il incline la tête et glisse une main gantée dans sa poche.) Voilà pourquoi je pense que tu me mènes en bateau. Qui m'a téléphoné en se faisant passer pour ma fille ? Vous comptiez m'extorquer de l'argent ? Tout ça, ce n'est vraiment pas très malin.

— Elle voulait vous rencontrer sans témoin.

Je me penche vers lui qui me tend sa main gantée pour m'empêcher de l'approcher. Un de ses gorilles se dirige vers nous. Je baisse la voix.

— Elle a dû voir vos sbires et se tirer.

Il rit.

— Je te trouve bien pathétique, Cassel Sharpe. Tu me déçois.

— Non, elle est vraiment…

Le garde du corps arrive derrière moi et me fait une clé de bras sans aucun ménagement.

— Je vous en prie. Mes côtes…

— Merci de m'indiquer où ça te fera vraiment mal, déclare le type.

Avec son nez tordu, c'est une vraie caricature.

M. Zacharov me tapote la joue et je sens l'odeur de cuir de son gant.

— J'espérais que tu finirais par ressembler à ton grand-père, mais je constate que votre mère a déteint sur chacun de vous.

Ce qui me fait rire.

La brute épaisse accentue le mouvement de torsion, et le claquement m'indique que mes articulations se déboîtent. Les sons que j'émets changent de nature.

— *Papa !*

C'est la voix de Lila. Plus grave et menaçante que d'habitude, elle vient de se superposer au bruit de fond de la promenade.

— Dis-leur de laisser Cassel tranquille.

Elle monte de la plage et je l'aperçois telle qu'il doit la voir : un mélange de spectre et d'inconnue. Il a devant lui une femme, et non la fille qu'il a perdue, mais il ne peut manquer de reconnaître son rictus cruel.

En outre, les filles aux yeux vairons ne doivent pas courir les rues.

Il cille, avant de retirer lentement ses lunettes noires.

— Lila ?

Sa voix est aussi cassante que du verre.

Mon tortionnaire me lâche et je peux enfin me masser le bras et rétablir ma circulation sanguine.

— J'espère que tu as confiance en tes hommes, dit-elle d'une voix qui finit par se briser. Parce que mon existence doit rester secrète.

— Je regrette, déclare M. Zacharov. Je ne pensais pas que c'était toi…

Il tend ses mains gantées vers elle.

Elle se fige sur place, comme une chatte aux poils hérissés, luttant contre son côté animal.

— Ne restons pas là. Il faut régler cette affaire en privé, dis-je à Zacharov en lui touchant le bras.

Et il me dévisage comme s'il avait oublié qui je suis.

Je décide d'insister.

— À l'intérieur.

Ses molosses semblent soulagés d'avoir enfin de quoi les occuper.

— Vous attirez l'attention, confirme l'un d'eux en poussant doucement son employeur vers le casino.

Son collègue me lorgne avec méfiance. Lila me prend par la main et lui adresse un regard si glacial qu'il me réchauffe le cœur. Il recule et nous emboîte le pas alors que nous entrons au *Taj Mahal*.

J'interroge Lila d'un haussement de sourcils.

— Tu n'as pas ton égal pour attirer les coups, me dit-elle.

Nul ne s'interpose quand nous traversons le casino en direction de l'ascenseur.

Le fait que je sois témoin de son émotion doit irriter Zacharov. Je voudrais m'éclipser, mais Lila tient si fermement ma main que j'en souffre. Je tente de garder les yeux rivés sur les portes de la cabine et les chiffres lumineux qui y défilent.

Dans cette suite, il y a un grand écran plat encastré dans un panneau lambrissé, un divan de cuir et un vase contenant des fleurs fraîches, des hydrangeas, posé sur une table basse. Les lieux sont sombres et une immense baie donne sur l'étendue noir d'encre de l'océan. Un des gorilles jette sa veste sur une chaise, me révélant ainsi l'arsenal glissé dans des holsters sous ses aisselles et en travers de son dos. Bien plus d'armes qu'il n'a de mains pour s'en servir.

Zacharov verse un breuvage limpide dans un verre en cristal taillé, qu'il vide d'un trait.

— Vous voulez boire quelque chose ? nous demande-t-il. Il y a du Coca dans le minibar.

Je me lève.

— Non, vous êtes mes invités.

Il adresse un signe de tête à un de ses hommes, qui grogne mais se dirige vers le réfrigérateur.

— De l'eau, déclare Lila.

— Avec de l'aspirine, dis-je à mon tour.

— Oh, allons ! rit la brute en nous remettant les verres et les cachets. Je ne t'ai pas fait si mal que ça !

— C'est pas vous.

J'avale les comprimés puis essaie de m'adosser aux coussins sans hurler pour autant.

— Allez tenter votre chance en bas, suggère Zacharov à ses hommes.

— Pigé ! répond l'un.

Il récupère sa veste et se dirige vers la porte avec son collègue en remorque. Zacharov me considère comme s'il allait m'ordonner de me joindre à eux.

— Depuis combien de temps savais-tu où se trouvait ma fille, Cassel ?

— À peu près trois jours.

Lila a les paupières mi-closes, mais je ne vois pas l'intérêt de mentir sur ce point.

Il se ressert.

— Pourquoi ne pas m'avoir contacté aussitôt ?

— Lila a surgi de nulle part. (Je mens à peine.) Je la croyais morte. Je ne l'avais pas revue depuis trois ans. J'ai respecté ses instructions.

Zacharov boit une gorgée et tressaille.

— Lila, vas-tu enfin me dire où tu étais ?

Elle hausse ses frêles épaules et esquive son regard.

— Tu protèges quelqu'un. Ta mère, je parie ? Je savais bien qu'elle était là-dessous. Dis-moi que tu en as eu assez de…

— Non ! s'exclame Lila.

Mais Zacharov est perdu dans ses pensées.

— Elle m'a pratiquement accusé de t'avoir assassinée. Elle est allée jusqu'à dire aux agents du FBI que j'aurais déclaré préférer te voir morte plutôt qu'avec elle. Aux fédéraux !

— Je n'étais pas avec maman. Elle n'a rien à voir dans tout ça.

Il se tait et l'observe.

— Qui, alors ? Est-ce que quelqu'un… (Il se tourne vers moi sans terminer sa phrase.) C'est toi, hein ? Qu'as-tu fait à ma fille ?

Je ne sais quoi répondre.

— Il ne m'a rien fait, intervient Lila.

Zacharov pose sa main gantée sur mon épaule.

— Le procès en appel de ta mère, c'est pour bientôt, je crois ?

— En effet, monsieur.

— Si je découvre…

— Fiche-lui la paix et écoute-moi, bon sang ! Contente-toi de me prêter attention une minute. Il est encore trop tôt pour que je parle de certaines choses, mais cesse de chercher un responsable. Laisse tomber tes interrogatoires. Je suis là, non ? N'es-tu pas heureux de me revoir ?

— Bien sûr que si !

Je palpe machinalement mes côtes endolories. J'ai besoin d'autres comprimés d'aspirine, mais je ne sais pas où le gorille a posé le flacon.

— Je vais te faire confiance pour lui être agréable, me déclare Zacharov, avant d'ajouter avec plus de douceur : Nous avons des choses à nous dire, ma fille et moi. En privé. Tu peux le comprendre, n'est-ce pas ?

Je hoche la tête. Lila contemple toujours l'océan.

Zacharov sort son portefeuille et compte cinq cents dollars.

— Tiens.

— Je ne peux pas les accepter.

— J'aimerais autant.

Je me lève en essayant de ne pas grimacer. Je secoue la tête.

— J'espère que vous n'en serez pas froissé.

Il renifle.

— Un de mes gars va te raccompagner.

— Vous allez me laisser partir ? Vraiment ?

— Ne te fais pas d'illusions. Je n'aurai qu'à lever le petit doigt pour qu'ils te ramassent comme une pièce tombée sur le trottoir.

Je voudrais dire deux mots à Lila, mais elle me tourne le dos et je ne peux pas deviner ses pensées.

— J'organise une soirée dans un restaurant qui s'appelle le *Koshchey*, ajoute Zacharov. Mercredi. Une collecte pour financer une bonne cause. Tu devrais venir. Sais-tu pourquoi j'aime cet établissement ?

Je secoue la tête.

— Sais-tu seulement qui est Koshchey l'Immortel ?

— Non.

Mais je songe à l'étrange scène qui décore le plafond de ce restaurant.

— Dans le folklore russe, Koshchey est un sorcier qui peut se transformer en tourbillon pour semer la destruction dans les rangs de ses ennemis.

Zacharov effleure l'épingle qui scintille sur sa poitrine.

— Il a dissimulé son âme dans un œuf de canard, afin que nul ne puisse la lui prendre. Évite de me contrarier, Cassel. Je ne le conseille à personne.

— Je n'en ai jamais douté, monsieur, dis-je en ouvrant la porte.

Il est évident que Lila et moi allons nous retrouver livrés à nous-mêmes et que nous n'avons pas la moindre idée de ce qu'il convient de faire.

— Hé ! Cassel…

Je me tourne.

— Merci de m'avoir rendu ma fille.

Je franchis la porte puis attends l'ascenseur. Mon portable sonne. Je suis si las que le geste pour l'extraire de ma poche me réclame un effort.

— Allô ?

— Cassel ? (Je reconnais la voix du doyen Wharton qui ne me semble pas ivre de joie.) Je suis désolé d'appeler à une heure aussi tardive, mais nous venons de recevoir l'appel du dernier membre du conseil qui se trouve actuellement sur la Côte Ouest.

Vous êtes réintégré à Wallingford. Nous avons reçu le compte rendu de votre médecin et le vote a été unanime. Nous souhaitons vous reprendre en tant que demi-pensionnaire, et nous envisagerons bien volontiers de vous admettre à plein-temps l'année prochaine en l'absence de tout nouvel incident.

Je contiens un rire sarcastique. Mon stratagème a fonctionné. La sanction a été levée. Mais, même si je retourne là-bas, je ne redeviendrai jamais celui que je croyais être.

— Je vous remercie, monsieur le doyen.

— Nous espérons vous voir lundi matin, monsieur Sharpe. Étant donné que vos droits ont été réglés jusqu'à la fin de l'année, vous êtes invité à prendre tous vos repas à la cafétéria.

— Demain matin ?

— En effet, à moins que vous n'ayez d'autres projets ?

Il a posé si sèchement cette question que je réponds :

— Non, bien sûr que non ! À demain, monsieur le doyen. Merci, monsieur le doyen.

Un des tueurs de Zacharov se charge de me raccompagner. J'apprends qu'il s'appelle Stanley, qu'il est originaire de l'Iowa et qu'il ne connaît que quelques mots de russe. Il n'est pas doué pour les langues, précise-t-il.

Des confidences qu'il me fait en me déposant devant la maison. Je suis resté assis à l'arrière, isolé par la paroi en verre teinté, mais il a dû mettre le parcours à profit pour m'étudier très attentivement. Il m'a vu déboutonner ma chemise et palper mes ecchymoses, tester la résistance de mes côtes. Je n'arrive pas à ces conclusions parce qu'il s'est montré amical, mais parce qu'il m'a donné son flacon de cachets d'aspirine.

CHAPITRE SEIZE

Grand-père n'est pas là, mais il m'a laissé un message griffonné au verso d'un ticket de caisse collé sur la porte du frigo avec un magnet « I love Chihuahuas ».

Parti à Carney pour quelques jours. Appelle-moi dès ton retour.

Je relis ces mots, pour en chercher le sens véritable. Mais j'en déduis seulement que je n'aurai de voiture que le lendemain. Je grimpe au premier d'un pas vacillant, programme le réveil de mon portable, cale une chaise contre la porte et avale d'autres cachets. Sans prendre la peine de faire tomber mes chaussures ou de me glisser sous les couvertures, je me contente d'enfouir mon visage dans l'oreiller et sombre tel un mort revenu dans sa tombe.

Quand l'alarme de mon portable se déclenche, je me réveille en sursaut ne sachant où je me trouve. Je regarde autour de moi la chambre dans laquelle j'ai passé mon enfance et qui semble avoir appartenu à un autre que moi.

Je m'étire et je coupe l'alarme.

Il y a longtemps que je n'ai pas eu les idées aussi claires.

J'ai un peu moins mal – peut-être parce que j'ai enfin pu dormir –, mais je commence à admettre que ce que j'ai vécu est réel. Je n'ai guère de temps devant moi – deux jours – pour mettre sur pied un plan à toute épreuve.

Tout en restant le plus loin possible de mes frères. À Wallingford, ce sera parfait. Philip et Barron ignorent que j'ai été réintégré et, s'ils le devinent, au moins ne pourront-ils pas me reprocher d'avoir repris mes études.

Je cherche dans mon placard ma chemise et mon pantalon d'uniforme. Je n'ai pas emporté ma veste ni mes chaussures quand j'ai fait mes bagages, mais je suis confronté à un autre dilemme. Je ne sais pas comment regagner le bahut.

J'enfile mes baskets et appelle Sam.

— As-tu une vague idée de l'heure qu'il doit être ? demande-t-il, dans un état second.

— J'ai absolument besoin que tu passes me prendre.

— Où est-ce que t'es, mec ?

Je lui communique l'adresse puis il raccroche. J'espère qu'il ne s'est pas tourné de l'autre côté et rendormi.

Dans la salle de bains, pendant que je me brosse les dents, je constate que ma joue a viré au pourpre au-dessus d'un semblant de barbe. J'avais déjà les cheveux un peu trop longs, et ils sont désormais en bataille. Je parviens à me rendre presque présentable en les mouillant avant de les peigner.

Je ne me rase pas, même s'il est contraire au règlement de ne pas avoir une peau aussi lisse que des fesses de bébé, parce que je n'arrive pas à imaginer à quoi ressemblerait cette ecchymose sans poils pour assombrir le reste.

Au rez-de-chaussée, pendant que la cafetière est en marche et que je suis hypnotisé par les gouttes noires qui coulent, je pense à Lila perdue dans la contemplation de la mer. Je la revois de dos, au moment où je suis de la suite.

Maman dit qu'il est indispensable que le jeu en vaille la chandelle pour qu'un pigeon se laisse avoir. Il faut lui faire miroiter un gain assez important pour qu'il ne risque pas de renoncer au tout dernier instant. Il est capital que la victime fonce tête baissée dans le piège. Une fois qu'elle y patauge jusqu'au cou, la partie est gagnée.

L'enjeu est en l'occurrence Lila. Comme elle a décidé de continuer la partie, je ne peux pas retirer mes billes.

J'y patauge jusqu'au cou.

Les professeurs sont pleins d'égards envers moi – à l'exception du Pr Stewart qui m'a préparé une cargaison de zéros, des notes qu'il articule avec soin en les écrivant dans mon carnet –, car ils comprennent que je n'ai pas pu faire les devoirs qu'ils se sont pourtant donné la peine de me transmettre quotidiennement par e-mail. Ils se disent heureux de me revoir et Mme Noyes va jusqu'à me serrer dans ses bras.

Les autres élèves me lorgnent comme si j'étais un fou furieux bicéphale qui vient de choper la plus épouvantable et la plus contagieuse de toutes les maladies. Je garde donc la tête basse en essayant de donner l'impression que les cours m'intéressent, puis, au réfectoire, en mangeant mes croquettes de pommes de terre.

Tout en échafaudant un projet après l'autre.

Daneca s'assoit près de moi et pousse dans ma direction son cahier d'instruction civique.

— Tu veux copier mes notes ?

— Copier tes notes ?

Elle lève les yeux au ciel. Elle a réuni ses cheveux en deux nattes attachées avec des bouts de ficelle.

— Rien ne t'y oblige, tu sais ?

— Si, je veux bien. Évidemment.

J'ouvre le cahier posé devant moi et le feuillette sur un labyrinthe de mots enchevêtrés. Je les suis de mon index ganté, quand une vague idée germe dans mon esprit.

J'esquisse un sourire.

Sam pose de l'autre côté de la table un plateau où trône un monticule gluant de macaronis au fromage dont l'odeur me fait saliver.

— Eh, prépare-toi à être fou de joie !

Je ne m'attendais pas à une telle déclaration.

— Quoi ?

Mes doigts dessinent d'autres mots dans la marge du cahier de Daneca. C'est une écriture familière, mais ce n'est pas la mienne.

— Personne ne pensait que tu reviendrais. Personne. Absolument persoooonne.

— Merci. Ouais, je comprends que tu trouves ça génial.

— Ils sont nombreux à avoir perdu une vraie fortune, mec ! On a reconstitué notre pécule après ce pari malheureux. Nous sommes les rois de la finance !

Je secoue la tête, sidéré.

— J'ai toujours pensé que tu étais un génie.

Nous nous donnons quelques coups sur l'épaule, puis rejoignons nos poings, en souriant comme des débiles.

Daneca se renfrogne et Sam finit par se calmer.

— Heu, il y a un autre truc dont on voulait te parler.

— Des choses moins réjouissantes, je présume ?

— … Je suis vraiment désolée d'avoir laissé filer ton chat, déclare Daneca après maintes hésitations.

— Oh, aucun problème ! Il est rentré chez lui.

— Que veux-tu dire ?

— C'est trop compliqué.

— Tu n'as pas d'ennuis, au moins ? demande Sam. Parce que si tu as besoin d'un coup de main, n'hésite pas à nous le dire. Je ne voudrais pas te vexer, mais tu sembles pédaler dans la semoule.

Daneca se racle la gorge.

— Sam m'a expliqué que, lorsqu'il t'a trouvé au lit avec cette fille, tu lui as dit que tu étais un…

Je regarde autour de nous, mais nul ici n'est assez proche pour nous entendre.

— Il t'a dit que je suis un faucheur ?

Sam baisse les yeux, gêné.

— On a parlé de choses et d'autres, tous les deux, au sujet de la pièce de théâtre et du reste. Je regrette. C'est pas cool, je sais.

Mais naturel. Les gens normaux bavardent. Ils se disent ce qu'ils savent, surtout lorsqu'ils veulent faire bonne impression. Je devrais me considérer trahi, mais ce que je ressens s'apparente plutôt à du soulagement.

J'en ai plus qu'assez d'user de faux-fuyants, et je demande :

— Est-ce que c'est sérieux, entre vous ? Il y a des sentiments ?

— Ouais, répond Daneca avec une expression qui traduit à la fois plaisir et embarras.

Alors que Sam semble sur le point de tomber dans les pommes.

— C'est chouette ! leur dis-je. Au fait, Daneca... Je voulais te dire que je n'ai pas menti à ta mère, car je n'en savais encore rien.

Mais j'ai conscience que cela n'aurait rien changé. Je sais que je lui aurais tenu les mêmes propos pour ne prendre aucun risque.

— Tu sors avec cette fille ? Celle que Sam a vue dans votre chambre.

Je ne peux m'empêcher de rire.

— Non.

— Alors, vous avez seulement...

— Nous n'avons rien fait du tout. Vous pouvez me croire. Premièrement, elle est probablement cinglée. Deuxièmement, elle ne m'apprécie pas tellement.

— D'accord, qui c'est ?

— Je m'attendais à ce que tu me demandes qui *je* suis.

— Tu peux avoir confiance en nous, déclare Daneca. Tu sembles avoir vraiment besoin de te confier à quelqu'un.

J'incline la tête. Il est exact qu'un coup de main serait le bienvenu pour mener à bien l'un de mes projets.

— Elle s'appelle Lila Zacharov.

Daneca en reste bouche bée.

— La fille qui a disparu quand... quand nous allions au collège ?

— Tu en as entendu parler ?

— Évidemment !

Daneca me chipe une croquette de pommes de terre, et l'huile imbibe son gant.

— Tous ont suivi cette affaire. L'héritière d'une des grandes familles du crime organisé... Ça faisait la une de tous les journaux. Même que ma mère m'a interdit de sortir seule, à l'époque. (Elle fourre la croquette dans sa bouche.) Alors, que lui est-il arrivé ?

J'hésite, mais c'est désormais tout ou rien.

— Elle a été métamorphosée en chatte.

Je sens que je grimace, mais je n'ai pas l'habitude de dire la vérité.

Daneca s'en étrangle et recrache la croquette.

— Par un faucheur de formes ? demande-t-elle avant de murmurer : Tu parles de la chatte blanche ?

— C'est une histoire de fou, commente Sam.

— Vous devez penser que j'ai tout inventé, dis-je en me massant le visage.

— Non.

Daneca ne tient plus en place et je vois Sam grimacer. J'en déduis qu'elle a dû lui balancer un coup de pied sous la table.

— Je n'ai pas voulu dire que t'avais disjoncté. C'était l'équivalent d'un « ça alors ! »

— Bien sûr, y a pas de lézard.

Je ne sais pas trop s'ils me croient, mais mon soulagement est enivrant.

Je pense soudain que je les ai manipulés. Ils se sentent désormais impliqués. Ils ont confiance en moi. Ils m'ont vu réussir une arnaque. L'enjeu étant ici plus important, il ne me reste qu'à leur faire miroiter un appât à la hauteur.

Mon portable vibre et je baisse les yeux. Je ne reconnais pas le numéro.

— Allô ?

— Voilà comment tu vas procéder, me dit de but en blanc Lila. Tu vas aller à la réception de mercredi et feindre d'utiliser tes pouvoirs sur mon père, comme tes frères et Anton te l'ont demandé. Je compte sur toi pour que ce soit bidon. Papa est assez malin pour accepter de jouer le jeu, mais tu devras l'informer de tes intentions.

— C'est ça, ton plan ?

— En ce qui te concerne. Je ne peux pas m'éterniser, alors ouvre grandes tes oreilles. Quelques minutes plus tard je franchirai la porte avec un pistolet, abattrai Anton et sauverai mon père. C'est ça, le rôle que je me suis attribué. C'est d'une simplicité enfantine.

Il y a tant de choses qui risquent de tout faire foirer que je cherche par laquelle commencer.

— Lila...

— J'ai pris des mesures pour que Philip ne soit pas mêlé à tout ça... comme tu me l'as demandé.

— Comment ?

— J'ai dit à mes gorilles que ton frère m'avait aperçue, et ils l'ont mis au secret. Nous n'aurons en face de nous que Barron et Anton.

Que Barron et Anton. Je masse l'arête de mon nez.

— Tu devais également protéger mon autre frère.

— Les plans les plus élaborés doivent être adaptés aux circonstances. Il ne reste qu'un problème.

— Lequel ?

— Nul n'est censé se rendre armé à cette réception. Ils ne me laisseront pas entrer si j'ai un revolver.

— Je n'ai...

Je m'interromps, conscient qu'un tel sujet de conversation n'est pas conseillé dans une école.

— Je n'en ai pas.

— Il y a un détecteur de métaux, à l'entrée. Déniche-m'en une et trouve un moyen pour me la faire passer.

— C'est impossible.

— Tu restes mon débiteur, me rappelle Lila d'une voix feutrée.

— Je le sais. Je ne le sais que trop.

Elle coupe la communication.

Je contemple le mur de la cafétéria en tentant de me persuader qu'il ne s'agit pas d'un traquenard.

— Du nouveau ? veut savoir Sam.

— Il faut que j'y aille. Les cours vont reprendre.

— On peut les sécher, suggère Daneca.

— Pas le jour de ma réintégration.

— Alors, on se retrouve pour les activités libres, déclare Sam. Devant le théâtre. Tu nous expliqueras ce qui se passe.

En m'éloignant, j'enfonce la touche rappel.

L'homme qui me répond n'est pas Zacharov. Je lui demande :

— Vous pouvez me la passer ?

— Je ne vois pas de qui vous parlez, marmonne-t-il d'une voix bourrue.

— Dites-lui qu'il me faudra deux invitations supplémentaires pour mercredi.

— Il n'y a personne, ici.

— Alors, quand vous la verrez.

Il ne me reste qu'à espérer qu'il passera le message.

Adossé au mur de briques du bâtiment, je sors de mon silence. Le fait de tout raconter à Sam et Daneca me donne l'impression de me dépouiller de mon épiderme pour leur montrer ce qui se dissimule au-dessous. C'est un processus à la fois lent et pénible.

Je ne les mène pas en bateau. Je n'essaie même pas de me mettre en valeur. Je commence par le début et leur raconte ce que ressent le seul membre privé de pouvoirs d'une famille de faucheurs. Je leur parle de Lila et de ma conviction de l'avoir tuée, de mon réveil sur le toit.

— Comment pouvez-vous être des faucheurs de père en fils ? veut savoir Sam.

— C'est comme avoir les yeux verts, lui explique Daneca. C'est aléatoire, mais si le père et la mère ont cette caractéristique, il est probable que leur enfant en héritera à son tour. En Australie, il y a par exemple près de 1 % de faucheurs, parce que ce pays était une colonie pénitentiaire, alors qu'ils sont dix fois moins nombreux aux États-Unis.

— Oh !

Sam ne s'était pas attendu à obtenir une réponse aussi précise. Moi non plus d'ailleurs.

Daneca hausse les épaules pendant que Sam se tourne vers moi.

— Et tu entres dans quelle catégorie ?

— Cassel est probablement un faucheur de chance, déclare Daneca. Ce sont les plus répandus.

— Il nous a dit le contraire.

— Ce que je suis, c'est… secondaire. L'important, c'est que mes frères veulent m'obliger à tuer ce type et que je n'y tiens pas.

— Tu es donc un faucheur de vie, en conclut Sam.

Le direct que Daneca lui balance dans le bras l'oblige à reculer malgré sa corpulence.

— Ouille !

Mais c'est moi qui gémis.

— Écoutez, c'est vraiment sans importance vu que je ne veux tuer personne.

— Tu n'aurais pas plutôt intérêt à changer d'air ? me demande Sam. Pourquoi ne quitterais-tu pas la ville ?

J'esquisse un hochement de tête avant de me raviser.

— Je n'en ai pas l'intention.

— Quelque chose m'échappe. Tu es convaincu que tes frères veulent t'obliger à assassiner quelqu'un et tu restes planté là à attendre qu'ils fassent de toi un meurtrier ! À quoi tu penses, bordel ?

— Je *pense* que je suis plutôt malin et que j'ai deux amis également plutôt malins, dont un qui rêve de démontrer qu'il est le roi des effets spéciaux.

Mes paroles attisent une flamme toujours présente au fond des yeux de Sam.

— Vraiment ? Le type qui sert de cible doit passer les fils dans son pantalon et appuyer sur un bouton dissimulé dans sa poche… à l'instant précis de la détonation, à moins que ce soit une mort par crise cardiaque.

— Non, c'est bien un tir d'arme à feu.

— Un moment ! intervient Daneca. C'est quoi ton plan, exactement ?

— J'ai deux ou trois idées à l'esprit, dis-je le plus innocemment du monde. Même si elles laissent toutes à désirer.

Nous les analysons plus d'une douzaine de fois. Nous les peaufinons pour transformer des idées grotesques en projets très risqués et, pour finir, en opérations qui pourraient être couronnées de succès. Puis, au lieu d'aller manger un morceau à la cafétéria, ils me conduisent chez Barron où je leur fais une démonstration de crochetage de serrure.

Sans la présence de grand-père, la maison déserte paraît immense. Le bazar qui régnait me manque, pendant que je prépare du café. Les lieux me semblent différents et pleins de possibilités. J'étale les cahiers en éventail devant moi, fais craquer mes jointures et m'apprête à passer une nuit interminable.

Le mardi matin, quand je me réveille, la manche couverte de bave, Sam s'acharne sur le klaxon dans l'allée. J'ai du mal à me brosser les dents avant de franchir le seuil d'un pas plus que chancelant.

Il me présente une tasse de café.

— Tu as dormi tout habillé ? me demande-t-il.

La vue du café me donne presque la nausée, je le bois quand même.

— Dormi ?

— Tu as de l'encre sur les joues.

J'abaisse le pare-soleil et m'étudie dans le petit miroir. Ma barbe d'un jour est plus drue et mes yeux sont injectés de sang. J'ai vraiment une mine pitoyable. La tache bleue sur ma pommette est le dernier de mes soucis.

En cours, je suis si distrait que Mme Noyes me prend à part pour me demander si je n'ai pas des problèmes familiaux… avant de s'intéresser à mes pupilles pour déterminer si elles sont ou non dilatées. Le Pr Stewart m'ordonne quant à lui d'aller me raser.

Je somnole au fond de la salle pendant la réunion du club de débats. Je rouvre les yeux au moment où tous se demandent s'il ne faudrait pas me réveiller. Puis je me traîne jusqu'à la section d'art dramatique pour suivre un cours magistral de Sam sur les tirs d'armes à feu.

J'engloutis le déjeuner, puis on se dirige vers le parking.

— Monsieur Sharpe !

C'est Valerio, qui vient vers nous à grands pas.

— Monsieur Yu. J'espère que vous n'aviez pas l'intention de nous fausser compagnie ?

— J'allais reconduire Cassel à son domicile, lui explique Sam.

— Vous n'avez qu'une demi-heure de battement avant le début de l'étude, fait remarquer Valerio en tapotant le cadran de sa montre.

Je retourne m'affaler devant la table et les cahiers pour finir par m'endormir sur le canapé du bas, en laissant toutes les pièces allumées. J'ai tant de choses à terminer ! J'oublie la moitié de ce que j'écris et, quand je revois ces alignements de mots au matin, je n'ai pas l'impression d'en être l'auteur.

Sam arrive au bon moment.

— Peux-tu me prêter ta caisse ? Je n'irai pas en cours, aujourd'hui. La nuit a été sacrément éprouvante.

Il me remet les clés.

— Ceux qui roulent en corbillard ne veulent plus prendre d'autres véhicules, ensuite.

Je le conduis au bahut avant d'effectuer une nouvelle incursion par effraction chez Barron. J'entre dans la catégorie des voleurs les plus habiles, ceux qui remplacent ce qu'ils subtilisent par la même chose.

Après quoi je rentre chez moi afin de me raser, et je consacre à cette opération tout le temps nécessaire pour me rendre aussi engageant qu'un vendeur de voitures d'occasion.

Je suis si las que je m'endors à 16 heures et ne me réveille qu'au moment où Barron secoue mon bras.

— Eh, la Belle au bois dormant !

Mon frère est assis dans le fauteuil que je n'ai jamais aimé, les bras croisés. Il se balance en arrière, soulevant les pieds du siège.

Anton est appuyé au chambranle de la porte de la salle à manger, avec un cure-dent comprimé sur la partie charnue de sa lèvre inférieure.

— Tu ferais mieux de t'habiller, petit.

— Qu'est-ce qu'on va faire ?

Après avoir posé la question, comme si j'ignorais la réponse, je vais dans la cuisine et me sers du café de la veille. Je lui trouve un arrière-goût d'acide pour batterie.

— On va à une soirée, annonce Barron qui grimace en me voyant boire. En ville. Un truc rupin. Il y aura des tas de truands.

— Philip ne pourra pas venir, précise Anton. Zacharov l'a chargé d'une mission à la dernière minute.

Je sais de quoi il retourne, mais je ne peux déterminer si Anton s'en inquiète. J'imagine Lila utilisant le portable de Philip pour envoyer un SMS.

Je me frotte les yeux.

— Et vous voulez que je vous accompagne ?

Barron échange un regard avec Anton.

— Ouais, je croyais qu'on t'en avait parlé.

— Non... Écoutez, allez-y sans moi et je vous rejoindrai. J'ai du travail à terminer.

Anton confisque ma tasse dans laquelle il crache son cure-dent.

— Fais pas l'idiot. Qui préfère le travail au bon temps, à ton âge ? File à l'étage prendre une douche.

J'obéis. Sous le jet, j'ai l'impression que des milliards de petites aiguilles chaudes criblent mon dos, détendent mes muscles. J'observe une araignée – une rescapée du grand nettoyage – recroquevillée dans un angle du plafond pour veiller sur ses œufs. Je me lave les cheveux en regardant les perles d'eau que capture sa toile.

Quand je sors de la cabine dans la pièce embuée, la porte est ouverte et Barron m'attend pour me tendre une serviette. Il a le temps de me lorgner brièvement, avant que je l'enroule autour de ma taille. Je me détourne... trop lentement.

— Qu'est-ce que tu t'es fait à la jambe ?

Je prends conscience que la nudité facilite la recherche d'amulettes.

— On ne t'a jamais appris à respecter la vie privée des gens ?

Il immobilise mon épaule.

— Montre-moi ton mollet.

— C'est une simple égratignure, dis-je en agrippant fermement la serviette.

Il me laisse sortir dans le couloir. Anton m'attend dans ma chambre.

— Chope-le, lui dit Barron.

Anton me balance un coup de pied qui me déséquilibre. Je tombe sur le lit, ce qui serait très agréable si mon frère ne refermait pas un bras sous ma mâchoire pour m'immobiliser.

— Lâche-moi !

La serviette a glissé et je me débats, aussi gêné que terrifié, pendant qu'Anton plonge la main dans sa poche revolver.

Une lame jaillit du manche en ébène.

— Qu'est-ce qu'il y a, là-dedans ? demande Anton en piquant le mollet dans lequel j'ai cousu les trois pierres.

Toute ma jambe palpite lorsqu'il y exerce une pression. La plaie s'est infectée.

Et lorsqu'il fend la peau, je ne peux m'empêcher de hurler.

CHAPITRE DIX-SEPT

— Pas mal, reconnaît Barron en regardant ma jambe ensanglantée et en fourrant les pierres rouges et poisseuses dans sa poche. Il y a combien de temps que tu utilises ces amulettes ?

Même les plans les plus élaborés peuvent foirer. L'univers a horreur de ceux qui se croient assez malins pour pouvoir lui imposer leurs volontés. Il faut toujours laisser une place aux imprévus, mais il est tout de même assez rare que tout capote avant même d'avoir commencé.

— Tu peux te les fourrer où je pense.

J'admets que ma repartie dénote un certain manque de maturité, mais mon frère a le don de m'exaspérer.

— Vas-y, frappe-moi. Avec quelques dents en moins, je ferai sensation à cette soirée.

Anton secoue la tête.

— Il se souvient de tout. On est coincés, Barron. Je te félicite pour ton travail.

— Qui t'a tout raconté ? gronde Barron.

— Je sais que je suis un faucheur de formes, un spécialiste des métamorphoses. C'est plutôt à *toi* de m'expliquer pourquoi tu t'es donné tant de mal pour me le cacher.

Ils échangent un regard, comme s'ils envisageaient de réclamer un temps mort pour aller décider de la tactique à adopter dans la pièce voisine.

Barron s'assoit au bout du lit et se ressaisit.

— C'est maman qui nous l'a demandé. En fait... tu es... dangereux. Elle jugeait préférable que tu ne l'apprennes qu'une fois adulte. Quand tu as eu tes premiers soupçons, elle a voulu que je te fasse oublier tout ça. Voilà comment tout a commencé.

Je baisse les yeux sur le sang qui macule les draps et l'entaille.

— Elle est donc au courant de ce que vous faites ?

Mon frère secoue la tête, sans tenir compte du regard menaçant de son acolyte.

— Non. Nous n'avons pas voulu qu'elle s'inquiète. La prison est déjà très pénible pour elle, et le rétrochoc de ses sortilèges l'a rendue émotionnellement fragile. Mais nous avions des problèmes de fric avant même son arrestation, tu le sais.

Je hoche la tête très lentement.

— C'est Philip qui a tout imaginé. Commettre des assassinats est le moyen le plus efficace et rapide de se renflouer. Et le pactole revient aux exécuteurs les plus sûrs, ceux qui ne laissent aucun indice derrière eux. Rien de plus facile, avec toi.

On pourrait croire qu'il s'attend à être félicité pour tant d'ingéniosité.

— Quant à Anton, il fait le nécessaire pour que nul n'apprenne qui commet ces meurtres.

— Et il ne serait venu à l'esprit de personne d'en toucher deux mots au tueur en série ?

Il hausse les épaules.

— Tu étais un gosse et il aurait été injuste de t'imposer ce traumatisme. J'ai régulièrement effacé ta mémoire pour te protéger...

— À grands coups de pied dans le bide, par exemple ? C'est pas traumatisant, peut-être ? Et ça ?

Je désigne ma jambe.

— C'est aussi pour mon bien que tu m'as charcuté ?

Mon frère ouvre la bouche mais ne trouve aucun mensonge à me débiter. Anton décide d'intervenir.

— Philip voulait garantir ta sécurité. Tu as toujours eu tendance à parler à tort et à travers. Tu te la coulais douce. Il était temps de t'endurcir. (Il hésite puis s'exprime avec moins d'assurance.) À ton âge, je ne me serais jamais permis de tenir tête aux anciens. J'avais treize ans quand ma mère m'a fait ces marques sur la gorge, et elle les a rouvertes chaque année jusqu'à ce que je sois un adulte. Elle les a alors remplies de cendres, pour que je n'oublie jamais ce que j'étais.

Il caresse les cicatrices de son cou.

— Pour que je me rappelle constamment qu'il n'y a pas de meilleur maître que la souffrance.

— Dis-nous si tu as parlé de tout ça à quelqu'un ! intervient Barron.

On ne peut tromper un honnête homme. Seuls les gens vénaux ou désespérés font abstraction de leurs doutes pour tenter d'obtenir ce qu'ils ne méritent pas. J'ai entendu bon nombre de personnes – dont mon père – utiliser cet argument pour justifier leurs malversations.

— Je veux ma part, dis-je à Anton. Dès l'instant où je rapporte du fric, je dois pouvoir en dépenser.

— J'ai rien contre, déclare Anton.

— J'ai seulement dit à Sam, mon camarade de chambre, que je suis un faucheur. Je n'ai pas précisé dans quelle catégorie.

Anton libère son souffle.

— C'est tout ? Tu n'as rien fait d'autre ?

Il rit.

Barron l'imite et, peu après, nous rions ensemble comme si je venais de raconter la plus désopilante de toutes les blagues.

Car il s'agit d'une déclaration qu'ils sont assez vénaux et désespérés pour croire.

— Bien, bien, dit finalement Anton. Va te mettre sur ton trente et un, d'accord ? Nous n'allons pas au bal de ton école.

Je gagne le placard en claudiquant. Je me penche et fouille mon sac à dos, comme si j'y cherchais un vêtement. Je repousse mon uniforme et des jeans, trouve ma chemise et me redresse.

— Pour résumer, Philip a eu cette idée et vous l'avez acceptée ? Ça ne vous ressemble pas.

Je retourne en vacillant vers le seuil et trébuche exprès. Je tombe contre mon frère, et mes doigts sont à la fois rapides et discrets.

— Oups, désolé !

— Fais gaffe.

Je prends appui contre le chambranle de la porte et bâille, ce qui m'offre un prétexte pour lever la main à ma bouche.

— Sois sincère, dis-moi pourquoi tu ne m'as rien dit.

Un étrange sourire modifie l'expression de Barron.

— Parce que je trouvais ça injuste. Tu hérites du saint Graal des faucheurs, quand je me vois condamné à nettoyer les esprits comme un technicien de surface. Remarque, je ne conteste pas l'utilité de mes activités. Je trichais à l'école et personne ne s'en souvenait sitôt après, mais ça servait à quoi ? Pas grand-chose. Sais-tu combien de faucheurs de formes voient le jour ? Un tous les dix ans, au grand maximum. Tu avais reçu des pouvoirs incommensurables que tu n'appréciais même pas.

— Parce que je l'ignorais.

— Il n'empêche que c'est un beau gâchis.

Il pose sa main nue sur mon épaule et je sens mes poils se hérisser sur ma nuque.

J'essaie de le dissimuler. Je tente de me comporter comme si je n'avais pas récupéré et avalé discrètement une de mes amulettes, à titre de précaution. Que je sois indigne d'un tel don est possible, mais ma dextérité est incontestable.

Finalement, je choisis un vieux costume de papa trouvé dans la chambre des parents. Fidèle à elle-même, maman n'a rien jeté et tous les effets de mon père sont restés dans sa penderie, un peu vieillots et imprégnés d'une légère odeur de naphtaline, comme si elle s'attendait à le voir revenir d'une absence prolongée. La veste croisée me va à merveille, et quand je glisse mes mains dans les poches du pantalon à rayures, je trouve un mouchoir froissé ayant toujours l'odeur de son eau de toilette.

Je referme le poing sur le carré de tissu, tout en suivant mon frère et Anton vers la Mercedes de ce dernier.

Dans la voiture, Anton fume cigarette sur cigarette et m'étudie dans le rétroviseur, rongé par la nervosité.

— Tu sais ce que tu dois faire ? me demande-t-il à l'instant où la voiture s'engage dans le tunnel d'accès à Manhattan.

— Ouais.

— Tu seras parfait. Si tu le souhaites, tu pourras recevoir un collier comme le mien. Barron également.

— Ouais.

J'assimile la tenue de mon père à une armure qui me rend invulnérable.

Les portes en cuivre du *Koshchey* sont ouvertes, lorsque nous nous arrêtons devant le restaurant. Là, deux colosses à lunettes noires et en manteaux de laine pointent la liste des invités. Un type aux cheveux argentés attend avec une blonde en robe de lamé scintillante qui grimace dans le nuage de fumée de cigares du trio d'individus qui les précède. Deux voituriers viennent ouvrir les portières de la Mercedes. L'un d'eux doit avoir mon âge et je lui souris, mais il reste de marbre.

On nous fait signe d'entrer. Pas de pointage pour les membres de la famille. Les gardes s'assurent simplement que nous ne sommes pas armés.

Les lieux sont bondés. Les convives s'entassent autour du bar et font passer des verres que d'autres personnes emportent vers leurs tables. Je remarque une bande de jeunes qui se servent de la vodka.

— À Zacharov ! s'exclame l'un.

— À l'alcool à volonté ! dit un autre.

— Et aux filles faciles ! complète Anton.

Un jeune homme svelte et souriant se penche vers nous, un verre à la main.

— Anton ! Tu arrives bien tard... Il faut te rattraper.

Anton me dévisage puis s'isole avec l'inconnu. Je me faufile dans la grande salle, en louvoyant entre des faucheurs joyeux de diverses familles. Je me demande combien d'entre eux sont des fugueurs, combien ont fui l'existence banale qui les attendait en Caroline du Nord ou du Sud, ou encore au Kansas, pour venir se faire recruter par Zacharov, dans la grande cité. Barron me suit en gardant ses mains plaquées sur mes omoplates, comme une menace.

Sur la petite scène érigée à l'opposé de la piste de danse, une femme en ensemble rose pâle parle dans un microphone :

— *Certains d'entre vous se demandent peut-être pourquoi nous – qui vivons ici à New York – devrions soutenir financièrement ceux qui luttent contre une proposition de loi ne concernant que le New Jersey. N'aurions-nous pas intérêt à garder notre argent, au cas où il deviendrait nécessaire de mener ce combat ici même ? Eh bien sachez, mesdames et messieurs, que si la Deuxième Proposition est adoptée dans un État, surtout dans un État où nous avons tant de proches, il est probable que cela fera boule de neige dans la totalité du pays. Nous devons aider nos voisins à préserver leur vie privée, afin qu'ils puissent défendre un jour la nôtre.*

Une fille en robe noire, aux cheveux bruns ramenés en arrière par des peignes en strass, et au sourire démesuré, passe en se frottant contre moi. Daneca est vraiment canon et je dois prendre sur moi pour ne pas le lui déclarer.

— Salut, me dit-elle langoureusement. Je crois qu'on se connaît.

Elle en fait trop, mais je parviens à ne pas lever les yeux au ciel.

— Je te présente mon frère, Barron. Barron... Dani.

— Heu, salut, Dani...

— Je lui ai infligé une cuisante défaite aux échecs lors du tournoi qui a opposé son école à la mienne, déclare-t-elle en enjolivant la version dont nous étions convenus la veille.

— Oh, vraiment ? (Il se détend et sourit.) J'en conclus que vous êtes habile.

Elle blêmit. Barron a tout d'un grand inquisiteur, avec ses yeux glaciaux et ses boucles angéliques. Je doute que Daneca ait l'habitude d'être courtisée par des sociopathes dans son genre, et les mots se bousculent dans sa bouche.

— Juste assez pour... Juste assez.

Je me tourne vers Barron.

— Je peux lui parler cinq minutes ? En privé.

Il hoche la tête.

— Je vais aller nous chercher quelque chose à grignoter. Mais n'oublie pas que le temps passe.

— Aucun risque.

Il referme la main sur mon épaule et ses doigts palpent mes muscles noués d'une façon que je trouve agréable, fraternelle.

— Tu te sens d'attaque, pas vrai ?

— Je le serai.

Mais je ne soutiens pas son regard, pour l'empêcher de constater que sa gentillesse feinte m'est pénible, que je suis conscient d'avoir affaire à un faux-jeton.

— T'es un coriace, conclut-il.

Puis il s'éloigne vers les samovars de thé et les plateaux où sont disposés les plats de poisson laqué de rubis par la sauce à la grenade, de hareng à l'aneth et près d'un million de pirojkis différents.

Daneca se penche contre moi et glisse sous ma veste une pochette de sang autour de laquelle sont entortillés des fils électriques.

— On a refilé le truc à Lila, murmure-t-elle.

Je redresse la tête, l'estomac noué.

— Tu lui as parlé ?

Daneca secoue la tête.

— Sam est avec elle. Elle n'apprécie pas tellement que nous n'ayons pu lui procurer qu'une arme factice, dont Sam n'a d'ailleurs pas fini de coller les morceaux.

J'imagine la mine sévère que doit avoir Lila.

— Elle sait ce qu'elle doit faire ?

— Connaissant Sam, il a dû le lui expliquer cent fois plutôt qu'une. Il m'a demandé de m'assurer que tu réussiras à connecter les fils au dispositif de déclenchement.

— Je le crois, je…

— Cassel !

Je me tourne vers grand-père qui porte un costume marron et un chapeau incliné sous un angle désinvolte, avec une petite plume piquée dans le galon.

— Qu'est-ce que tu fiches ici ? J'espère que tu as une explication valable à me fournir.

La veille, lorsque nous avons dressé une liste d'impondérables, je n'ai à aucun moment envisagé que grand-père pourrait être présent. Parce que ma stupidité est incommensurable, parce que je suis un imbécile dénué de tout sens de l'organisation. Sa présence ici est logique. Où aurait-il pu se rendre ?

Sincèrement, qu'est-ce qui pourrait encore aller de travers ?

— Barron est passé me chercher, lui dis-je. Tu estimes peut-être que je devrais être privé de sorties ? Allons, grand-père, c'est pour ainsi dire une réunion de famille.

Il regarde autour de nous, semblant chercher son ombre.

— Tu vas rentrer à la maison. Tout de suite !

— Comme tu voudras, dis-je en levant les mains en geste d'apaisement. Laisse-moi le temps de trouver quelque chose à me mettre sous la dent et je file.

Daneca s'éloigne vers le bar. Elle m'adresse un clin d'œil pour m'indiquer qu'elle est convaincue – sans raison – que j'ai la situation en main.

— J'ai dit tout de suite. Je te raccompagne.

— Quelle mouche te pique ? Je n'ai rien à me reprocher.

— Tu aurais dû me joindre sitôt après avoir lu mon message. *Voilà ce que je te reproche !* Tu n'es pas à ta place dans un endroit pareil !

Un homme en costume sombre avec une dent en or regarde dans notre direction et ricane, amusé par cet accrochage familial on ne peut plus classique. Le jeune rebelle confronté à la vieille baderne. Si ce n'est que le comportement de grand-père est bizarre.

Je lève les yeux sur l'horloge. 22 h 10.

— D'accord, dis-moi ce qui se passe.

— Je te l'expliquerai en chemin.

Il referme la main sur le haut de mon bras. Je voudrais me dégager, mais mon épaule a été déboîtée un peu trop souvent, ces derniers jours. Je ne résiste pas pendant qu'il me guide vers la porte, et j'attends que nous passions près du bar pour attirer l'attention d'Anton.

— Regarde qui j'ai rencontré, lui dis-je. Tu connais mon grand-père.

En voyant les yeux d'Anton se plisser, j'en déduis qu'il ne l'apprécie guère. Il y a sur le comptoir une multitude de petits verres et au moins une bouteille vide de vodka Pshenichnaya.

— Je suis venu saluer de vieux amis, déclare grand-père. Je suis sur le départ.

— Sans Cassel, rétorque Anton. Il n'a encore rien bu.

Il me sert, ce qui intrigue de jeunes faucheurs qui me jaugent du regard.

Je lis sur le visage d'Anton une tension que tentent de démentir son sourire nonchalant et la langueur avec laquelle il reste accoudé au bar. S'il veut se hisser à la tête de la famille, il faut qu'il démontre qu'il sait imposer ses volontés à ses aînés. Il ne peut se laisser humilier par un vieux débris. Il doit apporter la preuve de son autorité, et m'utiliser pour y parvenir le ravit.

— Bois, m'ordonne Anton.

— Il est trop jeune pour ça, proteste grand-père.

Ce qui provoque l'hilarité de tous les jeunes gens regroupés autour du bar. Je vide d'un trait le verre de vodka dont la chaleur brûle mon estomac et cautérise ma gorge. Je tousse. Les rires s'amplifient.

— C'est comme tout le reste, dit l'un d'eux. Le pire, c'est la première fois.

— Faux, rétorque Anton en me resservant. C'est bien pire la deuxième, parce qu'on sait à quoi s'attendre.

— Vas-y, dit grand-père. Vide ton verre et on s'en va.

Je lorgne l'horloge. 22 h 20.

L'alcool me paraît aussi fort que la fois précédente.

Un des types me donne une tape dans le dos et s'adresse à grand-père.

— Allez, laissez-le rester. Nous veillerons sur lui.

— Tu ne voudrais pas être sur les genoux pour retourner à Wallingford, Cassel, me déclare grand-père sur un ton qui change mon prénom en réprimande.

— Je suis venu avec Barron, lui dis-je en me penchant sur le comptoir pour prendre un troisième verre.

Ce qui ravit les jeunes qui m'entourent.

— Tu vas repartir avec moi, gronde grand-père.

Cette fois, j'avale la vodka comme si c'était de l'eau. Je m'écarte du bar et feins de tituber un peu. Mon assurance me donne le tournis. *Je suis Cassel Sharpe.* Ma bouche veut articuler ces mots. *Je suis bien plus malin que vous. J'ai tout prévu.*

— Ça va aller ?

Anton me dévisage comme pour déterminer si je suis ou non éméché. Son avenir repose sur mes épaules. Je garde une expression neutre pour semer le doute dans son esprit. Que je sois le seul à flipper serait injuste.

Grand-père me tire vers les doubles portes, à contre-courant de la marée de convives.

— Il cuvera dans la voiture.

— Laisse-moi faire un saut aux toilettes, grand-père. J'en aurai pour une seconde.

— Viens, la route est longue, grommelle-t-il, visiblement furieux.

L'horloge murale indique 22 h 30.

Anton va assurer la protection de Zacharov et Barron doit me chercher. Mais nul ne peut prévoir quand le grand patron ressentira le besoin d'aller aux toilettes. Peut-être a-t-il une vessie à toute épreuve.

— Je t'accompagne, décide grand-père.

— Tu me crois incapable de pisser sans m'attirer des ennuis ?

— Disons que j'ai des doutes.

Nous nous dirigeons vers les toilettes, près de la cuisine et du bar. Je jette un œil et vois Zacharov. La pierre aux reflets vermeils de son épingle de cravate est éclipsée par les rubis qui parent les oreilles de la beauté à la longue chevelure miel accrochée à son bras. Ils sont nombreux à venir le saluer et à lui serrer la main, gant de cuir sur gant de cuir.

Et là, dans la foule, je crois la voir. Sous cet éclairage, Lila semble avoir des cheveux blancs, des lèvres rouge sang.

Il est bien trop tôt pour qu'elle se montre. Elle va tout foutre en l'air !

J'oblique vers le buffet. Vers elle. Le temps d'arriver à destination, elle n'est plus là.

— Qu'est-ce qui te prend ? me demande grand-père.

Je fourre un syrniki à la rose dans ma bouche.

— J'essaie de piquer un peu de nourriture, vu que tu ne me permets pas de me nourrir convenablement.

— Je sais ce que tu manigances. Je t'ai vu lorgner l'horloge. Cesse de me mener en bateau, Cassel. Va pisser ou suis-moi.

— Comme tu voudras, dis-je en entrant dans les toilettes.

22 h 40. Je crains de ne pas pouvoir m'incruster encore longtemps.

Il y a ici plusieurs personnes qui se peignent en face des miroirs. Un blondinet aux joues hâves et aux yeux boursouflés se tape un rail de coke sur la tablette en marbre. Il ne lève même pas les yeux à notre entrée.

Je pénètre dans une cabine et m'assieds sur l'abattant, le temps de me détendre.

Je lis sur ma montre : 22 h 43.

Lila ne veut-elle pas tout faire capoter ? Je me demande si je l'ai véritablement vue dans la salle, ou s'il faut attribuer cette vision à mon angoisse.

Je retire ma veste de costume, déboutonne ma chemise et fixe avec du sparadrap le sachet de sang artificiel que Daneca m'a refilé, résigné à subir l'arrachage de poils qui accompagnera son retrait. Je déchire la couture de la poche de mon pantalon et y glisse le fil électrique, avant d'utiliser une autre longueur de bande adhésive pour que le déclencheur reste à portée.

22 h 47.

Je m'assure que la bouteille de vomi est scotchée sous le réservoir. Elle est là, même si j'ignore lequel d'entre eux s'est finalement dévoué pour rendre tripes et boyaux à ma place. Une pensée qui m'arrache un sourire.

22 h 48.

— Ça va, là-dedans ? appelle grand-père.

Quelqu'un ricane.

— Une seconde…

Je reproduis un son de dégueulis et verse la moitié du contenu de la bouteille dans la cuvette. Une puanteur vinaigrée envahit le réduit et me donne des nausées, cette fois bien réelles.

Je vide le flacon et le remets à sa place. J'ai encore des haut-le-cœur.

— Ça va ? (Grand-père est désormais plus inquiet qu'impatient.) Cassel ?

— Oui, réponds-je avant de cracher.

Je tire la chasse puis reboutonne ma chemise et renfile ma veste que je m'abstiens de fermer.

La porte s'ouvre et je reconnais la voix d'Anton.

— Tout le monde dégage ! On ne veut personne dans les toilettes.

Je sens mes jambes vaciller. Je m'appuie au chambranle. La plupart des gens ont été chassés par mes vomissements bidon, mais les plus lents et le plus camé passent devant Anton. Zacharov se tient à côté des lavabos.

— Desi Singer, dit-il en se massant la mâchoire. Ça fait longtemps.

— C'est une soirée très réussie, déclare avec solennité grand-père qui s'incline, au point que ce mouvement a tout d'une révérence. Je n'aurais jamais cru que tu te lancerais un jour dans la politique.

— Ceux qui enfreignent les lois doivent s'en soucier, car elles les concernent bien plus que s'ils étaient honnêtes.

— J'ai toujours entendu dire qu'il n'y a pas pire bandit qu'un homme politique, conclut grand-père.

Zacharov a un sourire qui s'efface dès qu'il me voit.

— Il ne devrait y avoir personne, ici !

— Excusez-moi, lui dis-je. J'ai un peu bu. C'est effectivement une soirée très réussie, monsieur.

Je lui présente ma main. Grand-père va pour agripper mon bras, mais Anton le retient et sourit à Zacharov comme s'il trouvait l'incident amusant.

— C'est le frère cadet de Philip, explique-t-il. Accordez-lui ce petit plaisir.

Zacharov me tend lentement la main, les yeux rivés aux miens.

— Cassel, c'est bien ça ?

— Aucun problème, monsieur. Je comprends parfaitement que ça puisse vous ennuyer.

— Vas-y, gronde-t-il en soutenant mon regard.

Je m'exécute et referme l'autre main sur son poignet, avant de remonter mes doigts sous sa manche à travers le cuir fendu pour effleurer sa peau. Ses yeux s'écarquillent, comme si je lui transmettais une décharge électrique. Il a un mouvement de recul.

Je l'attire vers moi et lui murmure à l'oreille :

— Faites semblant de mourir, monsieur. Je viens de transmuer votre cœur en pierre.

Sous le choc, Zacharov recule en titubant. Il regarde Anton et je crains un instant qu'il lui ordonne de m'abattre. Au lieu de ça, il se plaque contre un des boxes puis bascule. Sa tête percute le sèche-mains et, après avoir laissé échapper un hoquet silencieux, il glisse le long du mur avec les mains crispées sur le devant de sa chemise.

Ses yeux se ferment, sa bouche s'ouvre pour une dernière inspiration.

Zacharov sait donner le change, lui aussi.

— Qu'as-tu fait ? s'écrie grand-père, horrifié. Annule ton sortilège, Cassel ! Quoi que tu aies pu...

Il me regarde comme s'il avait un inconnu en face de lui.

— Ferme-la, le vieux ! lui ordonne Anton en donnant un coup de poing à la paroi du box, au ras de la tête de grand-père.

Je voudrais le remettre à sa place, mais le temps presse. L'absence de rétrochoc risque de me trahir.

Je me concentre pour procéder à une transformation. J'imagine qu'une lame s'abat sur mon crâne, je tente de m'imprégner de ce qu'engendre le danger.

Je dois réussir à me terrifier. Je me revois au-dessus de Lila, armé d'un couteau. Lever cette arme m'emplit d'horreur et de dégoût. Je peux constater que l'effet de ce souvenir factice est toujours le même.

Ma main tressaute et je sens mes chairs devenir malléables. Je me représente les doigts courtauds de mon père et ses cals rugueux.

Sa main vient compléter son costume.

Une transformation infime. Un changement minime afin que le rétrochoc ne soit pas trop violent.

Une onde me parcourt et je me concentre pour avancer d'un pas vers le mur, mais j'ai l'impression que mon pied fond et se répand autour de moi.

Anton glisse ses doigts sous sa veste et ouvre d'un mouvement sec du poignet un couteau papillon. La lame virevolte entre ses doigts, miroite comme des écailles. Anton se penche sur Zacharov et détache avec soin l'épingle de cravate.

— Tout sera très différent à l'avenir, déclare-t-il.

Il se tourne vers moi et je trouve soudain ce plan foireux lamentable.

— Tu ne dois pas te souvenir de ses propriétés, me dit Anton à voix basse. Mais j'ai désormais une amulette, alors n'espère pas me baiser !

Comme si j'étais capable de faire autre chose que m'agenouiller pendant que mon corps se gauchit et se déforme.

Ma vision est floue et mouvante, mais je reconnais grand-père accroupi près de Zacharov.

Mes membres se transforment, des nageoires sortent de ma peau et cinq puis six bras vont percuter le mur. Ma tête est projetée d'un côté et de l'autre. Ma langue se scinde en fourche. Tout se bloque alors que mes os se vrillent et se déboîtent. Mes yeux se démultiplient, et j'en ai des milliers qui cillent simultanément sous le plafond peint. Je me dis que ça ne va pas durer, mais c'est interminable.

Anton se dirige vers grand-père.

— Vous êtes un faucheur loyal, et devoir vous faire ça m'ennuie vraiment.

— Reste où tu es, gronde grand-père.

Anton secoue la tête.

— Je suis heureux que Philip ne puisse pas assister à cette scène. Il ne comprendrait pas. Un chef doit choisir avec soin ceux qui pourront témoigner de ses actes.

Je veux me tourner, mais mes jambes sont des sabots qui claquent sur le carrelage. Je ne sais pas comment leur imposer mes volontés. J'essaie de crier, mais ma voix ne m'appartient plus et seuls des gazouillis sortent de... ce qui est probablement un bec qui se forme et durcit sur mon visage.

— Adieu, dit Anton à grand-père. Je suis sur le point de devenir une légende.

On frappe à la porte. Le couteau s'immobilise à seulement quelques centimètres de la gorge de grand-père.

— C'est moi, crie Barron. Ouvrez !

— N'interviens pas, Anton, ordonne grand-père. Baisse ce couteau. Si je suis loyal, c'est en premier lieu envers mon petit-fils, et si tu veux qu'il te reste fidèle, je te conseille de réfléchir avant d'agir.

— Anton, dis-je depuis le sol.

Mais il est difficile de s'exprimer quand on a une langue fourchue.

— La porte !

Anton me regarde, remet le couteau dans son étui et va ouvrir.

Je me concentre pour déplacer ma main transmuée et la dissimuler dans la poche de mon pantalon.

Barron fait quelques pas avec raideur, avant de tituber comme si on l'avait poussé.

— Laisse tes mains bien en vue, ordonne une voix féminine.

Lila porte une robe rouge aussi moulante que courte. Son seul accessoire est l'énorme pistolet argenté qui brille sous les néons. La porte se referme derrière elle. Nul ne pourrait se douter que l'arme qu'elle braque sur Anton n'est pas authentique. Anton entrouvre la bouche, comme pour prononcer son nom. Mais aucun son ne franchit ses lèvres.

— Tu m'as entendue, ajoute-t-elle.

Anton me désigne avec le couteau replié.

— Il a tué ton père. C'est pas moi, c'est lui !

Elle regarde le corps inerte de Zacharov, et la gueule de son arme oscille.

Je glisse la main sous ma veste, en espérant que mes doigts resteront des doigts jusqu'au moment où je m'en servirai. Je peux de nouveau utiliser ma langue.

— Tu ne comprends pas. Je ne…

— J'en ai par-dessus la tête de tes justifications foireuses, gronde-t-elle en baissant l'arme vers moi d'une main tremblante. Tu n'étais pas conscient de ce que tu faisais. Tu ne te souviens de rien. Tu n'as jamais voulu de mal à qui que ce soit.

Elle ne semble pas jouer la comédie. Je tente de me lever.

— Lila…
— Ta gueule !
Elle tire.
Le sang imbibe ma chemise.
Je hoquette comme un poisson.
Je ferme les yeux et entends grand-père balbutier mon nom.
Rien n'est plus efficace que se faire descendre pour devenir le clou de la soirée.

CHAPITRE DIX-HUIT

Je souffre. Je m'y attendais, mais j'en ai le souffle coupé.

Je respire le plus discrètement possible. Le rythme de mes métamorphoses corporelles a ralenti, les effets du rétrochoc s'estompent. Je voudrais garder les yeux ouverts, mais il est indispensable qu'Anton me croie éliminé, et c'est pourquoi je me contente de tendre l'oreille.

— Contre les lavabos, vous deux ! ordonne Lila. Et laissez vos mains bien en évidence.

J'entends des gens se déplacer autour de moi. Un grognement s'élève du côté de grand-père, mais je ne peux pas regarder dans cette direction.

— Comment t'y es-tu pris pour te retrouver ici ? demande Anton.

— Oh voyons ! répond Lila d'une voix lourde de menace. C'est pourtant pas sorcier. J'ai trottiné sur mes petites pattes.

J'essaie de modifier imperceptiblement ma position pour pouvoir me relever plus facilement par la suite.

Tel un prestidigitateur sur une scène, un manipulateur doit détourner l'attention. Pendant que tous s'attendent à le voir sortir un lapin de son chapeau, il scie en deux sa partenaire. Les spectateurs s'imaginent qu'il va faire une chose alors qu'il en accomplit une autre.

Tous croient que j'agonise, mais c'est un leurre.

Je suis un peu gêné que l'adrénaline qui se répand dans tout mon être m'emplisse d'une joie enivrante. C'est la preuve que je ne suis pas quelqu'un de charitable.

Mais l'idée de mener Anton et Barron en bateau est jubilatoire.

J'entends des pas qui se dirigent vers elle.

— Je suis désolé, Lila, geint Anton. Je sais que…

— Tu aurais dû me tuer quand tu en avais l'occasion, complète-t-elle.

On touche mon épaule et je manque sursauter. Je sens des doigts nus palper mon cou, à la recherche de mon pouls. La seule chose sur laquelle je n'ai aucun contrôle. Il suffira de déboutonner ma chemise pour voir les fils électriques.

— Tu es aussi malin que le diable, Cassel Sharpe, me murmure grand-père.

Aussi malin que le diable et deux fois plus mignon. Je prends sur moi pour ne pas sourire.

— Donne-moi cette arme, ordonne Anton à Lila.

J'entrouvre légèrement les paupières. Il tient toujours sa lame.

— Tu sais que tu ne tireras pas.

— Recule contre les lavabos !

Anton laisse tomber le couteau et tend la main vers elle pour lui faire lâcher le pistolet qui rebondit sur le sol.

Même si Lila plonge pour le récupérer, il est plus rapide. Je veux me redresser, mais grand-père m'en empêche.

Anton lève le pistolet et tire à trois reprises sur Lila, à bout portant.

Elle recule en titubant, mais comme elle n'est pas équipée comme moi, il n'y a aucun jet de sang, pas la moindre blessure.

Notre stratagème est éventé.

Anton regarde Lila, puis son arme. Il s'intéresse à moi, à mes yeux grands ouverts.

— Je vais t'étrangler, gronde-t-il en jetant l'arme factice qui perd un de ses éléments au contact du carrelage.

C'est ennuyeux.

Grand-père s'interpose et tente de nous écarter, quand une voix s'élève à l'autre bout des toilettes.

— Ça suffit !

Au milieu du silence, Zacharov se relève avec lourdeur. Il s'étire, sans doute ankylosé.

Anton recule et trébuche, comme confronté à un fantôme. Nous restons tous figés sur place.

Barron me désigne d'un doigt accusateur.

— Tu t'es joué de moi.

— Vous avez tous voulu jouer, rétorque Zacharov avec son accent prononcé. Comme quand vous étiez gosses et que vous brandissiez vos pistolets à eau pour arroser tout le monde.

— Pourquoi… demande Anton. Que saviez-vous ? Pourquoi avez-vous feint…

— Parce que je refusais de croire que tu pourrais trahir les tiens, Anton, déclare Zacharov en grimaçant. Je ne pouvais imaginer que tu avais organisé mon assassinat. Toi entre tous, toi que j'avais désigné comme mon héritier.

Zacharov regarde grand-père.

— De nos jours, les jeunes ont perdu le sens de la famille.

Grand-père nous dévisage tour à tour, Barron et moi, comme s'il ne savait quoi répondre.

Anton avance vers Zacharov en grimaçant. Barron ramasse le couteau papillon qu'Anton a laissé tomber et le fait claquer. Ouvert, fermé, ouvert…

Je roule sur moi-même et me lève en dérapant dans le sang synthétique. Je réussis à m'agenouiller.

— Tu ne sortiras pas d'ici vivant, dit Anton à Zacharov.

Il ne me reste qu'une carte à abattre, mais c'est un atout. Je suis debout, comme sur le toit de Smythe Hall, avec la mort assurée au premier faux pas.

— Je n'ai pas peur de toi, déclare Zacharov en fixant son neveu dans les yeux. Il faut en avoir, pour tuer un homme de sang-froid, et je sais que tu n'en es pas capable.

— Tais-toi, vieux cinglé ! gronde Anton avant de se tourner vers Barron. Passe-moi le couteau.

Lila s'apprête à bondir, mais son père la retient par le bras et la ramène vers lui.

Elle retrousse sa lèvre supérieure. Ses yeux sont consumés par le feu qui y couve, alors qu'elle foudroie son cousin du regard.

— Je te tuerai, gronde-t-elle.

Mais Barron garde le couteau, sourit et lève la pointe de la lame vers la gorge d'Anton, qui repousse la main de son associé.

— Ne déconne pas ! Qu'est-ce que tu attends ? Donne-moi cette arme.

— Je sais ce que j'ai à faire, Anton. Désolé.

J'inspire à pleins poumons et abats mes cartes.

— Il y a des mois que nous avons pris contact avec M. Zacharov, Barron et moi. N'est-ce pas, monsieur ?

Zacharov me foudroie du regard. Il doit en avoir par-dessus la tête de mes manigances, mais il ne peut ignorer que le couteau pointé vers le cou d'Anton est plus important que le reste. Ses doigts se crispent sur les bras de sa fille.

— C'est exact.

— C'est faux ! s'emporte Anton pendant que Barron hoche la tête. Pourquoi ? Même si tu avais décidé de me doubler, tu n'aurais pas pu rouler Philip.

— Il est dans la combine, lui aussi.

Barron fait virevolter le couteau. Les lumières des néons se reflètent sur la lame.

— Tu ne me convaincras jamais que ton frère a retourné sa veste. C'est impossible. Nous avons mis tout ça au point ensemble. Nous avons consacré des années à peaufiner ce projet.

Barron hausse les épaules.

— Alors, dis-moi où il se trouve. Pourquoi n'est-il pas là avec toi ?

Anton me dévisage.

— C'est absurde.

— Qu'est-ce qui est absurde ? lui demande Lila. Tu crois détenir l'exclusivité de la trahison ? Tu crois être le seul à savoir mentir ?

L'expression d'Anton traduit un conflit intérieur. Il étudie les possibilités qui s'offrent encore à lui.

— Nous devions nous assurer que tu étais sérieux quand tu parlais d'assassiner Zacharov, ajoute Barron sans sourciller.

— Tu n'as donc pas compris qu'il va te tuer, pauvre tache ? lance un Anton visiblement dépassé par les événements. Tu as renoncé à tout ce que tu avais pour rien. Tu oublies que tu as enlevé sa fille, et que tu es par conséquent un homme mort. Zacharov nous fera abattre jusqu'au dernier.

— Il a tiré un trait sur tout ça. Il a passé un accord avec nous. L'important, c'était d'apporter la preuve que tu voulais le tuer. Nous ne sommes que des sous-fifres, alors que tu es son neveu.

Zacharov renifle, secoue la tête puis tend la main vers Barron, qui dépose le couteau dans sa paume.

Je libère mon souffle, sans avoir eu conscience de le retenir.

— Te voilà seul, Anton, déclare Zacharov en lâchant finalement sa fille. Le moment de jeter l'éponge est venu. Allonge-toi par terre. Lila, va chercher Stanley. Dis-lui que nous avons un problème à régler.

Lila essuie ses mains sur sa robe. Je tente de capter son regard, mais elle se dirige vers la porte la tête basse.

Et c'est Zacharov qui me regarde, conscient que je viens de lui imposer mes conditions même s'il ne sait pas trop comment. Il incline légèrement la tête.

Sans doute pour m'indiquer que j'ai démontré ma valeur.

— Merci, Barron. À toi aussi, Cassel.

Je peux entendre ses dents crisser, exaspéré qu'il est de devoir nous exprimer sa gratitude pour ce qui n'est qu'un mensonge.

— Pourquoi ne pas accompagner Lila et aller m'attendre dans la cuisine ? Nous n'en avons pas terminé, ici. Desi, assure-toi qu'ils restent à proximité.

— Toi ! gronde Anton en me regardant. C'est toi, le responsable. C'est à toi que je dois tout ça.

— Je n'y suis pour rien si tu es un imbécile.

Ce n'est sans doute pas la plus spirituelle des reparties, mais je me sens à la fois sonné et ivre de soulagement.

Sans oublier que je suis nul de chez nul, quand j'aurais intérêt à la boucler.

Anton me charge et parcourt la distance qui nous sépare sans me laisser le temps de réagir. Je bascule en arrière dans un des box et ma tête percute le carrelage au ras d'une cuvette. Je vois grand-père tendre la main vers le cou de mon agresseur pour l'écarter de moi, mais Anton est bien trop fort et corpulent pour lui.

Son poing atteint ma pommette. Je me redresse et me fissure le front contre le sien, avec suffisamment de violence pour en être étourdi. Il se cambre et va pour me frapper de nouveau, quand son regard devient vague. Il s'affale avec lourdeur et reste étalé sur moi comme une couverture.

Je me dégage en rampant, sans prêter attention au sol répugnant. Je ne songe qu'à me dégager de cette masse qui m'écrase. Il a perdu des couleurs et ses lèvres bleuissent déjà.

Il est mort.

Anton est mort.

Je le regarde toujours quand Lila se penche vers moi pour tapoter ma bouche avec un tampon de papier toilette. Je n'avais pas remarqué que je saignais.

— Lila, dit Zacharov. Viens. J'ai besoin de toi.

— Il ne t'arrive jamais de te dire – pour ton bien – que tu ferais mieux d'être un peu moins malin ? me demande-t-elle à mi-voix avant d'aller rejoindre son père.

Grand-père s'est recroquevillé sur lui-même et se tient le poignet.

— Est-ce que ça va ?

J'ai posé la question en prenant appui sur le mur pour me redresser.

— Ça ira mieux une fois sorti de ces toilettes, répond-il.

Et je remarque qu'il n'a pas de gant à la main droite, dont l'annulaire s'assombrit.

— Oh !

Il m'a sauvé la vie.

Il rit.

— Quoi ? Tu croyais peut-être que j'avais perdu mes pouvoirs ?

Le fait d'avoir oublié son statut me gêne. Lorsque je pense à lui en tant que faucheur de vie, c'est toujours au passé. Or il a expédié Anton dans l'autre monde d'un simple contact de la main, d'une légère pression des doigts sur un cou vulnérable.

— Tu aurais dû me parler de tes projets, me reproche-t-il. J'ai entendu tes frères discuter de tout ça, la nuit où ils m'ont drogué.

— Lila, Barron, lance Zacharov. Venez avec moi. Il faut laisser à Cassel et Desi le temps de se rendre présentables. (Il nous regarde.) Mais ne vous éloignez pas.

Je hoche la tête et ils nous laissent.

— Tu vas devoir m'expliquer, me déclare grand-père.

Je garde le tampon de papier toilette plaqué sur ma joue. Le sang authentique qui se mélange à l'artificiel tache ma chemise. Je baisse les yeux sur le cadavre d'Anton et demande à grand-père :

— Tu me croyais toujours victime des charmes mémoriels de Barron, pas vrai ? C'est pour ça que tu insistais tant pour m'éloigner d'ici.

— Qui aurait pu se douter que vous aviez échafaudé ce plan ridicule, tous les trois ? Et que Zacharov était dans le coup lui aussi.

Je m'adresse un sourire, depuis le miroir.

— Nous n'avions rien décidé en commun. J'ai trafiqué les notes que prenait Barron. Il croit tout ce qui y est écrit... Il n'a pas le choix, faute de conserver le moindre souvenir.

C'est à cela que j'ai consacré un jour et demi. J'ai réécrit toutes les pages en imitant son écriture durant toute la nuit. J'ai forgé à Barron une nouvelle vie, une existence où il ne songeait qu'à sauver le père de Lila et où mes frères et moi avions toujours été unis comme les doigts de la main pour servir une noble cause.

Les mensonges qui acquièrent le plus de substance sont ceux auxquels on voudrait croire.

Grand-père fronce les sourcils, puis il finit par comprendre. Son expression traduit de la surprise.

— Tu veux dire que Barron ne s'est jamais allié à Zacharov ?

— Non, même si je l'ai convaincu du contraire.

— Et toi, tu as fait part de tes projets à Zacharov ?

— Non plus, car Lila voulait qu'on règle cette affaire entre nous.

— Vous avez bien compliqué les choses.

Je jette un dernier coup d'œil au cadavre d'Anton. Quelque chose miroite sous les néons, à côté de sa main gauche : l'épingle de cravate dans laquelle est serti le Résurrecteur.

Je me penche pour récupérer le bijou.

Et je constate que Zacharov est adossé au chambranle de la porte, quand je me redresse. Je ne l'ai pas entendu revenir.

— Cassel Sharpe. (Il semble très las.) Ma fille affirme que tout ceci est son idée.

Je le confirme de la tête.

— La comédie aurait été plus convaincante avec une arme véritable.

Il renifle.

— Vu que c'est elle qui t'a demandé de me toucher, je m'abstiendrai de te trancher la main.

Dis-moi seulement une chose... depuis combien de temps sais-tu que tu es un faucheur de formes ?

J'ouvre la bouche pour protester. Je n'ai pas utilisé ma magie contre lui, mais il est exact qu'il ne peut en être absolument certain. Puis je me souviens du rétrochoc, de mes contorsions sur le sol des toilettes.

— Très peu de temps.

— Et toi, tu le savais ?

Zacharov a posé cette question à grand-père.

— Sa mère voulait qu'il l'ignore tant qu'il ne serait pas adulte. Elle comptait le lui apprendre à sa sortie de prison.

Grand-père me regarde.

— Tes pouvoirs sont extrêmement importants pour certaines personnes. Je ne dis pas que ta mère a eu raison, mais elle est intelligente et...

— Je sais, grand-père.

Zacharov nous observe, comme s'il hésitait à prendre une décision.

— Je veux qu'une chose soit bien claire, Cassel. Je n'ai à aucun moment accepté d'épargner tes frères. Pas plus l'un que l'autre.

Je me contente de hocher la tête, car il est évident qu'il n'a pas terminé sa mise au point.

— Ton grand-père a raison. Tu as de la valeur, et à présent tu m'appartiens. Tes frères resteront en vie aussi longtemps que tu travailleras pour moi. C'est compris ?

Un autre acquiescement muet.

Je devrais lui dire que je m'en fiche, que leur sort m'importe peu, mais c'est faux. Sans doute est-il exact que nul ne nous aime autant que nos proches.

— Alors, la question est réglée, dit-il. Pour l'instant. Va dans la cuisine et vois s'ils ne peuvent pas te dénicher une chemise propre.

Grand-père renfile le gant de sa main droite. Un de ses doigts se balance, aussi flasque que ceux de sa main gauche.

— Oh, j'ai trouvé ça…

Je montre à Zacharov le Résurrecteur, avant de relever un détail surprenant. Un coin du diamant est ébréché.

Zacharov le récupère avec un sourire pincé.

— Merci une fois de plus, Cassel.

Je tente de dissimuler ce que je viens de comprendre. Ce diamant ne peut protéger personne, cette babiole n'a pas la moindre valeur, ce n'est qu'un bout de verre taillé.

Hors des toilettes, la fête bat toujours son plein. Les sons se déversent sur moi comme des vagues surréalistes de musique, de rires et de conversations assez sonores pour avoir couvert les détonations. Rien de ce qui s'est passé – et plus particulièrement la mort d'Anton – ne me semble réel sous la lumière dansante des lustres et les reflets des bulles de champagne.

— Cassel ! s'écrie Daneca en se précipitant vers moi. Tu vas bien ?

— On s'est fait un sang d'encre, me déclare Sam. Tu es resté là-dedans une éternité.

— Je me porte comme un charme. Ça ne se voit pas ?

— Non, ça ne se voit pas. Tu es couvert de sang !

— Par là, dit Zacharov en désignant les cuisines.

— On t'accompagne, décide Daneca.

Je me sens vidé, ma joue palpite, mes côtes se rappellent à moi par des élancements et Lila a disparu.

— Ouais, d'accord.

Les convives se bousculent pour s'écarter sur mon passage, le signe que je ne dois pas avoir un aspect très engageant.

La cuisine me paraît plus petite à présent qu'ils sont nombreux à s'y déplacer avec des plateaux de blinis tartinés de caviar, d'amuse-gueules dorés ruisselant de beurre à l'ail et de gâteaux miniatures glacés de citron cristallisé.

Mon estomac gronde, ce qui me surprend. Assister à la mort d'un homme devrait couper l'appétit, mais j'ai faim.

Je vois Philip au fond des cuisines, encadré par deux gorilles. Je ne sais pas si Lila l'a fait venir ou si Zacharov a envoyé ses hommes le chercher là où elle le détenait.

Dès qu'il me voit, il ferme les paupières à demi.

— Tu m'as tout pris, me crie-t-il. Maura. Mon fils. Mon avenir. Mon meilleur ami. Tu m'as *tout pris.*

Difficile de le nier.

Je pourrais préciser que je n'en ai à aucun moment eu l'intention, mais je déclare :

— Ça craint, non ?

Il se débat et ses gardes le retiennent. Je ne suis pas inquiet Je laisse Daneca me guider vers le garde-manger et les bacs à vaisselle.

— Je te ferai regretter le jour où tu es né, me crie encore mon frère sans que j'en fasse cas.

Lila m'attend avec une bouteille de vodka dans une main et un chiffon dans l'autre.

— Grimpe sur le comptoir, m'ordonne-t-elle.

Je m'exécute en repoussant un bol de farine et une spatule. Philip beugle toujours, mais sa voix est lointaine. Je souris.

— Lila, je te présente Daneca. Je crois que tu connais déjà Sam. Ce sont mes amis du bahut.

— Viendrait-il de dire que nous sommes ses amis ? demande Sam.

Daneca en rit, pendant que Lila verse de la vodka sur la serviette.

— Je suis désolé de ne pas avoir pu te faire part de mes intentions au sujet de Barron, lui dis-je.

— Tu as trafiqué ses cahiers, c'est ça ?

Comme je parais surpris, elle sourit.

— Aurais-tu oublié que j'ai été pendant longtemps sa petite amie ? Je l'ai vu prendre ses notes. Tu as été assez habile, je te l'accorde.

Elle applique le tissu sur ma joue. Je siffle. Ça pique un max.

— Ouille ! Tu sais que tu es sadique ?

Son sourire s'élargit. Si c'était possible, je dirais que ses lèvres se retroussent sur les côtés. Elle se penche vers moi.

— Oh, j'en ai parfaitement conscience ! Et je sais aussi que tu adores ça.

Sam ricane. Je m'en fiche.

C'est vrai que ça me plaît.

CHAPITRE DIX-NEUF

J'ai consacré les deux semaines suivantes à me remettre à niveau. Daneca et Sam m'ont aidé, restant avec moi dans la bibliothèque jusqu'à l'extinction des feux, quand je devais pour ma part rentrer à la maison et eux regagner leurs dortoirs. J'ai passé tant d'heures à Wallingford que grand-père m'a trouvé une voiture. Il m'a emmené chez un de ses amis qui m'a dégoté une Mercedes Benz Turbo de 1980 pour deux mille dollars.

Le moteur tourne sur trois pattes, mais Sam va m'aider à la remettre en état et l'adapter pour qu'elle roule à l'huile de friture. La transformation de son corbillard lui a valu de remporter un prix à une sorte de concours scientifique de l'État, et il pense également se distinguer dans une compétition internationale grâce aux bidouillages qu'il a l'intention d'effectuer sur ma caisse. En attendant, je croise les doigts pour que les cylindres ne passent pas à travers.

Ce mardi, je m'apprête à rentrer à la maison quand je vois Barron adossé à ma voiture. Il a garé sa moto juste à côté.

— Que viens-tu faire ici ?

— Soirée pizza.

Je le considère comme s'il avait perdu la tête et il me retourne mon regard.

— C'est mardi, aujourd'hui.

Le problème, lorsqu'on doit inventer au débotté une année complète de souvenirs, c'est qu'on a tendance à y inclure certains de ses désirs perso. On décide tout d'abord de ne citer que ce qui est indispensable, mais ça laisse un grand nombre de blancs à combler. Je les ai meublés en m'inspirant des rapports que j'aurais aimé avoir avec lui.

Ce que je trouve un peu pesant, à présent que Barron est convaincu que nous allons tous les mardis échanger des confidences dans une pizzeria.

— C'est moi qui conduis, dis-je finalement.

Nous commandons une pizza garnie de fromage, sauce tomate, saucisses et poivrons dans un petit resto divisé en stalles, où un juke-box miniature surplombe la toile cirée de chaque table. Je saupoudre ma portion de paillettes de piment.

— Je vais retourner à Princeton pour terminer mes études, déclare Barron en mordant un bout de pain au beurre d'ail. Maman ne tardera pas à être libérée, et quelque chose me dit qu'elle aura bientôt besoin d'un bon avocat.

Je me demande s'il pourra stocker des textes de loi dans la passoire de son cerveau et s'en souvenir aussi longtemps qu'il n'utilisera pas ses dons, s'il reprend ses études. Un « aussi longtemps » d'une importance capitale.

— Sais-tu quand ils ont prévu de la laisser sortir ?

— Ils parlent de vendredi, mais ils ont déjà changé deux fois la date, alors je n'y compte pas trop. Il n'empêche que nous devrions acheter un gâteau pour marquer le coup, au cas où. Au pire, nous le dégusterons sans elle.

C'est amusant, la mémoire. Barron est aussi détendu que s'il avait véritablement de l'affection pour moi... pour la simple raison qu'il a oublié la haine que je lui inspire. À moins qu'il s'en souvienne, mais suppose que l'amour fraternel est plus fort que le reste. Je ne suis pas très à l'aise. Je n'ai rien oublié et j'ai envie de me lever de ma chaise pour l'étrangler.

— D'après toi, qu'est-ce qu'elle voudra faire à sa sortie de prison ?

— S'immiscer dans nos vies privées, voyons ! répond-il avant de rire. Elle prendra immédiatement des mesures pour que tout soit conforme à ses désirs, et il ne nous restera qu'à prier pour que ça corresponde également à ce que *nous* souhaitons.

J'aspire mon soda à la paille, lèche un peu de graisse sur mon gant et envisage de métamorphoser Barron en tranche de pizza que j'irai offrir aux mômes assis à la table voisine.

Je trouve néanmoins agréable d'avoir un frère avec lequel je peux bavarder à bâtons rompus.

Gardez près de vous vos amis et plus encore vos ennemis.

C'est ce qu'a dit Zacharov en déclarant qu'il ne virerait pas Philip, afin de l'avoir constamment à l'œil. Il est rare que des gens quittent la mafia autrement que les pieds devant, et cela ne devrait pas me surprendre.

Quand je lui demande s'il a revu Philip, grand-père se contente de grogner.

Lila m'appelle mercredi.

— Allô ?

— Allô toi-même. (Je la trouve joyeuse.) Passer un moment avec moi, ça te branche ?

— Ouaip !

Mon cœur s'est emballé. Je change ma sacoche d'épaule, soudain empoté.

— Viens en ville. On prendra un chocolat chaud et je te laisserai peut-être me battre à un jeu vidéo. Il y a quatre ans que j'ai arrêté l'entraînement et je risque d'être un peu rouillée.

— Je vais t'infliger une défaite si cuisante que même ton avatar se moquera de toi.

— Crétin. Je compte sur toi samedi.

Elle raccroche.

Et je souris comme un benêt tout au long du dîner.

Vendredi, à l'heure du déjeuner, je sors dans la cour de l'école. Il fait beau et de nombreux élèves ont apporté de quoi manger sur l'herbe. Sam et Daneca sont assis en compagnie de Johan Schwartz, Jill Pearson-White et Chaiyawat Terweil. Ils me font signe de venir les rejoindre.

J'agite la main et oblique vers un petit bosquet. J'ai réfléchi à tout ce qui s'est passé. Quelque chose me chiffonne.

Je prends mon téléphone et compose un numéro. Je ne m'attends pas à entendre décrocher et suis surpris.

— Bureau du Dr Churchill, annonce Maura.

— C'est Cassel.

— Cassel ! Je me demandais quand tu déciderais de m'appeler. Sais-tu ce qu'il y a de plus agréable en ce bas monde ? C'est rouler avec la musique à fond, le vent dans les cheveux et un fils qui gazouille gaiement dans son siège pour bébé.

Je souris.

— Tu sais où tu vas ?

— Pas encore. Je serai fixée une fois arrivée à destination.

— J'en suis content pour toi. Je voulais seulement te le dire.

— Tu sais ce qui me manque le plus ?

Je secoue la tête avant de prendre conscience qu'elle ne peut pas me voir.

— Non.

— Cette musique.

Sa voix n'est plus qu'un doux murmure.

— Elle était si belle ! J'aimerais l'entendre de nouveau, mais c'est terminé. Philip l'a gardée auprès de lui.

Je ne peux m'empêcher de frissonner.

Lorsque je raccroche, Daneca se dirige vers moi Elle a l'air énervée.

— Alors, tu viens ? On va être en retard. (Je dois lui donner l'impression de ne plus savoir où j'en suis, car elle hésite.) Tu n'es pas obligé de venir si ça t'ennuie vraiment.

— Non, non, j'y tiens.

Je doute un peu de ma sincérité, mais Daneca et Sam ont répondu présents lorsque j'ai eu besoin d'eux. Ce qu'il y a de bien dans l'amitié véritable, c'est qu'on n'a pas à payer ses amis en retour, mais essayer de le faire est la moindre des choses.

On traverse la cour avec Daneca et Sam, quand je vois Audrey croquer une pomme à côté de l'entrée du centre d'expression artistique.

Elle me sourit, comme autrefois.

— Où allez-vous, les gars ?

J'inspire à pleins poumons.

— Une réunion d'information du SORT sur les droits des faucheurs.

— Sans déconner ? demande-t-elle en se tournant vers Daneca.

— Je ne sais pas quoi dire, lui dis-je. J'explore de nouveaux horizons.

— Je peux vous accompagner ?

Elle reste néanmoins assise, comme si elle s'attendait à essuyer un refus.

— Bien sûr, que tu es la bienvenue ! lui répond Daneca. Les réunions du SORT sont ouvertes à tous pour nous permettre de mieux nous comprendre.

— Et le café est offert, surenchérit Sam.

Audrey lance sa pomme dans les buissons.

— Alors, j'en suis.

La réunion se déroule dans la salle de musique de Mlle Ramirez, qui dirige les débats. Un piano occupe un coin et quelques batteries s'alignent le long du mur du fond, contre une bibliothèque bourrée de petites chemises contenant des partitions. Une cymbale reste en équilibre sur la tablette du bas, près des fenêtres et d'une machine à café qui gargouille.

Mlle Ramirez est assise de l'autre côté, sur le tabouret du piano, au centre d'un cercle d'étudiants. Je m'avance et prends quatre chaises. Tous se déplacent pour nous faire poliment de la place, mais la fille qui est debout ne s'interrompt pas pour autant.

— Le problème, c'est qu'il est difficile de contrer les discriminations quand elles se rapportent à des activités illégales. En fait, tout le monde considère que les faucheurs sont des criminels, un terme associé à ceux de voleur et d'assassin. Et il suffit de jeter un seul sort pour devenir un faucheur. C'est ce qui arrive à la plupart d'entre nous pour la simple raison que nous ignorons ce que nous sommes avant d'avoir découvert nos dons.

Je ne sais pas comment elle s'appelle, seulement qu'elle est en première année. Elle s'exprime en esquivant nos regards, et sa voix est privée d'émotions, mais je ne puis m'empêcher d'admirer son courage.

— Les faucheurs qui n'ont jamais rien fait de répréhensible sont pourtant nombreux. Ils vont à des mariages et au chevet des malades pour chasser le mauvais sort. Il y en a d'autres qui se chargent d'apporter de l'espoir, des pensées positives et de la confiance en soi à ceux qui vivent dans des refuges.

Mais il y a ce terme fatidique : malédiction. Comme si nous ne pratiquions que la magie noire Qui opte pour le mal, quand le rétrochoc est si pénible ? À l'inverse, tout devrait sourire à un faucheur de chance qui se contente de rendre la vie des gens moins pénible. Nous ne sommes pas indissociables du mal.

Elle s'interrompt et lève les yeux vers moi. Moi seul.

— De la magie, conclut-elle. Ce n'est que de la magie.

Quand je rentre à la maison ce soir-là, grand-père est dans la cuisine et se prépare une tasse de thé. Nous avons pratiquement terminé les travaux de nettoyage – les plans de travail sont dégagés et nous avons gratté tous les résidus d'aliments du fourneau. La bouteille de bourbon posée sur la table n'a pas été débouchée.

— Ta mère a téléphoné. Elle est sortie.

— Sortie ? Sortie de prison ? Elle est ici ?

— Non, mais nous avons malgré tout une invitée. (Il se tourne pour essuyer le robinet.) La fille Zacharov t'attend dans ta chambre.

Surpris et transporté de joie, je lève les yeux comme si je pouvais la voir à travers le plafond. Je me demande ce qu'elle pense de notre maison, avant de me souvenir qu'elle y est souvent venue. Elle a même visité ma chambre… lorsqu'elle était une chatte. Puis la fin de la phrase de grand-père fait mouche.

— Pourquoi as-tu appelé Lila « la fille Zacharov » et où est maman ? Elle n'a pas pu aller bien loin. La prison, ça doit vous ramollir un peu.

— Shandra a pris une chambre d'hôtel. Elle ne souhaite pas que nous puissions la voir telle qu'elle est pour l'instant. Juste avant de raccrocher, elle a commandé au room service du champagne et des frites mayonnaise qu'elle voulait déguster en prenant un bain moussant.

— C'est vrai ?

Il rit, mais c'est un rire creux.

— Tu connais ta mère.

Je passe près de lui et des derniers cartons d'objets non triés toujours présents dans la salle à manger pour gravir l'escalier, deux marches à la fois. Bien que je ne comprenne pas son étrange attitude, la joie de revoir Lila balaie tout le reste.

— Cassel, m'appelle-t-il.

Je me tourne et me penche sur la rampe.

— Va la chercher. Je parle de Lila. Et redescendez tout de suite. J'ai un truc à vous dire, et ça vous concerne tous les deux.

— D'accord.

J'ai répondu machinalement, car je préfère la compagnie de Lila à celle de grand-père. Deux enjambées rapides dans le couloir et j'ouvre la porte de ma chambre.

Assise sur mon lit, Lila est plongée dans la lecture d'une des histoires de fantômes que j'ai oublié de rendre à la bibliothèque. Elle se tourne pour m'adresser un sourire espiègle et me tendre la main.

— Tu m'as manqué, tu sais ?

— Vraiment ?

Je ne peux quitter son visage des yeux, ses cils transmués en fils d'or par le soleil qui les souligne après avoir traversé les vitres à la propreté douteuse, ses lèvres à peine entrouvertes. Elle est à la fois la fille avec laquelle je montais autrefois aux arbres, celle qui a percé mes oreilles et léché mon sang sur sa main, et quelqu'un de très différent. Les années écoulées ont creusé ses joues et apporté à ses yeux un éclat fébrile.

Je l'ai imaginée si souvent dans cette chambre que je suspecte mes pensées de l'avoir matérialisée. Je crains que la Lila assise sur mon lit ne soit que le fruit de mon imagination. Du coup, c'est plus facile de m'approcher d'elle, même si mon cœur bat comme un tambour.

— Et moi, je t'ai manqué ? demande-t-elle en s'étirant comme le ferait une chatte.

Elle laisse tomber le livre sans avoir marqué la page.

Je me rapproche encore.

— Pendant des années.

Je suis sincère, pour une fois. Je désire poser mes doigts nus sur la courbe de sa joue et suivre le pointillé des taches de rousseur sur sa peau claire, mais elle ne me semble pas suffisamment matérielle pour qu'un tel contact puisse être établi.

Elle se penche vers moi et tout ce qui émane d'elle irradie une chaleur et une douceur enivrantes.

— C'est réciproque, chuchote-t-elle.

Et je ris, mes pensées s'éclaircissent.

— Tu voulais me tuer.

— J'ai toujours eu un faible pour toi. Je t'ai toujours désiré. Toujours.

— Oh ! dis-je sans grande originalité.

Puis je l'embrasse.

Sa bouche s'ouvre sous la mienne et elle se laisse aller en arrière pour m'attirer sur le lit. Ses bras se referment autour de mon cou et elle soupire contre mes lèvres. Ma peau est si chaude qu'elle picote. Mes muscles sont tendus comme avant une bagarre, et tout en moi est si crispé que j'en tremble.

J'inhale en frissonnant.

Le bonheur enfle en moi, au point qu'il m'est difficile de le contenir.

À présent que je l'ai touchée, en rester là serait impossible. Comme si le langage gestuel permettait d'exprimer tout ce que je ne sais pas dire avec des mots. Mes doigts gantés s'insèrent sous la taille de son jean, glissent sur sa peau. Elle se tortille un peu pour baisser sa culotte, avant de tendre la main vers mon pantalon. Je respire son odeur, mes pensées tourbillonnent et deviennent incohérentes.

On frappe à la porte.

Je m'en fiche, ce n'est pas ce qui pourra rompre mon élan.

— Cassel ! beugle grand-père de l'autre côté du battant.

Je bascule sur le lit et me lève. Lila, haletante, s'est empourprée. Ses lèvres vermeilles sont humides, ses yeux sombres. J'ai des vertiges.

— Quoi ?

La porte s'ouvre et mon grand-père est là, le téléphone à la main.

— Il faut absolument que tu parles à ta mère.

Je regarde Lila, l'air contrit. Ses joues sont rouges et elle bataille avec son jean, qu'elle tente de reboutonner.

— Je la rappellerai, dis-je en foudroyant grand-père du regard, ce qu'il ne paraît pas remarquer.

— Non, tu vas immédiatement écouter ce qu'elle a à te dire.

— *Grand-père...*

— Parle à ta mère, Cassel !

C'est la première fois qu'il s'adresse à moi aussi sèchement.

— C'est bon !

Je m'empare du téléphone et sors dans le couloir en emmenant grand-père avec moi.

— Mes félicitations pour ta libération, m'man.

— Cassel !

Ma présence au bout du fil semble la rendre extatique, comme si j'étais le prince de quelque contrée lointaine.

— Je regrette de ne pas pouvoir rentrer immédiatement à la maison. Je brûle du désir de revoir mes bébés, mais tu ne sais pas à quel point il est éprouvant de ne vivre qu'avec des femmes pendant tant d'années, sans jamais bénéficier de la moindre intimité. Sans oublier que je n'ai plus rien à me mettre. Je suis devenue squelettique, tant la bouffe était immonde. Je dois reconstituer ma garde-robe.

— Super ! Tu t'es donc installée à l'hôtel ?

— À New York. Je sais qu'on a des tas de choses à se dire, mon bébé. Je suis désolée de ne pas t'avoir révélé ce que tu es, mais je craignais que des gens veuillent exploiter tes talents. Il suffit d'ailleurs de voir ce qui s'est passé pour en avoir la preuve. Il va de soi que si le juge m'avait écoutée, s'il avait admis que la place d'une mère est auprès de ses enfants, rien de tout ceci ne se serait produit. Vous aviez besoin de moi, tous autant que vous êtes.

— Tout a débuté avant ton arrestation.

— Quoi ?

— Lila. Tu étais encore libre quand ils ont voulu que je la tue puis qu'ils l'ont enfermée dans une cage. Tu n'y es pour rien.

Elle balbutie un peu.

— Oh ! chéri, c'est impossible ! Tu dois certainement confondre, t'embrouiller dans tes souvenirs...

— Ne-me-parle-pas-de-mes-souvenirs !

Un chapelet de mots que j'ai pratiquement crachés, comme des gouttes de venin.

Elle ne trouve rien à répliquer, ce qui est sans précédent.

— Mon bébé...

— Pourquoi m'as-tu appelé ? Qu'y a-t-il de si urgent pour que grand-père m'oblige à te parler sans perdre une seconde ?

— Oh, rien de très important ! Ton grand-père est seulement très ennuyé. J'ai voulu t'offrir un cadeau, vois-tu ? T'offrir une chose que tu désires depuis longtemps. Oh chéri, tu ne peux imaginer à quel point je suis heureuse que tu aies tiré tes frères de ce mauvais pas ! Ils sont tes aînés et voilà que toi, le petit dernier, tu leur sauves la vie ! Tu méritais une récompense, une chose qui devrait te ravir !

L'angoisse, telle une onde glacée, se répand dans mon estomac.

— Quoi ?

— Seulement un petit...

— Qu'as-tu fait ?

— Eh bien, hier, je suis passée voir Zacharov. T'ai-je dit que nous nous connaissions ? Enfin, j'ai croisé sa fille, en ressortant. Elle est adorable, non ? Je crois savoir que tu as toujours eu un faible pour elle...

— Non, dis-je en secouant la tête.

— Quoi ? Elle ne te plaît pas ? Je pensais...

— Non, non, m'man ! Ne me dis pas que tu l'as touchée. Ne me dis pas que tu l'as envoûtée !

Elle est hésitante, mais aussi repentante, comme si elle voulait me convaincre que j'aime le pull qu'elle vient de m'acheter en solde.

— Je croyais que ça te ferait plaisir. D'autant plus qu'elle est devenue vraiment mignonne. Moins belle que toi, évidemment, mais bien plus que cette rouquine avec laquelle tu passais tout ton temps.

Je recule contre la paroi et m'y adosse comme si j'avais perdu l'usage de mes jambes.

— Maman...

— Qu'est-ce qu'il y a, mon bébé ?

— Contente-toi de me dire ce que tu as fait. Dis-le !

Implorer quelqu'un de détruire ce que vous souhaitez le plus au monde est insoutenable.

— Il ne s'agit pas du genre de choses qu'on peut expliquer par téléphone, me répond-elle sur un ton de reproche.

— Dis-le !

— D'accord, d'accord. J'ai utilisé un léger charme pour qu'elle se rapproche de toi. Elle fera tout ce que tu veux, elle se pliera à tes moindres caprices. N'est-ce pas merveilleux ?

— Annule-le. Tu dois dénouer ce sort. Pour qu'elle redevienne celle qu'elle était auparavant. Je vais te l'amener et je compte sur toi pour que tout revienne à la normale.

— Voyons, mon chéri. Tu sais que c'est impossible. Je peux intervenir pour que tu lui inspires de la haine, ou encore de l'indifférence, mais pas annuler ce que j'ai fait. Si ça t'ennuie tant que ça, tu n'as qu'à prendre ton mal en patience. Ce qu'elle ressent finira par s'estomper. D'accord, elle ne sera plus jamais exactement comme avant, mais…

Je raccroche. Le téléphone sonne, encore et encore. Je vois le cadran s'allumer, le nom de l'hôtel y défiler.

Lila me rejoint alors que je suis assis dans la pénombre du couloir, tenant un téléphone qui sonne encore. Elle vient s'informer de ce qui m'a si longtemps retenu.

— Cassel ? murmure-t-elle.

Je ne peux pas la regarder, c'est au-dessus de mes forces.

Le plus important, pour un escroc, c'est de ne jamais penser comme un pigeon. Le pigeon s'imagine qu'il fait une affaire en s'offrant un sac à main tombé du camion, puis il est dans tous ses états lorsqu'il constate que la doublure s'effiloche. Il croit qu'il va avoir une place au premier rang pour un prix dérisoire en l'achetant à un type qui attend sous la pluie devant le stade, puis il tombe des nues en découvrant que le billet en question n'est qu'un bout de papier sans aucune valeur.

Le gogo croit qu'il est possible d'avoir des choses sans bourse délier.

Le gogo croit pouvoir obtenir ce qu'il ne mérite pas et ne méritera jamais.

Le gogo est stupide, triste et pathétique.

Le gogo croit qu'il va rentrer chez lui un soir et découvrir que la fille qu'il aime depuis l'enfance est tombée elle aussi amoureuse de lui.

Le gogo a tendance à oublier que lorsque la vie semble lui sourire, c'est presque toujours parce qu'il s'est fait arnaquer.

L'AUTEUR

Holly Black est mondialement célèbre grâce aux *Chroniques de Spiderwick* (Pocket Jeunesse) adaptées au cinéma en 2008. Auteur d'une vingtaine de livres pour la jeunesse, elle aime les ambiances gothiques et fantastiques. Récompensée par de nombreux prix, auteur best-seller, elle est née en 1971, et vit aujourd'hui dans le Massachusetts avec son mari Theo Black.

Son site : www.blackholly.com

Composé par Facompo
5, rue Calmette-et-Guérin, 14100 Lisieux

Cet ouvrage a été imprimé
en mars 2011 par

FIRMIN-DIDOT

27650 Mesnil-sur-l'Estrée
N° d'impression : 104557
Dépôt légal : avril 2011

Imprimé en France

FLEUVE NOIR
12, avenue d'Italie
75627 Paris Cedex 13